Martina Clavadetscher

Die Schrecken der anderen

Martina Clavadetscher

Die Schrecken der anderen

Roman

C.H.Beck

Die Welt ist grösser als das Dorf:
über den Wäldern stehen die Sterne.

– Friedrich Dürrenmatt,
Labyrinth. Der Winterkrieg in Tibet –

1

Vom Methangas erfährt der Junge auf dem Pausenhof.

Jemand aus der oberen Klasse zeigt ihm das Video mit der Feuerfontäne und erklärt, wie einfach die Sache geht:

– Mit einer Spitzhacke schlägst du bei der dünneren Eisschicht ein Loch hinein, hältst sofort das Feuerzeug hin und – Stichflamme!

Diese simple Anleitung und die darauffolgende Neugier sind ausschlaggebend dafür, dass der dreizehnjährige Junge nur einen Tag später auf seinen Schlittschuhen Richtung Seemitte skatet, was er – wie er im Nachhinein zu Protokoll geben wird – lieber nicht getan hätte.

Aber dieses Verhängnis geschieht und es geschieht in einer Gegend, die kaum als eine offene wahrgenommen wird. Da sind die Felsen des Frakmonts, kantige Ausläufer der Alpen, da sind unebene Täler, eine vereiste Moorlandschaft, Torf. Die weitreichende Ödnis produziert giftige Gase und hartnäckige Legenden, die wie Lehmklumpen in der alten Erde schlummern. Etwas abseits davon, in einer Talmulde, liegt das ehemalige Schlachtfeld mit dem passenden Namen: Ödwilerfeld.

Dahinter folgen noch mehr Felder, Landwirtschaft, unterbrochen von Dörfern, Autobahnen und Bahndämmen, dazwischen sich wiederholende Industriebauten mit Lagerhallen für Holz oder Stahl oder Kies. Und auf den Wiesen stehen gelegentlich Tiere und grasen. Der Winter ist störrisch hier. Ein frostiger Februarwind zieht durch die Moorgegend. In den Gärtnereien stehen leere Steinbrunnen und Skulpturen, vereiste Zen-Gärten oder Marmornachbildungen von griechischen Göttern. Die Grundstücke sind abgeschirmt von Lärmschutzwänden und Hecken – und überall hängen Täfelchen mit der Aufschrift: PRIVAT.

Es ist Samstag. Das Rauschen eines Radios dringt in den Tag. Die Frequenz klärt sich, eine Melodie entsteht und wird zu einem Popsong, bis eine fröhliche Stimme die Musik beendet:

Die örtliche Polizei hat in Zusammenarbeit mit Experten von der Forschungsanstalt für Wald, Schnee und Landschaft den gefrorenen Ödwilersee mit mehreren Stichproben geprüft und nun einen großen Teil für die Öffentlichkeit freigegeben. Die ausgeschilderten Bereiche können ab heute zu Fuß begangen oder mit Schlittschuhen befahren werden. Es ist das erste Mal seit 35 Jahren, dass die Eisschicht des Ödwilersees wieder dick genug ist. Also los! Wir wünschen allen trotz Kälte ein heißes Wochenende.

Der Moderator spielt *We didn't start the fire* – und Billy Joel beginnt gerade mit seiner atemlosen Aufzählung *Harry Truman, Doris Day, Red China, Johnnie Ray* ..., als der dreizehnjährige Junge am Seeufer sitzt und seine schwarzen Schlittschuhe schnürt. Er ist Stürmer der A-Junioren-Hockeymannschaft und gemäß Stoppuhr stets der schnellste Sprinter des Teams. Kurz nach 13 Uhr taucht der Junge unter dem rot-weißen Absperrband hindurch. Unter seiner Skijacke hat er Pickel und Feuerzeug dabei. Er will die Methangasblasen finden. Er will das Feuer speien lassen. Er will die Stichflamme filmen. Er will das Video hochladen. Er will berühmt werden.

Die Kufen seiner Eishockeyschuhe gleiten ins Abenteuer. Flaumiger Pulverschnee liegt auf dem noch unbefahrenen Eis. Das regelmäßige Schleifgeräusch begleitet seinen Atem, er ist auf gutem Weg, er glaubt schon die ersten Gasblasen zu sehen, als er stolpert und auf die Knie fällt.

Er flucht. Und ahnt die Ursache. Die rechte Stahlkufe ist an einem Widerstand hängen geblieben. Der Junge kriecht näher. Aus Wut und Neugier will er sehen, was genau seinen makellosen Lauf gestoppt hat. Das Hindernis ist blau und sieht aus wie das Stück einer Jeanshose. Er zerrt am Stofffetzen. Er kriegt es nicht zu fassen. Es ist zu straff gespannt. Unter dem Textil befindet sich etwas Hartes, wie gefrorenes Holz. Mit den Handschuhen wischt er den Schnee weg, putzt sich die Sicht frei – bis er genug sieht.

Sein Atem stoppt. Und die Welt explodiert zu einem Pfeifton.

Wie an einem Gummiseil befestigt, schnellt er zurück, fällt auf den Hintern, rutscht, taumelt, eilt auf allen vieren rückwärts, krabbelt wie ein Insekt, bis er endlich wieder auf den Schlittschuhen steht. Auf dem Weg zurück zum Ufer schlägt er seinen eigenen Sprintrekord.

Um 13:38 Uhr geht bei der Zentrale ein dringender Anruf ein. Die Information wird ordnungsgemäß weitergeleitet.

Von Notruf kann keine Rede sein.

Sein Telefon leuchtet jetzt schon zum zweiten Mal. Stumm liegt es zwischen zwei Papierstapeln und erlischt ungesehen. Hinter den Stapeln sitzt Schibig mit zerwühltem Haar. Sein Blick und die gerunzelte Stirn gelten der silbernen Schere, mit der er einen Zeitungsartikel ausschneidet. Überhaupt ist das ganze Wohnzimmer voller Papier, Archivkisten, Bücher, die schon einen süßlichen Geruch absondern – nur aus der Küche riecht es seltsam salzig, da er mittags seine Wienerwürstchen im Wasserkocher zubereitet hat. Seine Tage vergehen geordnet. Die Wege und Orte sind klar überschaubar. Der ruhige Arbeitsplatz im Archiv, seine Dreizimmerwohnung – wobei sich die beiden langsam zu ähneln beginnen, wie er merkt –, die Fahrten zwischen den beiden Orten in seinem alten, eckigen VW Polo, dann die Joggingstrecke am See entlang, sogar die Einkaufszentren meistert er mittlerweile ohne Probleme. Die Atemübungen helfen. Hinzu kommt die alte Liste des Therapeuten, die er bei den ersten Anzeichen durchgeht: *Atmen, Faust ballen, kontrolliertes Gähnen, Stopp sagen und wissen: Es geht vorüber.* Er kommt im Alltag bestens zurecht; die Wasserkochersache ist eine Ausnahme. Und seit seine Exfreundin ihre besorgten Besuche eingestellt hat, muss er nicht mehr so tun, als nehme er aktiv an der Gesellschaft teil. Schibig weiß mittlerweile, dass sich seine Papierwelt nicht so einfach mit der Welt da draußen synchronisieren lässt. Alles geht ihm zu schnell. Die Gegenwart galoppiert davon, er hinkt hinterher und bringt es höchstens fertig, ihre bruchstückhaften Überbleibsel einzusammeln, damit sie eines Tages einen Zusammenhang, vielleicht sogar einen Sinn ergeben.

Schibig legt die Schere hin und schiebt den ausgeschnittenen Zeitungsstreifen behutsam in eine Mappe. Zufrieden atmet er in die Stille, klopft mit den Zeigefingern einen kurzen Trommelwirbel auf die Schreibtischkante, als das Telefon erneut aufleuchtet.

Phil – steht da auf dem Bildschirm. Der Polizistenbruder seiner Exfreundin, der nie aufgehört hat, ihn als eine Art Freund zu sehen, ihm ungefragt Videos von erwachsenen Männern auf Wasserrutschen oder wild gewordenen Rasenmähern schickt, und ab und zu sogar im Archivkeller vorbeischaut. Etwas widerwillig hält er das Gerät ans Ohr, worauf eine Stimme sofort sagt:

– Schibig, ich weiß, du gehst kaum raus, aber du musst mir schnell helfen.

– Ungern,

antwortet Schibig ehrlich, obwohl er weiß, dass er es trotzdem tun wird, und obwohl er merkt, dass ihm die Aufregung schon jetzt den Hals zuschnürt.

– Bitte,

sagt die Stimme und ergänzt:

– Jemand hat sich offenbar einen Scherz erlaubt, den ich kurz prüfen muss, aber ich bin gerade in der Stadt, und du wohnst da gleich in der Nähe.

Phil macht eine Pause. Schibig wartet auf mehr.

– Das ist in zehn Minuten erledigt, versprochen.

Schibig schließt die Augen und willigt ein.

2

Drei Monate zuvor sitzt ein gut gekleideter Mann in seinem Büro und tut nichts. Die Kugelschreiber stehen unberührt im ledernen Stifthalter. Die Schreibunterlage ist sauber. Die Büroklammern glänzen.

Kerns Agenda hat für heute keine Termine mehr aufgelistet, die Verhandlungen am Vormittag haben ihm gereicht. Auf dem Tisch steht das gerahmte Foto von Hanna bei einem Sommerfest vor fünf Jahren, daneben eine schwere Figur aus dem Film *Star Wars* zur Dekoration. Die teure Miniaturnachbildung von Han Solo in Karbonit hat ihm Hanna zum Geburtstag geschenkt. Kern betrachtet das leidende Gesicht des eingefrorenen Weltraumhelden. Die geschlossenen Augen sind versiegelt, die Handflächen und Beine ragen ansatzweise aus dem silbernen Karbonitblock. Der kleine Mann ist gefangen im Moment. Han Solos Wangen schimmern, und der halb geöffnete Mund sieht aus, als wollte er noch etwas sagen. Kern fixiert den Helden, als warte er auf ein Lebenszeichen, doch die Umrisse der Metallfigur werden milchig. Kern blinzelt und richtet den Block sauber aus. Er reibt sich die Augen. Seit Tagen spielt ihm die

Wahrnehmung übel mit. Die Welt verschwimmt, das Blattwerk der Bäume verklumpt zu einem durchgehenden Grün, und auf den Werbeanzeigen zerfließen die Buchstaben zu faserigen Zacken. Kern kann es nicht mehr ignorieren, die Dinge zerfransen von den Rändern her, schlimmer noch: An den Konturen kleben gelegentlich spinnennestartige Bündel. Da nisten Seidenknäuel in allen Ecken, auch auf dem Weg zur Verhandlung sah er glitzernde Gespinste in der Luft, dünnste Fäden verbanden Kirchportal und Pizza Xpress, Straßenlaterne und Bushaltestelle, als hätten Tausende Baldachinspinnen ihre seidenfädigen Segel aus dem Hinterleib geschossen und flögen damit kilometerweit über Gebirge und Ozeane und landeten schließlich hier, ausgerechnet hier, wo sie für Kern eine Kulisse des Horrors webten.

Am schlimmsten jedoch irrlichtert seine Sehstörung bei den Menschen. Ihre Gesichter zerkochen gelegentlich zu einem fleischigen Brei, starren ihm wie Säureunfälle entgegen, dabei ist es ganz egal, auf wen er trifft. Von einer Sekunde auf die andere werden seine Gegenüber gräulich, als alterten sie in Rekordtempo. Etwas Totes haftet an ihnen. Wie kraftlose Gespenster öden sie ihn an. Kern kann sich nicht erklären, ob diese Effekte das Werk von elektromagnetischen Teilchen, oder eine Störung seiner Hornhaut, oder schlicht ein Aussetzen seines Verstandes sind.

So oder so, das Büro wartet auf Betrieb. Doch das Telefon schweigt. Nur ab und zu blinkt das eckige Lämplein, wenn im Sekretariat ein Anruf eingeht. Kerns Hände liegen auf der Tischplatte. Er weigert sich, die Computermaus zu berühren. So bleibt der Bildschirm schwarz, das schönste Schwarz. Er will seine E-Mails nicht sehen, er will überhaupt nicht hier sein. Hätte er die Wahl, würde er sich eines Nachts einfach davonschleichen, meilenweit fahren, Lichtjahre weit davonfliegen, wie der Schmuggler Han Solo mit dem Millenniumfalken durch Gas- und Staubnebel in unbekannte Galaxien tauchen. Ein kindischer Wunsch, weiß Kern – trotzdem. Hier ist alles schon entdeckt, hier ist alles schon geschehen, ihm bleibt nur die Langweile.

Er betrachtet seine Hände. Da sind trockene Risse. Dabei hat ihm die Schlacht zuvor gar nichts abverlangt. Sein Assistent hatte das Gespräch geführt und die Runde weitgehend dominiert. In der Manier eines Emporkömmlings hatte er die Argumente sauber geordnet ins Feld geführt, griff mit einem klaren Angebot an und besiegte am Ende alle Gegenvorschläge. Kern saß unterdessen einfach daneben und wartete, wie eben ein Feldherr in seinem Zelt auf die Siegesmeldung wartet. Am Schluss brauchte er nur noch zu nicken und mit einem Füllfederhalter zu unterschreiben. Die Parzelle neben dem alten Schlachtfeld gehört jetzt ihm, dazu eine Scheune und zwei historische Torfstecherhütten. Dass nur dreihundert Meter entfernt bald ein Denkmal gesetzt wird, ist der einzige Wermutstropfen. Das Grundstück wird in den nächsten Tagen überschrieben. Noch mehr Boden also, noch mehr Erdenland, denkt Kern und hat dabei die Wüstengebiete des Planeten Tatooine vor Augen, die im Gegensatz zu Han Solos Heimat – dem Industrieplaneten Corellia – zwar mehr Freiraum, aber nicht weniger Gefahren bieten. Aber Kern weiß eines mit Gewissheit: Geld trotzt jeder Gefahr, Geld bleibt die tödlichste Waffe. Das Starren auf seine müden Hände weckt weitere Fantasien: Er sieht seine zitternden Finger, die nach dem Gefecht nicht stillhalten wollen, er sieht Blutspritzer an seinen Knöcheln kleben, allein gelassen kniet er an einem Trog und reinigt das Schwert, oder er sieht sein bärtiges Gesicht im milchig-zersprungenen Spiegel einer Tankstellentoilette, die Pistole auf dem Waschbeckenrand, das dampfende Wasser gleitet gerötet in die Keramikschüssel, draußen herrscht Nacht, und nur ein Neonschild pulsiert irgendwo. Seine Hände sind blutig, doch das Herz bleibt unentwegt weiß.

Reiß dich zusammen, denkt Kern, genug von dieser Weinerlichkeit, alles Schwache wird begraben sein, denkt er weiter und denkt es in einer verärgerten Stimmlage. Die Zurechtweisung sitzt tadelnd in ihm. Sie sitzt tadelnd in ihm, egal wohin er selbst in Gedanken geht, ihre verbalen Anfälle geschehen direkt in seinen Hirnwindungen. Ihre eisigen Worte schieben sich wie eine Gletscherzunge durch sein Gehirn, und am Ende bleibt das Geröll in seinem Gedächtnis liegen, verdreckt und schwer. Jede Mutter hinterlässt ihre Ablagerungen. Er weiß beim besten Willen nicht, was ihn hier hält. Kerns Blick bleibt wieder am eingefrorenen Han Solo hängen. Das Karbonitgefängnis ist ein temporärer Sarg, erkennt er, und Schlaf ist ein temporärer Tod. In diesem Moment geschieht es: Die Augenbrauen der Figur zucken, die wulstigen Lippen zittern, als wollten sie endlich reden, als wollten sie endlich sagen, was es kurz vor Schluss noch zu sagen gab.

Das reicht, denkt Kern, reibt nochmals die Augen und greift nach dem Telefon:

– Anna?

Am anderen Ende antwortet eine junge Stimme umgehend und erwartet die Anweisungen.

– Anna, ich brauche einen Termin beim Optiker.

Die junge Stimme versichert, dass das kein Problem sei, und weist bei der Gelegenheit auf einen lang aufgeschobenen Aktenstapel hin, der endlich zu erledigen sei.

– Der von meiner Mutter?

Die junge Stimme bejaht und meint besänftigend, dass es sich ja bloß um ein paar Unterschriften handle, dann sei die Sache erledigt. Kern zögert.

– Mach ich morgen,

sagt er, legt auf und das Büro versinkt wieder in Stille.

3

Wieder drei Monate später steht die Alte mit einer frisch gedrehten Zigarette am Fenster und summt. Durch die fleckige Scheibe beobachtet sie das Schauspiel auf dem See. Wie orientierungslose Würmchen schieben sich die Menschen dort über das Eis, fallen gelegentlich hin, stehen wieder auf, schieben sich weiter, plumpsen erneut hin, reichen einander die Hand und gleiten verbunden weiter.

Die Alte lässt die dünne Zigarette über ihre Fingerkuppen rollen, mit der anderen Hand stopft sie eine wilde Haarsträhne hinters Ohr. Alles hier riecht nach Abwesenheit. Erst seit ein paar Tagen ist sie zurück im Wohnwagen, zurück in dieser Klimazone. Trotz der hochgedrehten Heizung trägt sie ihre wärmste Strickjacke, ein dickes, rot-schwarzes Ungetüm, darunter ein grellbuntes T-Shirt mit der Aufschrift *Craft must have clothes but truth loves to go naked SEX*. Die Welt draußen ist grau. Die Sonne drückt über der Nebeldecke. Die Schneelandschaft am Ödwilersee blendet unfreundlich, während die Berge noch unfreundlichere Schatten auf die Moorlandschaft werfen. Fröhliche Menschen in einer tristen Kulisse, analysiert die Alte und zögert – oder umgekehrt. Ganz die angestaubte Welt, die sie in Erinnerung hatte, denkt sie und kratzt einen eingetrockneten Kaffeespritzer von der Scheibe. Sie will sich gerade nach dem Feuerzeug umsehen, als eine Bewegung ihre Aufmerksamkeit fesselt. Eines der Würmchen fällt aus der Rolle. Mit Wackelbeinen und in neonfarbener Skijacke schlurft ein Mann über das Eis. Schleifschritt um Schleifschritt geht er wie in Zeitlupe vorwärts, geht geradewegs durch die vielen Eisläufer hindurch, wie ein Fremdkörper kämpft er sich geradlinig weiter, löst sich aus der Menge und taucht nach rund hundert Metern unter dem Absperrband hindurch. Dann ist er der einzig grelle Punkt in einem weiten Weiß. Die Alte lässt ihn nicht aus den Augen.

Schibig versucht seine Atmung zu kontrollieren. Noch ist da kein Ohrenrauschen, keine Übelkeit, kein Herzrasen, noch ist alles gut. Die Luft ist eisig. Das hilft. Sein Körper ist klar wie ein Kristall. Vorsichtig schiebt er seine Schuhsohlen über die harte Eisfläche in der stillen Hoffnung, die Sache dauere wirklich nur zehn Minuten, und der Junge hatte tatsächlich bloß einen sehr schlechten Humor oder einfach einen klumpigen Schatten aus Schwemmholz und Herbstlaub gesehen. Oder es war etwas Plastikabfall, der sich dort ausgerechnet in einer Gasblase angesammelt hatte, mutmaßt Schibig weiter, um sich so von einer unliebsamen Alternative abzulenken.

– Höchst unwahrscheinlich,

murmelt er zur Beruhigung vor sich hin, denn:

– Höchst unwahrscheinlich und bei diesen Temperaturen eigentlich sogar unmöglich,

hatte ihm auch Phil am Telefon versichert, und trotzdem ärgert sich Schibig, dass er überhaupt ans Telefon gegangen war. Das Archiv war samstags geschlossen, er hätte das ganze Wochenende ungestört zu Hause lesen können. Aber er hatte dem verzweifelten Phil versprochen, dass er ausnahmsweise die Angelegenheit schnell und diskret für ihn prüfte, um dann Entwarnung zu geben. In gewisser Weise war er sogar geschmeichelt gewesen, dass Phil ausgerechnet ihm diese inoffizielle Aufgabe zugetraut hatte.

– Wenn mich jemand bittet und mir Aufgaben gibt, dann geht es,

flüstert Schibig,

– Aufgaben eliminieren meine Ausreden, Aufgaben sind gut,

murmelt Schibig weiter, während er behutsam auf Knackgeräusche oder dunklere Stellen achtet. Auf seinen Schuhen haben sich kleine Eisklümpchen gebildet, trotzdem ist ihm nicht kalt. Die alte Skijacke tut noch ihren Dienst, auch wenn sie streng nach Mottenkugeln riecht.

– Stimmt schon, bei diesen Temperaturen kommt wirklich gar nichts an die Oberfläche, physikalisch unmöglich, es ist bestimmt nichts, gar nichts, schiebt er sein Gemurmel wie ein Mantra vor sich her, und je weiter er über die Eisschicht schlappt und den einsamen Kufenspuren folgt, umso mehr staunt er über seinen Mut. Sein Herz schlägt stark. Sein Atem ist frei. Bald muss er bei der Stelle sein.

Derweil kocht im Wohnwagen das Kaffeewasser. Der süßliche Duft würde dem engen Raum eine gewisse Gemütlichkeit verleihen, tigerte die Alte nicht vor dem Fenster hin und her. Ein weiterer Kontrollblick genügt ihr: Der Mann mit der Skijacke kommt kaum vorwärts. Wieder ordnet sie die Dinge auf dem Tisch, legt eine Mappe mit Kontoauszügen weg, schiebt ihre Notizen neben das Radiogerät, stapelt das weiße Ladekabel auf die Tageszeitung und den Tabakbeutel auf das Ladekabel. Der kleine Turm hilft ihrer Illusion einer Ordnung. Aber ihre Ungeduld wächst. Unterdessen könnte ich mich irgendwo einbringen, denkt sie, es gibt immer etwas zu tun, ich bin schließlich nicht zurückgekommen, um bloß tatenlos rumzusitzen.

Erneut schielt sie zum Fenster. Kaum hat sie den neonfarbenen Punkt gesehen, blickt sie zur Ablenkung wieder aufs Telefon, wo keine Neuigkeiten auf sie warten. Seit ihrer Ankunft sind die Pläne ins Stocken geraten, also legt sie das Telefon weg, um es sogleich wieder in die Hand zu nehmen, prüft dann nochmals die Uhrzeit, nochmals die E-Mails und legt das Gerät endgültig weg. Einen Augenblick steht sie bewegungslos da und empfindet diese Trägheit als Schmerz. Wie tatenlos sie von oben aussehen muss, denkt die Alte. Aus einer Raumkapsel gesehen, bin ich ohne Einfluss, ärgert sie sich, nur ein zuckender, zögernder Floh in einer Metallschatulle bin ich – sogar dieser Skijackenmann hat mehr Bewegung als ich, denkt sie weiter, und ein letzter Blick aus dem Fenster bringt die Entscheidung. Sie steckt die vorgedrehte Zigarette in eine Tasche, greift nach der Wollmütze und zieht schließlich die Kaffeekanne vom Herd. Als sie nur wenige Minuten später den Wohnwagen verlässt, schlägt ihr ein eisiger Wind entgegen.

4

Kern lauert in der Dunkelheit und gibt sich große Mühe. Vor seinen Augen schwebt ein schweres Gehäuse. Der Phoropter entstellt sein Gesicht zu einer brutalen metallischen Maske, die Kern an die Helme von intergalaktischen Kriegern erinnert. Etwas geschieht am optischen Apparat. Ein passgenauer Fächer zieht vorbei, und eine gläserne Schicht schiebt sich zwischen Kern und die Welt. Der Raum vor ihm wölbt sich, rastet ein, wirkt plötzlich näher. Ein Klicken erklingt, das Licht wechselt, worauf an der Wand gegenüber eine schwarz-weiße Projektion wegkippt, um sogleich verändert wieder zu erscheinen.

– Und jetzt, Herr Kern?

– K, R, F, D, etwas klarer, ja.

– Und wenn ich diese Linse vorschiebe? Besser oder schlechter?

– Besser.

– Wunderbar.

Der Optiker notiert, Kern wartet – und Kern schwitzt. Seine wollene Anzughose klebt am Kunstleder des Sessels und klebt noch mehr an seinen Oberschenkeln. Es surrt. Die Hand vor ihm dreht jetzt an der Linsenfassung.

– Und wie geht es der Frau Mutter?

Der Optiker formuliert seine Frage vorsichtig, als wüsste er Bescheid, denkt Kern und weiß gar nicht, was der Optiker denn genau wissen könnte – und vor allem woher.

– Es geht ganz ordentlich,

lügt Kern.

– Das freut mich,

sagt der Optiker mit einer kundenfreundlichen Stimme, die viel zu süß wirkt für diesen Männermund, wie Kern findet. Er fokussiert die spröden Lippen inmitten von Bartstoppeln, die wie schwarze Spinnenklauen ungefragt aus der Haut sprießen oder wie diese Drahtenden von Basteleien, biegsame Skelette, mit denen seine Frau Hanna ihren handgroßen Püppchen die gewünschte Haltung aufzwingt.

– Ihre Frau Mutter ist ja jetzt auch schon –,

sagt der Optikermund nun und wartet, weil der Satzanfang eigentlich eine Frage ist.

– Fast hundert,

vervollständigt Kern und findet keinen Weg, das Gespräch in eine andere Richtung zu lenken.

– Fast hundert, mein gütiger Gott, das ist ein sehr stolzes Alter, und wenn man bedenkt, wie sie mit ihrem Herrn Vater selig alles aufgebaut hat, das Geschäft, und alles; sehr beeindruckend.

– Von nichts kommt nichts,

sagt Kern wie ein Automat, worauf der Optiker ebenso automatisch antwortet:

– Wie wahr, wie wahr.

Der Optiker notiert weiter und scheint mit seiner Untersuchung fertig zu sein. Ja, es geht ganz ordentlich, denkt Kern nochmals, es geht vorwärts, auch wenn er gar nichts dafür tut – aber auch nichts dagegen.

Minuten später zieht der Optiker unter der Kasse ein eingeschweißtes Brillentuch hervor und legt es als Geschenk auf den Tresen.

– Wir verbessern Ihre Sehstärke auf jeder Seite um eins Komma sieben fünf. Normalerweise stagniert in Ihrem Alter der Prozess, das heißt, normalerweise kommt es so spät eigentlich nicht plötzlich zu einer so sprunghaften Sehschwäche, aber jede Person ist da ganz anders.

Kern nickt und kneift die Augen zusammen. Von den Gespinsten und den zerfransten Gesichtern hat er ihm nichts erzählt. Das Unerklärliche beschämt ihn.

– Wir melden uns, wenn die Gläser da sind,

sagt der Optiker. In diesem Moment klingelt die Türglocke. Ein paar schwere Schuhe betreten den blauen Teppich des Optikergeschäfts. Ein staubiger Geruch erfüllt die Luft. Da ist Moder, Holzkohle und Kälte. Jemand hustet und wechselt danach in ein lautes Sprechen.

– Tag wohl, Ihnen allen,

sagt der Kunde nicht unfreundlich, worauf das ganze

Geschäft in seine Richtung blickt. Der Mann trägt einen auffälligen Bart, auf dem Kopf sitzt eine Wollmütze, und ein abgewetzter Militärmantel hängt fast bis zum Boden. Seine Anwesenheit verschluckt das letzte Licht an diesem grauen Novembertag. Einzig seine hellblauen Augen strahlen. Sie leuchten aus der Finsternis, als hätte sich dort ein warmes Stück Julihimmel verirrt. Diese Frische passt nicht zu seinem restlichen Äußeren, findet Kern, oder umgekehrt, das restliche Äußere passt nicht zu diesen weltoffenen, fast schon fröhlichen Augen.

– Guten Tag, Herr Boll,

sagt die Mitarbeiterin mit hoher Stimme und macht zwei, drei Schritte auf ihn zu. Die freut sich, wundert sich Kern, der mit einer überspielten Ablehnung gerechnet, nein, darauf gehofft hatte.

– Guten Tag, Frau Weber, ich komme wegen meiner Lesebrille,

sagt der Bärtige, blickt zur Kasse und unterbricht, als er Kern dort sieht, sein ursprüngliches Anliegen mit einer schelmischen Anwandlung. Wie ein Magier schnippt er mit den Fingern, und fast flüsternd beginnt er mit einer Beschwörung:

– Der Teufel auch, das ist nicht wahr, da steht ja jener, von einer Frau ganz nackt geboren, aber auf Erden zieht er sich so an, als ob alles seinen Preis hätte, Übermut und Mut und selbst die Feigheit kann er ausstaffieren, der saubere Herr Kern, da steht er, und es ist mir eine

Freude, mit dem Augenzwinkern der Metaphorik nachzufragen: Ist er hier, um endlich seine Sicht zu korrigieren?

Die Herren an der Kasse schweigen, worauf der Bärtige weiterfragt:

– Schlachtet er immer noch Schweine?

– Wie bitte?,

antwortet Kern jetzt mit Entrüstung. Seine Irritation ist echt, also versucht er seine Unsicherheit sofort mit einem angedeuteten Aufbruch und einem gespielten Lachen zu vertuschen.

– Ich habe nie Schweine geschlachtet, Sie sind ja lustig.

– Aber der Großvater hat doch Schweine geschlachtet, nicht wahr? Und dann ist es von den toten Tieren schnell aufwärts gegangen, hoch die Treppen, hoch, ein Amt, zwei Ämter, ein Vorsitz – die Politik, aber ob unten oder oben, es stinkt hierzulande überall nach Schweinedreck.

Der Bärtige unterdrückt ein Lachen und ergänzt mit gedämpfter Stimme:

– Oder sehen Sie das anders, Herr Kern?

Alle schweigen. Denn die Unsicherheit kennt nur ein Geräusch: ungewollte Stille. Kern weiß nicht, wie er antworten soll. Er wünscht sich mehr Kaltschnäuzigkeit, wünscht sich, er könnte mit einem treffsicheren Spruch einfach davonlaufen, scheitert aber allein schon im Wunsch daran, also sagt er bloß:

– Entschuldigung, kennen wir uns?

Der Bärtige lächelt. Seine blauen Augen wirken entwaffnend. Mit einer Hand greift er in die Tasche seines Mantels, nicht um dort etwas hervorzuholen, wie Kern anfangs vermutet, sondern weil ihm das bequemer scheint.

– Kennen wohl kaum,

sagt der Bärtige.

– Aber wissen Sie, wo die alte Mühle war? Die Kneipe daneben hieß *Zum Bären*, dann kamen die zwei alten Handwerkshäuser, der Hof vom alten Obstbauern stand am längsten, und wenn Sie da hoch gehen, dreißig Minuten bergaufwärts, da kommt der letzte Lebensmittelladen, da bin ich aufgewachsen, schönste Südseite, schönste Aussicht, früher zumindest, jetzt stehen da unten überall Ihre eckigen Überbauungen, die sich über alle Felder und bis zum Hochmoor fressen – wussten Sie, dass Moore ihre ganze ökologische Geschichte festhalten und speichern wie ein Einmachglas mit sauren Gurken? Aber ich springe von Thema zu Thema, entschuldigen Sie, Herr Kern, nur dies noch, eine kuriose Sache,

sagt der Bärtige und macht eine Atempause. Kern schleicht unterdessen ungeduldig zur Tür. Doch der Bärtige redet jetzt unbekümmert weiter:

– Es gibt Bewohner in Ihren Überbauungen, die schwören, dass sie in gewissen Nächten die Schweine schreien hören.

– Wie bitte?,

sagt Kern und hofft, sich verhört zu haben.

– Es wimmert und kreischt aus dem Boden heraus, aus der tiefen, grottentiefen Finsternis, von irgendwoher hören sie die sterbenden Tiere schreien, ganz gottserbärmlich ist ihr Wehklagen, diese Schreie, fast wie von sterbenden Menschen. Und dann verknüpfe ich in meinem Kopf das ohnehin Untrennbare miteinander: die Versehrten und die Unversehrten, Schweine klingen wie Sterbende, Feuerwerke knallen wie Gewehrsalven, der saure, sumpfige Boden konserviert die Geschichte des Lebens, und Baumetall schmeckt wie Blut. Trotzdem ist jeder Vergleich ein Hohn, nicht wahr, Herr Kern? Aber entschuldigen Sie, das alles muss für Sie wie ein schreckliches Durcheinander klingen.

Erst jetzt schweigt der Bärtige. Beinahe erstaunt, wie sehr er von seinem Wortfluss mitgerissen wurde. Und doch scheint er sich darüber zu freuen. Ein Räuspern ist zu hören, denn jetzt mischt sich die Mitarbeiterin ein.

– Herr Boll, Ihre Lesebrille kommt wohl erst morgen, aber sicher übermorgen, es tut mir leid, dass Sie nochmals warten müssen, wollen Sie vielleicht vorübergehend eines dieser günstigen Exemplare ...

Der Bärtige winkt freundlich ab.

– Kein Problem, die schottischen Könige Duncan und Malcom und Macbeth haben Hunderte von Jahren gehalten, also können die auch noch einen Tag länger warten, finde ich. Gute Beispielhaftigkeit ist zeitlos, nicht wahr?

Er nickt der Mitarbeiterin zu und wendet sich dann an Kern, indem er ihm die Hand entgegenstreckt. Kern sieht die große, haarige Pranke vor sich und ergreift sie wie in Trance.

– Auf Wiedersehen, Herr Kern,

sagt der Bärtige mit einem Augenzwinkern,

– Auf dass Donnerblitze, Wind und Eis Ihnen nichts anhaben können.

– Danke,

stottert Kern, und der Bärtige zieht leicht an Kerns Hand.

– Aber er hüte sich vor dem Drängen der Worte, nur wahre Helden sind verflucht zu handeln,

ergänzt er mit tiefer Stimme, lacht daraufhin wie ein Unwetter und verschwindet mit großen Schritten aus dem Geschäft.

Eine Weile steht Kern bewegungslos da. Sein Arm bleibt ausgestreckt in der Luft hängen, als schüttle er noch die Hand eines Phantoms.

– War das ein Psalm?,

fragt er, doch niemand antwortet.

– Was sollte das heißen? War das ein christlicher Psalm? Ein Zitat?

Jetzt versucht die Mitarbeiterin die Situation zu retten.

– Oje, so war der Herr Boll noch nie, der ist sonst sehr verständnisvoll und lieb, meiner Freundin hat er letztens geholfen, ihren lästigen Ausschlag mit einer Salbe aus Wiesenkräutern und dieser Blütenmischung –

– Ist gut, Frau Weber,

unterbricht sie der Optiker, als versuche er mit dieser Zurückweisung seine Kundschaft zu schützen.

– Das bedeutet sicher gar nichts,

sagt der Optiker tröstend, aber die schlaffen Züge seines Gesichts verraten, dass er seinen Beschwichtigungen selbst nicht glaubt.

5

– Es ist definitiv ein Mensch,

sagt Schibig ins Telefon und staunt, wie klar seine Stimme klingt.

Aus der Leitung hingegen kommt zuerst gar nichts, irgendwann ist schließlich doch ein schweres Einatmen zu hören und ein zischendes:

– Shit!

Dann folgt ein Knistern. Die Überforderung wohnt im Schweigen, denkt Schibig, und als Phil sich wieder meldet, klingt dessen Tonlage metallisch gequetscht:

– Verstanden. Sorry, Schibig, du musst nicht vor Ort bleiben.

– Sicher?,

fragt Schibig ruhig und blickt enttäuscht auf die glatte Eisfläche vor seinen Füßen.

– Ich kann das unmöglich von dir verlangen, ich kontaktiere gleich jemanden am Ufer wegen den Leuten und schicke sofort Verstärkung.

Schibig schweigt. Er wartet auf ein Umdenken, und er will Phil dessen Unprofessionalität spüren lassen, denn kein Vorwurf ist mühsamer als ein gänzlich unausgesprochener. Erst nach einigen Augenblicken beendet Schibig die strafende Stille mit:

– Ich bleibe, es dauert ja nur zehn Minuten, oder?

– Genau,

kommt es kleinlaut aus dem Telefon. Das abschließende Danke hört Schibig schon gar nicht mehr, weil er schnell auflegt, weil da plötzlich eine seltsame Entschlossenheit aufkeimt und zu einer neuen Größe anwächst, also streckt er seine Wirbelsäule entsprechend in die Länge und will das Telefon spielerisch in die Jackentasche schieben, was dann doch eine Weile dauert. Die Kälte macht alles klobiger, zäher. Dann steht er einfach da, mitten im weißen Nichts, zwei Meter vor ihm der Tod, und er fühlt sich so lebendig wie schon lange nicht mehr. Jetzt bin ich doch direkt in der Gegenwart gelandet, merkt Schibig, und es fühlt sich gar nicht schlecht an. Im Gegenteil. Das ganze Jahr hindurch, vielmehr die ganzen Jahre über, hatte er nichts anderes getan, als Daten zu registrieren, Akten zu sortieren, alte Kriminalfälle und Gerichtsprotokolle zu erfassen und nach Schlagwörtern zugänglich zu machen, damit in diesem Meer aus vergangenen Geschehnissen gefischt werden kann; was sowieso nur selten vorkam. Fast niemand interessierte sich für diese abgeschlossene Welt. Von außerhalb hatte sich in den letzten sieben Jahren außer einer nervösen Studentin bloß noch ein Historiker mit Hornbrille bei ihm gemeldet und um Akteneinsicht gebeten. Und niemand interessiert sich für den wunderlichen Archivar, der täglich unbemerkt in den Tiefen verschwindet. Die meiste Zeit verbringt er ganz allein unter dem Boden der Zentrale. Dort im zweiten Untergeschoss und hinter der quietschenden Lifttür liegt sein stilles Reich, das höchstens durch das Rieseln der Abflussrohre oder das Summen der Kaffeemaschine etwas lebendig wird. Die Welt hat ihn eben ein wenig vergessen oder zumindest verdrängt, genau wie all die abgelegten Fälle im zweiten Untergeschoss des Polizeigebäudes.

Aber jetzt steht er hier draußen vor einer realen Sache, die eigentlich gar nicht sein kann. Und diese reale Sache wirkt wie ein Rausch. Ein guter Rausch diesmal. Ein klarer Rausch.

– Wirklich höchst unwahrscheinlich, bei diesen Temperaturen,

murmelt er wieder, dabei legt er den Kopf in den Nacken und blickt zur Bergflanke des Frakmonts. Der gebrochene Berg, dessen scharfe Zähne hinter dem Nebel liegen, wirkt wie ein Monster, von dem nur die klobigen Füße sichtbar sind. Und die Schattenschluchten sind seine unzähligen Schlünde, Mäuler, gefräßig, als versuchten sie die Welt zu verschlucken. Je nach Wetter verleihen sie dem Gestein hingegen eine seltsame Lebendigkeit, als kletterten dort echsenartige Umrisse durch die Spalten, fette Stollenwürmer, flink und in der Steinwüste heimisch. Schibig sucht die Schluchten ab, sucht nach Hinweisen auf alte Legenden, zuckt aber zusammen. In einer Fichte am Ufer schreien zwei Krähen. Ihr

Hohn hallt von den Felswänden und über den gefrorenen See. Schibig schaut sich um. Die Szenerie scheint monochrom, hier gibt es nur Schwarz und Weiß, Berg und Eis. Allein der menschliche Schatten vor ihm passt nicht ins Bild.

– Die bleiben sonst wirklich unten bei dieser Jahreszeit,

sagt er nochmals und hört vom Ufer nun veränderte Stimmen. Der Besitzer vom Glühweinstand packt fluchend seine Sachen zusammen. Ein überforderter Mann zieht unterdessen ein Absperrband von Baum zu Baum und bittet alle Personen, die Uferzone zu verlassen. Anscheinend ist die Neuigkeit dort angekommen. Beim Parkplatz weiter westlich informiert ein Freiwilliger alle Neuankömmlinge, die enttäuscht, aber von einer Neugier angesteckt davonschleichen.

Neben dem Seezugang östlich liegen die Wohnwagen und Bungalows des Campingplatzes. Blasses Schilf verdeckt die Siedlung. Und zwischen dem Schilf und den Ufersteinen ragt ein kurzer Landungssteg in den See hinein. Die Krähen machen weiter Lärm. Unweit der Straße werfen sie kleine Gegenstände aufs Eis und stürzen sich hinterher. Schibig schaut ihnen zu. Ihre Flügelschläge gleichen dem Marschrhythmus alter Kriegstrommeln, der damals die Heerformationen übers Hochmoor trieb. Hinein ins Verderben aus Torf und Lehm, hinein in den sauren Sumpf, wo jedes Kriegsgeschrei und das Ächzen aller Metallrüstungen in ewiger Stille versanken, und nur die Krähen erinnern jetzt noch an die Zeiten der Schlachten und Märtyrer.

Schlaue Biester, denkt Schibig und macht Zischgeräusche in Richtung der Vögel.

– Kein Wunder, knallen euch die Bauern mit ihren Schrotflinten ab, die haben eine Scheißangst vor euch,

flüstert er und blickt ungerührt auf die Stelle vor ihm. Das Stück Stoff ist eindeutig zu erkennen. Die blauen Jeansfasern wirken nass, und wo der Schlittschuh auf das Gewebe traf, sind leichte Risse zu sehen. Weiter links ist auch ein Teil des Gurtes sichtbar. Die Eisoberfläche rund um den Stofffetzen wirkt unregelmäßig und wild. Es sind die Wischspuren des Jungen. Die Bewegungen in der Nähe des Beins wurden noch mit naiver Sorgfalt ausgeführt. Erst etwas weiter weg werden die Spuren hektischer, da sind die Rillen der Kufen, die Fluchtbewegungen, Angstabdrücke, alles sieht nach Kampf aus. Schibig schüttelt den Kopf.

– Schräg, wirklich schräg …

– Die bleiben doch unten bei diesen Temperaturen,

sagt nun eine zweite Stimme, und Schibig zuckt zusammen.

Neben ihm steht jetzt eine ältere Frau. Wirres weißes Lockenhaar quillt unter der Alpakamütze hervor. Die zierliche Gestalt verschwindet fast im schweren Ledermantel, die dicken Fäustlinge hält sie wie ein Boxer vor der Brust, und an den Füßen trägt sie violette Moonboots.

– Was machen Sie denn hier?!,

sagt Schibig und kann sein Erstaunen schlecht verbergen.

– Das könnte ich Sie auch fragen,

sagt die Alte. Ihr Blick gilt sofort dem Schatten im Eis und eine Traurigkeit übernimmt für wenige Sekunden. Dann dreht sie sich wieder zu Schibig.

– Sie sehen auch nicht aus, als gehörten Sie hierher.

Hier pausiert sie kurz:

– Wir alle nicht. Alle drei,

sagt sie langsam und studiert Schibigs Gesicht:

– Oder vielleicht doch?

Schibig will schon etwas sagen, will ihr schon erklären, dass er nur aus Zufall hier sei oder als Lückenbüßer, dass gerade er für so was eigentlich komplett ungeeignet sei, und er erkennt, dass dies nur noch die halbe Wahrheit ist, denn seit er hier an dieser traurigen Stelle steht, fühlt er tatsächlich eine Form der Berechtigung. Die Frau hebt ihre Hand:

– Kaffee?,

fragt sie unbeeindruckt und hält ihm einen roten Thermobecher entgegen.

– Ich glaube, Sie sollten nicht hier sein. Die Polizei kommt gleich. Ich muss Sie bitten …

– … das Eis zu verlassen. Ich weiß,

sagt die Frau und macht einen zögerlichen Schritt, um den Körper unter dem Eis besser in Augenschein zu nehmen.

– Scheiße, wie kriegen die den da wieder raus?

Schibig schweigt. Die Alte hat recht. Diesen Gedanken hatte er bisher völlig verdrängt. Wie um alles in der Welt soll das gehen? Dabei sorgt er sich weniger um die technische Machbarkeit als vielmehr um die Unversehrtheit des Körpers und – auch wenn er das noch nie in einem Protokoll gelesen hat – um die Würde des Leichnams.

– Jetzt nehmen Sie den Kaffee schon,

sagt die Frau und Schibig greift gedankenverloren zu.

– Danke,

rutscht es ihm aus dem Mund, und er realisiert, dass ihn ihre Anwesenheit gar nicht stört.

– Rosa mein Name,

sagt die Alte jetzt.

– Ich wohne dort auf dem Campingplatz, der senfgelbe Wohnwagen, da bei der Birke,

erklärt sie mit kindlicher Freude und unterbricht sich, als erwarte sie darauf eine heftige Reaktion. Doch Schibig schweigt.

– Und Sie sind …?,

fragt sie umgehend, worauf sich Schibig erneut in die Höhe reckt:

– Arnold Schibig – freut mich.

Die Alte klopft ihre dicken Handschuhe aneinander und schlüpft tiefer in ihren Mantel hinein.

– Schibig; tut mir leid, dass Sie das bei dieser Kälte aushalten müssen.

Schibig nickt und spürt bei diesen Worte eine gewisse Ruhe.

Die Alte ihrerseits betrachtet Schibig von der Seite. Die gerade Nase mit der runden Spitze, das Muttermal neben dem Mund, die traurigen Augen. Schibig atmet jetzt hörbar aus, was zu einem missratenen Seufzer wird.

– Ich glaube, ich muss Sie jetzt wirklich bitten, das Eis zu verlassen,

sagt er, als erinnere er sich plötzlich an seine Aufgabe. Wie ein Magier streckt er lächelnd seinen Arm aus, als versuche er so die Frau in Bewegung zu versetzen. Doch die Geste bleibt halbherzig, etwas in ihm will, dass sie bleibt.

– Ist gut. Ich habe vorerst genug gesehen. Passen Sie auf sich auf, Schibig,

sagt die Alte und schlurft wie ein Pinguin davon. Dabei hält sie zum Gruß ihren Arm verdreht in die Höhe.

– Und wenn Sie den Alubecher nicht mehr brauchen ...,

ruft die Alte und zeigt mit ihrem Handschuh Richtung Campingplatz.

– Sie wissen schon.

Schibig blickt auf den dampfenden Becher in seiner Hand und dann zurück zur schlurfenden Frau, sieht, wie sie kleiner wird auf dem Eis und dabei erstaunlich elegant wirkt. Erneut hebt sie ihren Arm, als wüsste sie genau, dass er ihr nachschaut:

– Wenn etwas auftaucht, das schon als vergessen galt, kann das ganz schön lästig sein für einige – für andere hingegen ist das vielleicht sogar ein Glücksfall; so oder so: es wirft Fragen auf und das sollten wir nutzen, sagt die Alte, und:

– Wie bitte?!,

ruft Schibig hinterher, erhält aber keine Antwort. Also wartet er geduldig, als könnte sich die Alte jederzeit doch noch einmal umdrehen und ihm alles erklären. Aber die denkt nicht daran und schlurft weiter.

Die Krähen haben sich mittlerweile in eine Baumkrone zurückgezogen und schreien in die Kälte. Von oben linsen die schwarzen Räuber auf die Köpfe der ersten Schaulustigen, die sich am Ufer zusammenfinden. Schulter an Schulter stehen sie da und hoffen, dass etwas geschieht. Für sie ist Schibig bloß der Mann mit der Skijacke, und der Mann mit der Skijacke ist jetzt wieder die einzige Figur auf dem Eis. Aus Sicht der Krähen muss die Szene lächerlich wirken, denkt Schibig. Wie ein stummes Solo mit entferntem Publikum. Der Wind bläst kleine Schneewehen übers Eis.

Schibig weiß nicht, was er unterdessen Hilfreiches tun könnte. Vor Ort bleiben, hieß es, also bleibt er eben vor Ort und leistet der Leiche Gesellschaft. Er kann das. Es geht ihm gut, überraschend gut sogar. Er füllt seine Lungen und nähert sich nochmals dem Schatten vor ihm. Wenn man es weiß, ist der Umriss unverkennbar. Er hat etwas Lauerndes. Der Rumpf wirkt gekrümmt, und der rechte Arm ragt zum Ufer, als zeige er zum Dorf. Eine Haltung, die Schibig an etwas erinnert, das er gerade vergessen hat. Da blitzt ein scharlachrotes Schimmern auf. Ein fadendünnes Blutäderchen erscheint unter dem

Eis, also beugt er sich leicht nach vorne und sieht, dass am Unterarm des Toten ein rötlicher Faden klebt – oder das rote Ding ist im Eis oder es schwimmt bloß über den Glaskörper seines Auges, verdichtetes Kollagen, eine harmlose Linsentrübung wegen der Kälte. Er will schon in die Knie gehen und den Armschatten nochmals genauer betrachten, aber der Kaffeebecher und seine steifen Gelenke erschweren das Vorhaben. Außerdem knackt es verdächtig unter seinen Füßen. Vorsichtig macht er wieder einen Schritt zurück und zieht den Bund seiner Skijacke zurecht.

Der geschenkte Kaffee dampft ihm entgegen. Er nimmt einen Schluck und stutzt. Schnaps! – stellt er erschrocken fest, doch die Mischung wärmt sofort seinen Hals. Er schaut sich um. Ein erster Polizeiwagen erscheint endlich am Ufer, während auf der anderen Seite die Alte als bunter Punkt im Schilf verschwindet. Er muss lächeln. Wir gehören alle drei nicht hierher. Aber wenn etwas auftaucht, hatte die Alte gesagt, und Schibig studiert wieder den Menschenschatten vor seinen Füßen; den ausgestreckten Arm, die Jeans und den Gurt, die leicht an die Oberfläche ragen, und in diesem Augenblick weiß er wieder, an was ihn der Umriss erinnert hatte.

– Du bist aus den Höhlen des Frakmont entkommen, hm?

Er schaut sich um, als befürchte er, jemand hätte ihn gehört. Dann inspiziert er wieder die Furchen am Bergmassiv.

– Und die beiden Lindwürmer?

Schibig wartet, als wolle er dem Toten eine Antwort ermöglichen.

– Du bist es nicht, oder?,

murmelt er vor sich hin und ist sich durchaus bewusst, dass er mit diesem Gemurmel aufhören muss.

– Schibig, irgendwann halten sie dich für komplett irre.

Aber auch diese Bedenken murmelt er vor sich hin. Worauf er schmunzelt und dabei denkt: Teufelskreise sind auch bloß runde Labyrinthe.

6

Kern betritt seine Wohnung – eher seine Villa oder sein Herrenhaus, wie sie es untereinander nennen.

Der Flur ist alt, auf dem Steinboden stehen beiderseits renovierte Holzkommoden aus dem 18. Jahrhundert, rechts liegen die ehemaligen Kammern der Bediensteten, die jetzt Fahrradräume sind, Hobbyräume, Wasch- und Abstellräume voller Haken, an denen Rechen und Spaten hängen. Unter dem steinernen Waschbecken liegen Säcke mit Universalerde oder Herbstrasen-Dünger, daneben die gestapelten Tontöpfe für die Gartenarbeit. Am Ende des Ganges geht es zum Weinkeller, der immer schon ein Weinkeller war. Links führt schließlich eine Holztreppe in den ersten Stock zum Saal, dem Erker- und Wohnzimmer mit dem Parkett in Versailles-Platten, auf denen eine Corbusier-Liege und andere Designermöbel stehen. Das Haus riecht ehrwürdig und reich.

– Hanna?,

fragt Kern in die Räumlichkeiten und erhält zur Antwort nichts als staubige Stille. Trotzdem fühlt er sich hier nie allein. Langsam schleicht er von Zimmer zu Zimmer und hält seinen Kopf hinein, bis er vor dem letzten Raum ein Klicken vernimmt.

Hanna sitzt im Licht der Schreibtischlampe. Auf einer Ablage stehen ihre gebastelten Figürchen mit den winzigen Jacken und den winzigen Hosen. Da ist ein Regiment Söldner mit weißem Gurt und Trommel, ein Ritter mit Schild und Lanze und gezogenem Schwert, eine Tänzerin in Festtagstracht, der Fahrende an der Drehorgel, darauf sitzt ein Affe in roter Weste. Die Puppen wirken wie Untertanen, die ihrer Schöpferin bei einer Tätigkeit zuschauen, sie alle sind Teil einer kleinen Gesellschaft, die Hanna, seit einem Jahr, also seit ihrem freiwilligen Abgang als Personalleiterin einer Privatbank, aus einem Kunstdrang erschaffen hat. Irgendetwas müsse sie ja tun, sie könne nicht auf die Natur warten, irgendwie müsse sie diese Leere füllen, hatte Hanna ihm einmal erklärt, und er hatte ihr geglaubt. Meistens glaubt er ihr sogar mehr, als sie sich selbst glaubt. Aber das braucht Kern ja nicht zu wissen, auch nicht, dass sie von Ablenkung zu Ablenkung springt und dass sie für vieles vermutlich völlig ungeeignet ist. Aber das ist bestimmt nur eine Frage der Zeit.

Am Nachmittag war sie im Burgpark eine Weile hinter einer jungen Mutter und einem dick eingepackten Kind spaziert, die Mutter schob den leeren Kinderwagen und hatte immer wieder zu warten, weil das zweijährige Kind schlenderte, stehen blieb, weil es sich für die Eisklumpen am Boden interessierte, die es immer wieder lustig mit seinen Stiefelspitzen wegkickte. Das Kind bückte sich schließlich umständlich dem Boden entgegen, versuchte mit den roten Fäustlingen ein flaches Eisstück zu packen, doch es rutschte weg, wieder grapschte es danach, wieder entschlüpfte es zwischen den klobigen Handschuhen, bis Hanna genug hatte. Sorgfältig brach sie das längliche Stück einer gefrorenen Pfütze heraus, es hatte die Form eines Schwerts, und dunkelbraune Blätter waren darin eingefroren, ein Prachtexemplar. Sie reichte es dem Kind, das mit beiden Händen danach griff. Strahlend schwankte es der Mutter hinterher, hob den Fund an und leckte dessen Oberfläche ab, worauf der Mutter ein lautes Nein entfuhr. Routiniert schlug sie dem Kind das Geschenk aus den Händen. Das Kind schrie. Und Hanna hätte am liebsten auch geschrien. Aus Wut über ihre Unfähigkeit und gleich anschließend aus Wut über den Gedanken, dass es möglicherweise eben doch einen guten Grund gab, dass es nicht funktionierte, dass dieser verfluchte zweite rote Strich nie erschien. Aber an ihr darf es nicht liegen, denkt Hanna. Sie muss am Ende kriegen, was sie sich wünscht, aber zuerst muss sie wirklich wollen, was sie sich wünscht, und zwar auf ihre ganz eigene Weise. Dann wird es bestimmt einfacher und auch die Ablenkungen verschwinden.

Hanna klickt auf die Tastatur. Auf dem hellen Bildschirm vor ihr tauchen Lichtbilder auf. Kern steht derweil auf der Türschwelle und kneift die Augen zusammen. Die Fotografien auf Hannas Bildschirm erscheinen wie Nachtmahre in der Dunkelheit. Da tummeln sich die Gestalten mit grinsenden Gesichtern an Stränden, an glitzernden Schwimmbecken, vor Hibiskusbüschen, in den Händen rot-grüne Getränke, dann mit Katzen auf dem Arm; Kern sieht nummerierte Fußballtrikots, die Wölbungen von Schultern und Oberarmen, mit bläulicher Tinte tätowierte Tiger, umschlungene Wappen, römische Ziffern, verblasste Schnörkelmuster, Goldketten, weiße Zahnreihen neben weißen Zahnreihen, Sonnenbrillen, immer wieder diese Sonnenbrillen.

Kern schwindelt. Oder das Zimmer wankt. Er sieht nicht recht, obwohl er genau weiß, was Hanna da sucht. Nach einiger Zeit hatte sie ihm vorgeschlagen, es so zu versuchen. Der Markt für Bekanntschaften war einfach zugänglich, auf den entsprechenden Online-Seiten wimmelte es nur so von biologischem Material, wie Hanna die Männer im Gespräch tatsächlich bezeichnet hatte. Außerdem bietet dieses Vorgehen ein wenig Abwechslung und Aufregung, das hatte sie nicht gesagt, aber Kern verstand schon. Er wusste, dass ihr Pragmatismus ein reiner Vorwand war.

Hanna wirkt konzentriert. Sie streicht die Erscheinungen mit Leichtigkeit weg und weiter, als gehorchten die Trugbilder nur ihren Befehlen, als seien ihre Finger allein für deren Existenz verantwortlich. Sie ist eine Zauberin mit Glaskugel, denkt Kern und macht einen Schritt ins Zimmer hinein, worauf Hanna leicht zusammenzuckt.

– Das ging aber schnell beim Optiker,

sagt sie, streift mit dem Zeigefinger durchs Haar und schließt den Computer. Der Bildschirm klappt auf die Tastatur. Die Verfügbarkeit erlischt. Sie bleibt gefasst und hält Kerns Blick stand. Sie weiß, dass er es weiß – und beide wissen, dass ihr Wissen keine Konsequenzen haben wird. Wie nichts in ihrer Beziehung. Eine Weile ist es still. Nur der Fußboden knackt bei Kerns Schritten.

– Wie geht es ihr?,

fragt Kern und fürchtet sich vor ihrer Antwort. Hanna verzichtet auf ein Seufzen. Sie lehnt zurück und sucht nach Worten:

– Die neue Pflegerin ist hart im Nehmen. Sie ist gut. Sie ist ...

Hanna stoppt, als wolle sie mit ihrer Beschreibung nichts verraten. Kern wartet.

– Aber deine Mutter hat mir Kreide gegeben,

wechselt Hanna fast tonlos das Thema.

– Kreide?,

fragt Kern.

– Ich soll sie in Ziegenmilch raspeln und trinken.

– Wie bitte?

Hanna schweigt. Unter der Glühbirne taumeln ein paar Staubpartikel durch die Luft. Der Lichtkegel verleiht dem Raum etwas Wissenschaftliches. Alles hat die Farbe eines Untersuchungszimmers. Hannas Gesicht wird jetzt vom elektrischen Schein erfasst, die Verbitterung ist nun sichtbar, denkt Kern. Ihre Lippen sind dünner geworden. Obwohl sie viel jünger ist als er, scheint ihr Gesicht in den letzten Monaten wesentlich gealtert, der Weißwein und die hartnäckigen Nachfragen aus dem oberen Stockwerk haben ihre Spuren hinterlassen, funkelte da nicht dieses Glühen in ihren Augen. Sie wirkt alarmiert, angespannt, als säßen ihr seit Tagen Skorpione im Kopf. Diese Unruhe hieß früher Lebensfreude, heute sind es die Anzeichen eines vergeblichen Ausbrechens. Sicher, es geht ihnen gut, so gut, dass es schon fast wieder schlecht ist.

Der Alltag wirkt wie ein Narkotikum, aus dessen Tiefen sie immer seltener hochkommen. Etwas muss passieren, denkt Kern, sonst passiert es mit ihnen.

– Ihre Anfälle nehmen zu,

erklärt Hanna jetzt und ergänzt:

– Sie wird immer ungehemmter. Und nur, dass du es weißt: Ich werde keine Kreide fressen,

faucht sie im Licht der Lampe, und als Kern beschwichtigend die Hand hebt, faucht sie ein zweites Mal:

– Sag ihr das, bitte.

Hanna hebt ihre Hand mit einer Drehbewegung an. In ihrer Geste liegt kein Vorwurf, eher eine Resignation, die er längst nicht mehr persönlich nimmt. Trotzdem bleibt Kern nichts anderes übrig:

– Gut, wenn es sein muss – ich gehe schnell hoch.

Hanna wartet auf mehr. Doch Kern ergänzt bloß:

– Meine Versammlung ist um acht.

7

Zwei weiße Stoffwände stehen jetzt auf dem Eis, aber der Sichtschutz funktioniert nur halbwegs. Die Alte kriegt trotzdem alles mit. Mehrere Polizisten schleppen Gerätschaften heran – Seile, Gitternetze, Leitern, ein paar spitz zulaufende Schaufeln und Spitzhacken, und irgendwann tragen sie auch eine lange, graue Kiste herbei, die sie zwischenzeitlich vors Zelt stellen.

Ein Sarg, denkt die Alte, die nun wieder am Fenster steht, und kann die Kiste beim besten Willen nicht anders beschreiben, weil es eben ein Sarg ist.

Am entfernten Ufer nahe dem Steinbruch sammeln sich wieder die Schaulustigen. Warm eingepackt steigen sie aus ihren Automobilen, gaffen eine Weile über den gefrorenen See und erzählen den Neuankömmlingen weiter, was man bisher in Erfahrung gebracht hat. Die Sonne über ihren Köpfen scheint vergeblich. Alles findet hinter einem klebrigen Schleier statt.

Im Wohnwagen hingegen herrscht eine gelbe Helligkeit. Der Elektroofen klickt. Die Alte glaubt hinter dem Thermostat ein Glühen zu sehen. Sie dreht am Ventil. Ein neues Geräusch erklingt. Also tritt sie mit dem

Fuß gegen die Heizplatten und das Geräusch verschwindet.

Ihr Telefon leuchtet auf. Die Alte prüft das Nachrichtenkästchen, das nur wenige Worte enthält, die ihr jedoch viel bedeuten:

Hey Mum, komme vorwärts, sie spricht viel.
Da ist definitiv was!

Die Alte schiebt ihre Lesebrille auf die Nase und tippt zurück:

Thanks, Mousy, keep going and be careful.

Sie ergänzt den Text mit dem Symbol einer Fledermaus und aus Versehen einem gelben Küken, das aus einem Ei schaut.

Sie senkt das Telefon, während ihr Blick wieder zum See schweift. Doch da hängen bloß die starren Äste einer Eibe ins Bild, dahinter ragt das Schilf wie Borsten aus dem Wasser. Die Welt wirkt tot. Hier zumindest, weiß die Alte, denn weit über der Nebeldecke, dort, wo die Sonne ungehindert auf die Hänge scheint, flitzen die Menschen unter einem blauen Himmel und in teuren Skianzügen über die Pisten, dorthin hat sich jede Bewegung verlagert, hier unten findet das Leben in Langsamkeit statt. Als warte die Moorgegend auf einen Einfall, denkt die Alte und merkt, dass sie immer noch zum See starrt. Das Schauspiel auf dem Eis kommt nicht vom Fleck. Manchmal glaubt sie, ein Schattenmännchen löse sich vielversprechend aus der Menge, aber dann schleicht die Figur bloß zu einem der Polizei- und Rettungswagen am Ufer, um ein neues Gerät zu holen oder zu telefonieren.

Die Alte bindet ihre Locken zusammen. Irgendwo tickt eine Uhr. Sie ist bereit. Seit Jahren ist sie bereit, doch seit sie zurück ist, hat sich diese Bereitschaft in eine nagende Ungeduld verwandelt. Ihre Vorbereitungen nehmen die Hälfte des sonst schon kleinen Tisches in Beschlag. Da sind Gerichtsprotokolle, Fotografien, Stammbäume, unklare und unverständliche Skizzen, Adress- und Namenslisten, dann die verpixelten Bilder von weiß maskierten oder schwarz vermummten Gestalten. Doch ganz zuoberst liegt die aktuelle Zeitung mit dem Hauptartikel über das geplante Mahnmal zum Zweiten Weltkrieg und die historische Bedeutung des Ödwilerfelds, die von den Gegnern des Denkmals gerne betont wird. Die Hochebene liegt rund fünfzehn Gehminuten vom See entfernt und war einst Schauplatz für Streitmächte mit Morgenstern und Hellebarden; das belegen zumindest die hiesigen Chroniken auf nur wenigen Zeilen, was deren Wirkung aber keineswegs schmälert.

So wurde etwa vermerkt, wie im Jahr 1386 ein kleines, eigentlich viel zu schwaches Heer gegen den aus Norden kommenden Leopold den Dritten von Habsburg, einen machthungrigen Herzog mit dem Gesicht eines Gnomen, in die Schlacht zog und wie ein junger Soldat in derselben Schlacht auf dem Ödwilerfeld angeblich den spektakulären Opfertod starb, indem er sich mutig in die Lanzen der Angreifer warf und so seinen Landsleuten eine strategische Gasse öffnete, die den Sieg gegen das übermächtige Heer der Habsburger erst ermöglichte. Zu diesem Ereignis, das einen Märtyrer schuf, gibt es etliche Gemälde und Stiche, die Überlieferungen bleiben jedoch äußerst vage. Trotz der detaillierten Schlachtbeschreibungen in zwei zeitnahen Chroniken aus den Jahren 1470 und 1513 wird die Heldentat dort mit keinem Wort erwähnt, dafür aber bildlich dargestellt. Und wird die Einzeltat in einer dritten Chronik aus 1470 erwähnt, ist deren Informationsgehalt außerordentlich mager. Sicher ist hingegen, dass damals auch Herzog Leopold auf dem Schlachtfeld den Tod fand. Bei den insgesamt dreimaligen Untersuchungen des gut erhaltenen Skeletts wurden am adeligen Schädel des Herrschers frontale und rechtstemporale Hieb- und Stichverletzungen festgestellt. Deutliche Belege für einen gewaltsamen Tod des Herzogs. Ob andererseits der besagte helvetische Soldat tatsächlich aufopfernd aus den eigenen Reihen sprang und hierbei noch in wohlgewählter Rede zu seinen Kameraden sprach, er wolle ihnen jetzt eine Gasse machen, und sie sollen doch bitte für sein Weib und seine Kinder sorgen und nicht zuletzt für immer seines Namens gedenken, ist nirgendwo belegt. Vielmehr tauchen diese Ausschmückungen plötzlich auf und werden seither erzählt.

Die Gegenwart ist etwas holpriger. Das Geschehen auf dem See verläuft zähflüssig. Die Menschen bewegen sich wie Schatten um den Fundort, von Weitem ähneln sie einer Ansammlung von verschwommenen Moorgeistern, die vom Nebel ausgespien wurden und jetzt unbeholfen über das Eis rutschen. Ein Uniformierter verwirft seine Hände in Zeitlupe, ein zweiter und dritter öffnen die Kiste in Zeitlupe und schieben dann den Sarg in endloser Langsamkeit hinter die Stoffwand.

Genauso geschäftig hatten sie damals die längliche Kiste durchs Treppenhaus und in die gegenüberliegende Wohnung getragen, denkt die Alte, das war jetzt schon über vierzig Jahre her, als sie hier in der Gegend gerade ihre erste Stelle als Buchhalterin begonnen hatte, aber sie wird nie vergessen, wie die Beamten damals ins Mietshaus schlichen und still die Tür hinter sich schlossen, fast so als gelte es, diese lästige Sache schnell zu erledigen, dabei hätten sie es eigentlich wissen müssen, hätten es sogar verhindern können, hätten sie nur auf die unzähligen Hinweise von ihr gehört, dreimal war sie als junge Frau sogar persönlich bei der Polizeistation vorbeigegangen, hatte sogar versucht, ihnen eine Tonaufnahme der Schreie vorzuspielen, aber die seufzten nur und sagten, sie können da leider nichts machen – was in einer Familie passiere, passiere eben in der Familie und gehe den Staat nichts an, selbst wenn es eine Anzeige der Frau gäbe, war es damals in der Ehe legal, die Frau zum Geschlechtsverkehr zu zwingen, erklärte ihr der Polizist flüsternd wie ein ungeduldiger Lehrer und schob vorsichtig nach, sie solle sich lieber um ihre Tochter kümmern, sie sei schließlich alleinerziehend, und der Nachbar hätte bei ihrer Nachfrage von verdächtigen Männerbesuchen erzählt, ihr Patron in der Firma dürfe das bestimmt nicht wissen, und er wolle dem lieber nicht nachgehen müssen, ob sie dafür Geld auch verlange, so auffällig, wie sie sich kleide, drohte der Beamte leise. Und rund sechs Monate später waren die Polizisten dann mit der leeren Kiste aufgetaucht und holten die tote Nachbarin ab, während sie mit verschränkten Armen vor ihrer Wohnungstür stand und jedem einzelnen der Männer in die Augen blickte, dabei erhoffte sie eigentlich, wenigstens ein bisschen Scham zu erblicken, doch da war keine Scham, denn diese Scham hatte sich wie bei vielen Männern viel zu schnell in Wut verwandelt, eine Wut, die sich nicht gegen sich selbst, sondern nach außen richtete, und sie verstand sofort: Es war Zeit zu gehen.

Die Alte merkt, wie sich ihre Finger verkrampfen.

Draußen auf dem Eis liegen Leitern und Seile bereit, die Figuren versuchen aus Gründen der Statik keine Ansammlungen zu bilden, bewegen sich manchmal mit ausgestreckten Armen, bewegen sich mit Vorsicht, auf dünnem Eis eben, jemand telefoniert, ein Mann weist den anderen an, Befehle werden befolgt, und zusätzliche Hilfe kommt, die dann ebenfalls nur rumsteht.

Eine Motorsäge heult auf.

Die kommen mit dieser Leiche nicht klar, denkt die Alte im warmen Wohnwagen und verschränkt die Arme. Aber an vielen Anfängen taucht eben eine Leiche auf.

Damit sie endlich hinschauen. Und damit sie nicht mehr wegschauen können bis zum Ende.

Eine Weile verfolgt sie das Treiben auf dem Eis und wünscht sich den einsamen Mann mit der grellen Skijacke zurück. Irgendwie hat er da besser hingepasst, findet sie, aber er wird schon wieder auftauchen. Die Alte weiß, sie muss der Sache ihre Zeit lassen. Bei undurchsichtigen Geschichten geht es oft um Ausdauer. Und um die richtigen Handlungsträger. Es braucht immer einen Helfer wie auch einen – und obwohl sie das Wort nicht denken mag, tut sie es trotzdem – Helden.

8

Widerwillig steigt Kern in den dritten Stock.

Trotz der steilen Stufen hatte sie damals darauf bestanden. Nichts konnte sie davon abbringen, die umgebaute Dachkammer zu bewohnen. Falls man ihr Dasein mittlerweile überhaupt noch als bewohnen beschreiben kann.

Der Dachstock ist ihr wichtig, weil sie sich in ihrer Kindheit dort oft versteckt habe, wie sie einmal an einem Weihnachtsessen nach zu viel Bordeaux verriet. Als Spielerei hätte sie dort stundenlang in einer Ecke verbracht, wo ihr der Vater eine Art Zelt aufgebaut hätte. Mit ihrem Stoffpferd Heinz und den alten Kochtöpfen der Mutter habe sie dort ihren eigenen Haushalt geführt, es war ihr Königreich, ihr Versteck vor Vater und Mutter, wie sie mit leerem Blick ergänzte, worauf sie ihr Geständnis mit dem seltsamen Satz beendete:

– Aber vergessen sind die Toten, löscht aus, was an mir Frau und Tochter noch ist, und füllt es auf mit Grausamkeit.

In der Vorkammer zu ihrem Schlafzimmer fällt das Licht auf eine Vitrine mit Tierpräparaten. Da ist ein Hermelin, eine Kobra, eine Schneeeule mit ausgebreiteten

Schwingen, zu deren Füßen liegt sogar ein Krokodilschädel, daneben ein zweites Skelett mit kurzen Beingliedern, eine goldene Taschenuhr mit Klappdeckel, ein Messgerät mit Zirkel und Winkel, zwei Schießabzeichen, ein undefinierbares Knöchelchen auf einem Samtkissen und der sauber abgeschnittene Haarzopf eines Mädchens, das angeblich bei einem Bergsturz vor vierhundert Jahren ums Leben gekommen sei. An der Hinterseite der Vitrine lehnt eine Holzmaske mit Fell und Schweinezähnen, während ganz auf der rechten Seite, ins Holz eingelassen, eine kleine Tür das Möbelstück abschließt. Der Schlüssel zum Törchen fehlt. Kern hat ihn nie gesehen, er sei verloren gegangen, hat man ihm immer zu verstehen gegeben, aber eigentlich hat er nie danach gefragt.

Er holt Luft, streckt den Rücken. Mit zielstrebigen Schritten marschiert er in die Kammer, in deren Zentrum das Bett steht. Ihr Gesicht ragt wie ein kantiges Bergrelief aus der Baumwolle. Da sind Barthaare am Kinn, die Nase mager und spitz, die Stirn faltig, wettergeprüft und glänzend von Nachtcreme und Talg.

– Sie lügt, sie ist nicht, was sie behauptet,

krächzt es ihm entgegen.

– Mutter, niemand lügt,

antwortet Kern umgehend und erntet damit ein kurzes Schnauben.

– Hanna versucht bloß …

– Ich rede nicht von Hanna, aber falls du es wissen

willst, sie ist in ihren fruchtbaren Tagen. Heute und morgen. Denkst du, ich kann die Vollmonde nicht zählen? Glaubst du –

– Mama bitte,

unterbricht Kern die heisere Stimme, die aus den Kissen kommt. Ihre Gestalt verschwindet zusehends zwischen den Laken. Ihre Augen funkeln in einem Fieber. Aber trotz des schrumpeligen Äußeren liegt da noch etwas Wildes im Nachtkleid, eine Gnadenlosigkeit, als wäre ihr mitsamt Muskeln und Rundungen auch das letzte Stücklein Güte weggeschrumpft. Nur das rohe Skelett ist noch übrig, nur die finstersten Schatten harren noch hartnäckig aus. Das alles erinnert ihn an den dreckigen Restschnee, der in gewissen Tälern bis Mai liegen bleibt.

– Du willst doch auch einen Sohn,

donnert die sonnenlose Landschaft.

– Wir brauchen einen Stammhalter, es ist deine –,

doch das Krächzen stirbt ab. Ihre Augenlider beginnen zu zittern.

Das ist neu, aber Kern ahnt, was jetzt kommt: Ihr Gebrabbel wird keinen Sinn ergeben. Er lässt ihr Zeit. Er wird warten, bis das Delirium vorbeigezogen ist und nichts als Erschöpfung hinterlässt.

Am Kopfende des Bettes blinkt das Messgerät und zeichnet ihre Vitalfunktionen auf. Das Sauerstoffgerät steht einsatzbereit an der Wand. Dreimal täglich kommt eine Pflegerin und muss sich die Launen und Bemerkungen seiner Mutter gefallen lassen. Innerhalb eines Jahres haben vier Frauen verweigert, sie weiter zu betreuen. Ihre Haltung gegenüber den Angestellten war der hauptsächliche Streitpunkt gewesen, unterschiedliche Wertevorstellungen, die nicht mit den Richtlinien und Grundsätzen der Institution zu vereinbaren seien, wie es offiziell hieß, und nur dank einer großzügigen Sonderzahlung war die Institution bereit, weiterhin Pflegekräfte in die Villa zu schicken, diesmal Pflegerinnen, die gewisse Kategorien erfüllten, aber mit dem deutlichen Vorbehalt, dass sie beim nächsten Zwischenfall (egal ob verbaler oder physischer Art) keine Dienste mehr anbieten würden. Die Neue hat erst vor ein paar Tagen begonnen und kommt täglich mit dem Motorrad vorbei.

Die Welt ist empfindlich geworden, denkt Kern und fragt sich, wann es begonnen hat, dass man auch gegen großzügige Bezahlung nicht mehr bereit war, die Ansichten des Alters auszuhalten. Hinnehmen und Dulden sind keine Schande, denn am Ende sind es die Worte und Haltungen einer uralten Frau, Erfahrungen, die sich in fast hundert Jahren in diesem greisen Körper angesammelt haben. Da ist kein Platz mehr für Neues. Zeitgemäß hin oder her. Sie ist alt. Eine andere Generation, die ändert niemand mehr.

Die Nacht dringt durchs Fenster und will den Raum zur Ruhe bringen.

Die kleine Lampe wird zur Lichtinsel und bestrahlt das zerfallene Gebirge. Das Delirium hält an. Etwas staut.

Ein Brummen verlässt ihren Mund, und in einem plötzlichen Erdbeben setzt sich die Mutter auf, wutentbrannt kippt der Bergkamm hoch, türmt sich wie eine Gebirgsfaltung und sie öffnet ihre runzeligen Lider:

– Ich frage mich, wer hier alles wieder in eine klare Ordnung bringt, im Osten geben sie den Takt vor, sogar im Orient, aber hier ist alles zu einem weinerlicher Wildwuchs geworden. Nicht mal mehr unseren Vereinsruf dürfen wir sagen – nein, hoch hoch hoch heißt es jetzt, hoch hoch, dreimal hoch, dass ich nicht lache, und das ganze Gremium macht mit, aber die Vögel haben ja keine Ahnung, mit Schrot die Tauben vom Dach, peng, Kugelhagel, so lernen sie es, Schnäbelchen wetzen, Schnäbelchen füttern, mit den Schnäbelchen picken, picken, picken sie doch bloß nach Brosamen, kleine Fische, Mäuschen nur, na, grüß dich Gott, du lieber Frühling, sag ich da lieber, komm ins Feld und komm ins Haus, lass am Himmel die Sonne scheinen, verjage den Winter endlich, Amsel, Drossel, Fink und Star, sollen sie doch, aber wehe, du folgst dem fremden Gefieder, wehe, du kannst den Mund nicht halten, flügge, flügge, hörst du, Sohn, so keimt in der richtigen Erde der falsche Kern, flügge flügge, das ist Betrug am Blut, hörst du mich, Betrug am eigenen Blut …

Sie verstummt. Das Muttergestein wird schwer.

Die wirren Geister haben den Boden wieder verlassen, denkt Kern, während der Mutterberg in sich zusammensackt. Der Schlaf übernimmt und wirkt wie ein täuschendes Bild, dem Tod nicht unähnlich und doch Welten davon entfernt.

Kern steht einfach da. Nichts passiert. Es ist, als wäre die Zeit rasch aus dem Raum gegangen, um unbeobachtet für ein paar Sekunden durchzuatmen.

Hat er zu handeln, fragt er sich und fragt sich das nicht zum ersten Mal.

Wort- und antwortlos wartet er. Vor sein inneres Auge schiebt sich der unverschämte Mann im Optikergeschäft, der monströse Bauer liegt jetzt neben der Mutter im Bett, wird zur skurrilen Spiegelung, doppelt, vierfach, worauf sich doppelt, vierfach ihre Münder zu bewegen beginnen, wortlos entweicht ihren Löchern bloß warme Luft, da kommen keine Vokale, keine Konsonanten heraus, völlig klangbefreit formen sie ihre Begriffe, senden stille Flüche ins nächtliche Zimmer, wovon sich Kern abwenden möchte, überwältigt von diesem Vexierbild und von der offensichtlichen Vergänglichkeit des Menschen, wie er dahinvegetiert und zu Morast wird. Nur das Unbewegliche bleibt. Das massive Gestein der Alpen wird alles überdauern. Wie der Frakmont da draußen, der mächtige, ewige Frakmont.

Er beginnt zu schwitzen. Ein Druckgefühl füllt seinen Bauch. Dabei liegt das Abendessen noch vor ihm. Auf dem Tisch beim Fenster sieht er Medikamente liegen – in silberner Monofolie eingeschweißte Schmerzmittel, wie er erkennt, also steckt er prophylaktisch einige Tabletten in die Tasche, damit er für die Versammlung ausgerüstet ist.

Kern studiert den Trotz im Antlitz seiner Mutter. Kein Weltraumritter würde sich so was antun, die Zukunft liegt da draußen und nicht im staubigen Dachstock versteckt. Die Zukunft kommt schneller, wenn sie die Vergangenheit loswird. Und während er das denkt, öffnet die Mutter ihre Augen zu zwei dünnen Schlitzen, blinzelt in den Raum und liest ihren Sohn auf grausamste Weise:

– Denk nicht mal dran.

9

Vier Tage hätte sie ihm Zeit gegeben.

Vier oder fünf Tage, aber Schibig steht schon nach drei Tagen vor ihrem Wohnwagen. Wieder in der grellen Skijacke und in der Hand den gewaschenen Kaffeebecher, den er als Erklärung kurz hochhebt. Schibigs Lächeln lässt die Alte einen Schritt zur Seite gehen, damit er eintreten kann.

– Ich wohne ganz in der Nähe, außerdem hatte ich gerade Dienstschluss im Archiv,

sagt Schibig wie zur Entschuldigung und geht dann doch hinein.

– Nett von Ihnen,

meint die Alte nur und zeigt Richtung Schreibtisch, auf dem der ganze Papierkram und zwei schmutzige Kaffeetassen stehen. Dabei klimpern die vielen Ketten um ihren Hals, an deren Enden kleine Taschen oder Kästchen hängen.

– Nehmen Sie Platz, Schibig.

– Oder einfach Arnold,

murmelt Schibig und will erklären, dass er eigentlich nur den Kaffeebecher zurückbringen und gleich wieder gehen wolle, aber ein Staunen löscht sein Vorhaben. Das Interieur des Wohnwagens ist keinesfalls, wie er es erwartet hatte. Er fühlt sich inmitten eines Zaubertricks. Während die gelbliche Fassade des Caravans von Algen und Schimmel stark in Mitleidenschaft gezogen wurde, gleicht das Innere einem winzigen, schmucken Salon. Da ist ein Ledersessel, eine kleine Bibliothek, ein Tischchen mit Leselampe, eine gut ausgestattete Bar auf einem hölzernen Servierwagen. Die Einrichtung wirkt, als wäre er kurzweg in die Miniaturausgabe einer Designerwohnung aus den Sechzigerjahren gestolpert. Dann stockt er. Sein Blick bleibt auf einem Papierstapel haften. Dort auf einer Mappe und sorgsam ausgeschnitten liegt derselbe Zeitungsartikel, den er erst von wenigen Tagen ebenfalls seiner Sammlung beigefügt hatte, und sein Staunen wechselt in ein Lächeln, das der Alten nicht entgeht.

– Willkommen in meinem Gehirn,

sagt sie, geht zur Küchenecke und nimmt zwei Trinkgläser aus dem Regal. Dann öffnet sie den Kühlschrank und eine goldbraune Flasche kommt zum Vorschein.

– Meine Vorliebe für Eiswürfel hielt sich immer in Grenzen,

erklärt die Alte und runzelt die Stirn unter ihrem weißen, wilden Haar.

– Deswegen kühle ich meinen dreißigjährigen Macallan. Auch wenn mich ganz Schottland deswegen zum Teufel jagen würde; aber ich liebe es, wenn die Flüssigkeit langsam Raumtemperatur annimmt, als würde der Whisky so erst in meiner Welt ankommen.

Sie stellt die Gläser an die einzige noch freie Stelle auf dem Tisch und schenkt ein.

– Jetzt setzen Sie sich doch bitte hin.

– Nein, bitte, ich ...

beginnt Schibig und kommt nicht weiter, weil er seine Ablehnung selbst nicht glaubt.

– Atmen, lieber Schibig, atmen und hinsetzen,

sagt die Alte nochmals und fixiert seinen Blick:

– Sehen Sie es als Belohnung für das, was Sie da auf dem Eis getan haben.

– Getan?

– Na ja, ich vermute, Sie hätten auch einfach weggehen können, aber Sie haben die Leiche nicht allein gelassen. Das ist nett und ...

Die Alte zögert und zuckt dann mit den Schultern:

– Mutig.

Schibig hat dieses Wort nicht erwartet. Niemand würde ihn so nennen. Nicht seit er sich vor drei Jahren in der Abflughalle vom Flughafen Heathrow auf dem Boden gekrümmt hatte, weil er dachte, er müsse sterben. Nicht, seit die Ärzte in der Notaufnahme danach nichts entdeckten und ihm eine Broschüre zu Angststörungen in die Hand drückten. Und nicht seit diese Attacken seine Wege in der Welt seltener und kürzer gemacht haben. Mutig war ein Wort für andere. Also setzt er sich hin, um seine Freude zu verstecken.

– Wollen Sie mir erzählen, was Sie wissen?,

fragt die Alte erwartungsvoll.

– Erzählen?

– Natürlich habe ich insgeheim gehofft, dass Sie hier auftauchen werden und mich auf den neuesten Stand bringen. Oder irre ich mich?

Schibig schweigt und sein Schweigen ist den beiden vorerst Antwort genug. Also hebt die Alte ihr Glas und wartet, bis ihr Gast nachgibt und ebenfalls nach dem Whisky greift. Nach dem ersten Schluck behält die Alte ihr Glas wie eine kleine Kostbarkeit in der Hand. Ihre Augen glänzen, während Schibig nach einem Anfang sucht.

– Was Sie da auf dem See gesagt haben,

beginnt er schließlich.

– Das wabert seither wie ein Echo in meinem Kopf herum. Wenn etwas auftaucht, haben Sie gesagt, dann kann es ein Glücksfall sein, es wirft Fragen auf, so was haben Sie doch gesagt.

– Und das sollten wir nutzen, das habe ich auch gesagt,

ergänzt die Alte mit erhobenem Zeigefinger.

– Wissen Sie, ich bin den ganzen Tag um Geschehnisse herum, die vergessen wurden – und in den meisten Fällen nie mehr auftauchen,

sagt Schibig leise und die Alte nickt.

– Aber da auf dem Eis, da war ich plötzlich Teil der Geschichte, bevor sie zur Geschichte wird.

– Ich verstehe.

Schibig runzelt die Stirn.

– Und was machen Sie hier?

Die Alte räuspert sich:

– Ich? Vor einer Ewigkeit habe ich mal hier gelebt und gearbeitet und lernte gleich bei meiner ersten Anstellung alles, was es zu lernen galt: Finanzen und Korrespondenzen, Stenographie und Protokolle, ich vereinbarte Termine, nahm Anrufe entgegen, fand stets den richtigen Ton, munterte den launischen Patron auf und kümmerte mich sogar um dessen Kleinkind, wenn es mir ganze Nachmittag unbeaufsichtigt um die Beine krabbelte. Einmal stellte ich einen kleinen Philodendron auf meinen Schreibtisch, der aber gleich am nächsten Tag wieder verschwunden war, kurz: Diese Gegend war kein Ort für eine junge Frau wie mich. Ich wollte der Zukunft entgegenrennen, ich wollte die Welt sehen, nein, ich wollte sie nicht nur sehen, ich wollte sie auch mitgestalten. Ich habe auf allen Kontinenten gelebt und gearbeitet, meistens was mit Finanzen, mal dies, mal das, ich bleibe eben gerne in Bewegung.

Die Alte schmunzelt und schaut sich im Wohnwagen um.

– Ich brauche nicht viel, das Einzige, das ich überallhin mitnehme, ist meine Haarbürste aus Sandelholz. Ein lieber Freund schaut hier zu meiner Bleibe, aber ich komme nur sehr selten zurück. Außer ich habe was Wichtiges zu erledigen.

Die Alte zwinkert, und Schibig versteht nicht, worauf

sich das Zwinkern genau bezieht, doch bevor er nachfragen kann, macht die Alte weiter:

– Erzählen Sie mir von der Leiche im Eis. Wissen Sie mehr? Sie haben schließlich eine ganze Weile dort auf dem See zusammen verbracht,

sagt sie und ergänzt:

– Gezwungenermaßen, meine ich.

Schibig nimmt einen weiteren Schluck und beginnt:

– Ein Bekannter hält mich auf dem Laufenden, nur seinetwegen war ich überhaupt dort, also schuldet er mir diesen Gefallen. Außerdem kommen die Akten irgendwann sowieso zu mir ins Archiv.

Die Alte nickt und wartet auf mehr.

– Der Tote ist ein Mann. Gemäß den ersten Protokollen war es alles andere als einfach, den Körper aus dem Eis zu kriegen. Nachdem das Bergungsteam einen Großteil des Körpers befreit hatte, brach die umliegende Eisschicht immer wieder ein. Die ganzen Geräte und die Männer hatten ein beachtliches Gewicht, gleichzeitig wollte man die Leiche nicht beschädigen. Ein Boot kam nicht infrage, also haben sie es dann mit Seilen versucht und einer Eissäge. Ich bin froh, musste ich die ganzen Versuche nicht mitansehen; es muss furchtbar gewesen sein, ein Trauerspiel oder der Beweis einer kollektiven …

Hier zögert er kurz. Und kann es dann doch nicht anders formulieren:

– Einer kollektiven Unfähigkeit. Wie dem auch sei, nach mehreren Stunden konnten sie den Körper endlich bergen. Der Arzt, der für die Leichenschau aufgeboten wurde, bestätigte den Tod, eine reine Formsache. Er konnte vor Ort aber unmöglich eine genauere Untersuchung durchführen, also brachten sie den Leichnam direkt ins Rechtsmedizinische Institut. Auch um abzutauen.

Die Alte nickt erneut, da sie nicht vorhat, seinen Bericht zu unterbrechen, doch Schibig kann sein Wissen nicht mehr zurückhalten, etwas drückt das Angesammelte an die Oberfläche – die Akte soll lebendig werden.

– Der Arzt hatte bei der ersten Inspektion nichts Verdächtiges erkannt, keine Prellungen, keine Schuss- oder Stichwunden, aber in jenem Zustand, in dem die Leiche war, wäre das auch ein Wunder gewesen.

Er zuckt mit den Schultern und spricht weiter:

– Erst zwei Tage später war der Körper endlich für eine erneute Inspektion bereit, aber wie gesagt, keine äußeren Anzeichen, kein außergewöhnlicher Todesfall, hieß es. Wasser in der Lunge. Ertrunken, sagt der Bericht aus dem Institut, und der Staatsanwalt findet ebenfalls keine Gründe, nochmals genauer hinzuschauen.

– Aha,

kommentiert die Alte und nimmt einen weiteren Schluck des Whiskys.

Durchs Fenster sind die Schreie der Krähen zu hören. Ansonsten liegt der See still und zugefroren da.

– Vielleicht lag der ja schon Wochen oder Monate auf dem Seegrund, das Gewässer liegt nahe am Moor, der Säuregehalt könnte das Gewebe konserviert haben. Es gleicht sowieso einem Wunder, dass der Leichnam an die Oberfläche kam, normalerweise ... Sie wissen schon.

Die Alte nickt. Jetzt ist es still im Wohnwagen. Nur der Kühlschrank summt regelmäßig, um dann mit einem leichten Schütteln ruckartig zu verstummen.

– Es hat Sie nicht losgelassen?,

sagt die Alte.

Schibig kippt den Kopf zur Seite. Seine Wangen zeigen jetzt eine rote Färbung. Der Alkohol tut seine Arbeit.

– Das tut es nie. Die Nebenfiguren der Geschichte sind meine Spezialität. Ein Vorbericht wurde bereits bei mir abgelegt, etwas voreilig vielleicht, aber ich vermute, die Erfahrung hat gezeigt, dass solche Fälle meistens ins Leere laufen.

– Nichts läuft je ins Leere. Alles ist miteinander verbunden.

Die Alte kann sich ein Schmunzeln nicht verkneifen.

– Na ja, es kommt öfters vor, dass die Polizei tote Personen aus dem See fischt, meist ...

Schibig wartet kurz und beginnt dann nochmals.

– Der Unbekannte sei ertrunken, lautet die offizielle Meldung. Unfall oder Suizid. Ende.

– Aha.

Stille.

– Ende,

sagt Schibig erneut, und die Alte erkennt, dass es dieses banale Wort ist, das ihn stört. Es ist, als wolle er die lebendigen Zeilen vor diesem Wort noch nicht begraben, als hoffte er, dass die Alte die Sache nun übernehme, als hoffte er, dass sie diese Geschichte trotz allem noch ein wenig weitererzähle – aber vorerst bleibt sein Gegenüber ruhig. Stattdessen erklingt das Knirschen des Korkzapfens. Die Alte schenkt nach.

– Sie wollen das Ende nicht als Ende, sondern als einen Anfang sehen,

sagt die Alte jetzt doch noch, während Schibig seinen Blick im goldenen Braun des Whiskys verliert.

– Wie bitte?,

fragt er und schaut hoch in ihre Augen.

– Was ich sagen will: Es liegt an uns.

Ein Lächeln huscht über ihr Gesicht, wodurch im Mund eine kleine Zahnlücke sichtbar wird. Die Alte strahlt eine kindliche Freude aus, die ansteckend ist. Schibig lächelt ebenfalls, schüttelt jedoch den Kopf, als versuche er so, einen irrationalen Gedanken loszuwerden, wie Qualm oder lästige Mücken.

– Seine Haltung war seltsam. Der Arm. Und –

– Und?

– Was von ihm ausging.

– Was meinen Sie damit?

– Ich weiß es nicht,

sagt Schibig und schließt die Augen, als kapituliere er vor seinen komplexen Ideen. Nochmals nimmt er den Mut zusammen:

– Ich habe ihn nicht genau gesehen, aber da war etwas – ich weiß, das klingt bescheuert, aber da war etwas Entrücktes an ihm. Als wäre er uralt und erhaben – verstehen Sie? Ich weiß nicht genau, woran es lag, aber in dieser halben Stunde auf dem See, da hätte ich geschworen, der Tote kommt aus einer anderen Zeit, aus einer anderen Welt. Als sei er ein Mythos, der mir etwas mitteilen will. Oder als sei er ein Scharnier zwischen Vergangenheit und Gegenwart.

Schibig spürt, dass sie ihn durchaus ernst nimmt, also spricht er weiter:

– Kennen Sie diese alberne Geschichte des Fassbinders im Felsen?

Die Alte schüttelt den Kopf.

– Irgendwann im 15. Jahrhundert, lange nach dem Sieg über die Habsburger, da wollte ein Küfner namens Fassbind für sein Handwerk in den Wäldern Holz holen und fiel dabei oben am Frakmont in eine tiefe Felsspalte. Beim Aufprall verlor er das Bewusstsein, und als er wieder zu sich kam, lag er in einer finsteren Felsgrotte, die er vorsichtig zu erkunden begann. Nach einer Weile gewöhnten sich seine Augen an die Dunkelheit im Gestein, und er kam zu einer Aushöhlung, in der zwei gigantische Tiere hausten, zwei krokodilhafte Echsen mit dick gepanzertem Rücken, mit Schwanz und ledrigen Flügeln, zwei Drachen. Der Fassbind versuchte sich zu verstecken, kauerte sich in die dunkelste Ecke, doch bald erkannte er, dass die beiden Urtiere ihm nichts antun wollten. Im Gegenteil, sie waren handzahm und zutraulich, also näherte er sich, und sie umschlossen ihn mit ihren

Schwingen, sie hielten ihn warm, beschützten ihn, er wurde ihr Haustier sozusagen und blieb. Er hatte keine andere Wahl. Die Ungeheuer wollten ihn nicht mehr gehen lassen. In den kalten Monaten wechselten die Reptilien in eine Art Winterstarre, ernährten sich vom Tropfwasser an den Felswänden, und der Fassbind tat es ihnen gleich, er leckte die salzigen, mineralischen Rinnsale von den Gesteinswänden und überlebte. Im Frühling schließlich, nach gefühlten Jahren in Kälte und Dunkelheit, kam langsam wieder etwas Leben in die Tiere. Ihr Herzschlag wurde stärker, ihr Atem ging schneller, und bald begannen die beiden Stollenwürmer ihre Flügel zu recken. Der Fassbind verstand, dass sich die Tiere für ihren Frühlingsflug vorbereiteten, er wusste, dass die Drachen zusammen mit dem Tau- und Schmelzwasser bald aus dem Berg fahren würden, also schnürte er sich heimlich mit seinem Gürtel an den Dornenschwanz der einen Echse, und als der Tag kam, wo die beiden Drachen an die Oberfläche krabbelten und in die Lüfte stiegen, entkam er der Grotte im Flug. Er wurde mit den Drachen hinausgespült zurück in die Welt der Menschen. Doch dort glaubte ihm niemand. Keiner wollte seine Geschichte hören, sie sagten, er lüge oder erfinde märchenhafte Ausreden für sein Verschwinden, und schlimmer noch: Der arme Fassbind war nach den Monaten im Fels keine menschliche Nahrung mehr gewohnt, nirgends fand er die salzige Nässe des Höhlengesteins. Unser gewöhnliches Brot und die Kuhmilch waren ihm zu schwer geworden, und bald starb er an vergiftetem Magen. Gewisse Legenden behaupten, das trauernde Klagen der Drachen sei oben am Frakmont jeden Frühling bei Tauwetter ganz deutlich zu hören. Man hört es im Donnern der Sturzbäche, und die milchig weiße Eisschmelze sind ihre Tränen. Es gibt einen detaillierten Kupferstich von Athanasius Kircher, der zeigt, wie der arme Fassbind am Drachen aus dem Bergloch gezogen wird. Der Küfner in der Felsgrotte, er ist zurück an der Oberfläche. Und an genau diese alte Geschichte musste ich auf dem See denken. Er taucht nochmals auf, dachte ich, und ich weiß schon, was sie jetzt sagen werden, und auch wenn das alles nicht stimmt – aber vielleicht bin ich durch die Arbeit im Archiv einfach ein wenig blind geworden für – für …

Schibig senkt nun den Kopf und weiß, dass er den Faden verloren hat. Die Alte summt und tippt mit ihren Fingerspitzen nachdenklich auf der Tischplatte herum. Der Whisky tut ihm gar nicht gut, denkt sie ihrerseits und hilft ihm auf die Sprünge:

– Die Leerstellen,

sagt sie nun und Schibig wiederholt:

– Die Leerstellen?

– Blind geworden für die Leerstellen,

sagt die Alte nochmals, und Schibig schaut, als verstünde er nicht, weil er diesem Gedankensprung beim besten Willen nicht folgen kann. Blind geworden für das große Ganze vielleicht oder blind geworden für ein Wunder, denkt er weiter, oder für die Gegenwart als Gegenstück zur passiven Vergangenheit; denn was auf Papier übrig bleibt, reicht ihm nicht mehr aus – die kräftige und handelnde und gestaltende Gegenwart, ja, dafür ist er blind geworden, aber doch nicht für die Leerstellen, wobei das möglicherweise ja alles ein und dasselbe war, grübelt Schibig weiter.

– Die größte Gefahr, wenn sie allein über eine Moorlandschaft oder durch ein Karstgebiet wandern,

unterbricht die Alte seine Gedanken:

– Sind schlammige Untiefen und heimtückische Felsspalten, in die man mit dem Fuß tritt und dann ganz hoffnungslos stecken bleibt. Ein bisschen wie ihr Küfer, gewiss …

Die Alte zögert.

– Okay, das ist ein schlechtes Beispiel, aber, Schibig, was ich sagen will: Sie sind ganz einfach an eine mühsame Verzweigung geraten und kommen da nicht mehr weg. Oder raus. Oder sagen wir so, Sie kommen da raus, aber in welche Richtung? Das ist die Frage. Eine große Unklarheit. Aber das müssen Sie jetzt aushalten. Das müssen Sie nutzen.

Schibig hebt sein Kinn. Darauf sprießen die Schatten eines Dreitagebartes. Sein Profil ist kantig, die Stirn entschlossen. Seine Brust wölbt und die Lungen füllen sich, genau wie vor ein paar Tagen auf dem Eis. Doch der dünne Archivar weiß nicht, was er mit dieser neuen Energie anfangen soll.

– Aber ich bin ja auch noch da,

sagt die Alte jetzt.

– Außerdem muss ich sowieso etwas Zeit überbrücken.

Sie streicht ihm zum Trost über den Handrücken. Und während Schibig merkt, dass sich tatsächlich eine Erleichterung breitmacht, schiebt die Alte nach:

– Das Ganze hat seine Gründe.

Dieser Satz braucht genügend Raum und Zeit, also schweigt die Alte, während draußen zwischenzeitlich irgendwo ein Hund bellt. Ein Motor heult auf. Der Winter weht durchs Schilf, während an den Berghängen Nebel hochsteigt, leicht und stetig, als entfliehe die Lufttrübung den traurigen Tälern. Dann schrumpft die Welt wieder auf den kleinen Kosmos des Wohnwagens zusammen. Da stehen die Tassen vor ihnen. Fotografien hängen an den Wänden, schwarz-weiße Abzüge von einer Gruppe im Wald vor Holzhütten, eine junge Frau mit Mundharmonika am Lagerfeuer, Bilder von einem Punkkonzert. Vor ihnen steht die Whiskyflasche und wartet, da flackern zwei Honigwachskerzen, da ist der surrende Kühlschrank. Da liegen der Tabak, ein Feuerzeug und die Mappe mit Notizen, wonach die Alte schließlich greift und fragt:

– Wollen wir?

10

Der *Adler* steht etwas außerhalb. Aus der Vogelperspektive gesehen scheint er zwischen die Dörfer gefallen. Aber wie vieles, das bewusst im Abseits steht, gilt auch dieser Gutshof als beliebter Versammlungsort.

Trotz klarer Nacht ist das Haus von der Hauptstraße her leicht zu übersehen. Straßenlaternen gibt es hier keine. Leuchtreklamen auch nicht. Jeder hat seinen Weg ohne Hilfe zu finden. Jeder, der eingeweiht ist, findet ihn auch. Auf dem Kiesparkplatz vor dem restaurierten Gebäude wartet eine ganze Reihe Automobile, alle schwarz, alles neueste Modelle ihrer Marken – vier klassische Mercedes, zwei Porsches, zwei Lexus, ein Audi, ein Chrysler und sogar ein Maybach stehen da in Formation. Der Lack glänzt, denn ein milchiger Mond schimmert herab. Ansonsten liegt eine Dunkelheit über dem Land wie das samtige Tuch eines Zauberers. Die Luft ist eisig.

Unweit davon trennt ein Bahndamm das feuchte Feld. Ein Pendlerzug zieht vorüber, seine Fenster leuchten gelb, wie eine Kette aus quadratischen Lichtern. Im Innern sitzen Menschen unter länglichen Lampen und auf kubisch-verspielten Sitzmustern. Die Haltung der

Reisenden ist vom Alltag gezeichnet, die Augen halb geschlossen oder offen. Die Müdigkeit ist allgegenwärtig.

Es ist fast acht Uhr.

Kern trifft als Letzter im *Adler* ein. Ein paar Schritte vor der verzierten Eingangstür, die das Ortswappen mit dem berühmten Drachentöter zeigt, setzt er den obligaten Zylinder auf und betritt das Lokal. Aber er kommt nicht weit. Schon im Flur vor den Toiletten wird er von Elster Junior, ebenfalls mit Zylinder, aufgehalten. Der ehemalige Anwalt ist Sekretär der Ortsgruppe und riecht nach Zigaretten. Außerdem liegt in seinem Atem die säuerliche Spur eines Weißweines, bei dem der Moder eines morschen Korks mitschwingt. Elster Junior lacht. Das Junior in seinem Namen ist in Anbetracht des hohen Alters (immerhin ist er schon im Ruhestand) eigentlich unpassend, da aber Elster Senior noch lebt, wird der Junior wohl oder übel darauf warten müssen, bis ihm der Seniortitel durch das Ableben des Patriarchen zufällt. Elster Junior hebt vor Kern die schwere Hand in die Höhe, was die gesamte Erscheinung des Juniors regelrecht verzieht, denn der teure, tiefschwarze Anzug aus Schurwolle ist ihm trotz seiner Fülle an allen Seiten zu weit. Der Zylinder hingegen wirkt überraschend klein, außerdem kippt er schief zur Seite. Elster Junior blinzelt Kern aus seinen kleinen Äuglein an und wirkt dabei wie der ewige Junge, der er zu sein verdammt ist.

– Da ist er ja!,

dröhnt es laut und der massige Mensch wankt Kern entgegen:

– Mir kommst du nicht vorbei, Kern, ich bin eine verdammte Lawine. Außerdem will ich alles über die Liegenschaft beim Ödwilerfeld wissen, und dann will ich bis ins Detail wissen, wie es deiner schönen Frau und ihrem Luxuskörper geht, und dann vielleicht noch ein paar Worte zur Frau Mutter,

schnurrt Elster Junior amüsiert und hat noch nicht genug:

– Umgeben von Frauen, der brave Kern, aber sag, ich habe gehört, du hast dir das Land gekrallt. Trotz dem Denkmal?

Kern schweigt, wie er glaubt, dass ein Sieger zu schweigen hat, was Elster Junior zu einer weiteren Verrenkung veranlasst. Er packt ihn an beiden Schultern und schüttelt ihn vor und zurück wie einen kaputten Glücksspiel-Automaten.

– Du verdammter Held,

flucht Elster Junior mit einem breiten Lachen und schlägt ihm zum Abschluss auf den Oberarm.

– Frisst sie alle, du bist eben der König,

sagt der Junior, und zwei Schweißperlen rollen über seine Wange. Wortlos dreht er ab und schleppt seine flatternde Anzughose die Treppe hoch ins Obergeschoss, wo am Ende des Ganges der historische Saal und Gründungsort des Vereins liegt.

Kern folgt ihm mit etwas Abstand. Am Ende der Treppe

wartet der Vorsitzende Dr. Lehner, auch er mit Zylinder, in diesem Fall aus Biberhaarfilz. Dr. Lehner ist kein Menschendoktor, sondern ein Zahlendoktor, wie er in Vorstellungsrunden gerne mit einem eingeübten Fingerzeig hinzufügt. Obwohl Dr. Lehner einem modernen medizinischen Spektakel offenbar nicht abgeneigt sei, denn wie Kern einmal spätabends vom betrunkenen Elster Junior erfahren hat, habe der Zahlendoktor vorletzten Sommer für 120 000 Dollar seinen geliebten kanadischen Golden Retriever namens Titus in einem südkoreanischen Biotech-Labor klonen lassen. Ein vertrauenswürdiges Medium habe ihm in mehrfachen Sessions versichert, Titus sei die Wiedergeburt eines Löwen, und zwar exakt jenes Berberlöwen, dem auch Dr. Lehner in seinem früheren Leben als Berufskämpfer im Amphitheater zu Pompeji gegenüberstand, der ihn als Gladiator auf dem staubigen Kampffeld zwar niederrang, ihn am Ende aber, anstatt in blutige Stücke zu reißen, ganz überraschend verschonte, indem er ihm die rechte Hand ableckte. Deswegen wolle Dr. Lehner seinem Titus, diesem Berberlöwen im Körper eines Hundes, ein endloses, multipliziertes Leben gewähren. Ob das wirklich alles stimmt, bezweifelt Kern. Aber er will sich dazu keine Meinung bilden, und den Doktor danach zu fragen, käme ihm nicht in den Sinn. Was, wenn das alles bloß dubioses Gerede war, oder – noch unangenehmer – was, wenn es der Wahrheit entsprach?

Der Doktor zieht Kern vor der Saaltür zur Seite und

überreicht ihm ungefragt einen roten Wermut mit Campari, den er vom Holztisch hinter sich nimmt.

– Also, Kamerad Kern, es ist folgendermaßen,

beginnt Dr. Lehner mit ernster Miene:

– Für die heutige Generalversammlung wäre ja eigentlich die Amtsübergabe geplant gewesen, also deine offizielle Amtseinsetzung,

sagt Dr. Lehner mit gedämpfter Stimme und schaut sich um.

– Der Entscheid wäre auch einstimmig gewesen, aber ein Mitglied hat sein Veto eingefordert, deswegen wird in diesem Vereinsjahr noch nichts aus deinem Vorsitz. Es tut mir leid, mein Freund, aber gut Ding will Weile haben,

sagt Dr. Lehner, während Kern aus den Augenwinkeln sieht, wie Elster Junior am Vorstandstisch Platz nimmt. Hinter dem Tisch steht der schmucke Kachelofen, das Prunkstück des Saals. Die Zierkacheln zeigen etliche Figuren wie eine Kriegerin mit Lorbeerkranz, gotthafte Frauengestalten mit Schwert und Waage, eine Bäuerin mit weißem Lamm und einer Axt, eine Mutter mit drei Kindern – und über jedem Motiv prangen als gerahmte Stuckelemente Begriffe wie *der Zorn, die Verzweiflung, die Geduld, die Bruderschaft, der Neid,* während zwischen den Spruchbändern und den ovalen Bildfenstern allerorts ein blaues Lilienmuster über die Kacheln wächst. Kern sieht aus der Distanz höchstens eine bläuliche Wucherung. Eine Schmiererei. Seine Augen kapitulieren.

– Es sollte nicht sein,

spricht Dr. Lehner weiter und ändert den Tonfall, als unterdrücke er einen aufkommenden Rülpser:

– Ich persönlich finde ja, du wärst hervorragend geeignet, gerade wegen deiner Familie und allem,

sagt er mit Aufrichtigkeit.

– Aber die Statuten sind da sehr deutlich, ich sage das nur, damit du Bescheid weißt, falls die anderen nachher was sagen.

Der Doktor fasst Kern jetzt sanft an den Oberarm und blickt ihn mitleidig an. Also doch kein König, wie es Mutter vorgesehen hatte, denkt Kern und wartet vergeblich auf das Anschwellen einer Wut. Aber er reagiert nicht. Stattdessen schiebt er mit dem Zeigefinger seine Manschette zurück, blickt auf die silberne Uhr und murmelt, es sei schon fünf Minuten über der Zeit, und da sie die Fraktion einer internationalen Vereinigung seien, deren Protokolle vom Dachverband eingesehen werden, sollten sie lieber sofort und noch einigermaßen pünktlich beginnen, und Kern endet mit dem Vereinsruf:

– Hoch dem Höheren.

Worauf Dr. Lehner ganz in seiner Rolle antwortet:

– Und hoch dem Höchsten!

Gemeinsam betreten sie den Saal, wo jedermann bereit scheint. Das Gemurmel verflacht in ein Räuspern. Alle Mitglieder tragen die schlichte Vereinsuniform, die aus einem schwarzen Anzug, einem Zylinder und zwei, maximal drei Schleifen und Ehrenabzeichen am Revers besteht. Der Vorsitzende Dr. Lehner stellt sich hinter seinen Stuhl und ergreift das Wort. Während der ganzen ersten Versammlungshälfte ist Kern nicht bei der Sache. Etwas pulsiert in seinem Ohr. Dr. Lehners Worte, der verpasste Vorsitz, Elsters neugierige Nachfragen, all das sickert allmählich in sein Bewusstsein, und dort angekommen, verklumpt es sich zu einem zähen Ärgernis. Nach zwei Gläsern Cannubi Barolo knirscht Kern mit den Zähnen. Die Umrisse des Vorstands verschwimmen in seinem Sichtfeld, wie Regenwasser auf Autoscheiben zucken sie davon.

Die Korrektur ist überfällig, denkt Kern und kneift abermals die Augen zusammen. Seine Müdigkeit erschwert ihm den Abend. Die Holztäfelungen an den Wänden schlagen Wellen. Die Malereien an den Deckenverstrebungen senken sich. Der Kronleuchter wirft Spiegelungen auf die dunklen Fensterscheiben, in denen sich die Versammelten als durchlässige Lichtfolien verdoppeln. Da und dort alles Verbündete, Begünstigte und sehr bemüht, diese Begünstigung um jeden Preis zu erhalten, kurz: ein Bund vornehmer Herren. Draußen die Dunkelheit.

Der Schatzmeister präsentiert die Finanzen.

Der Sekretär Elster Junior tippt langsam auf seiner Tastatur herum. Er notiert die Zunahme der Spenden von ausländischen Investoren, erwähnt die Großzügigkeit einer großen Volkspartei aus dem Inland, bleibt diesbezüglich schwammig, da gemäß Anweisung auch nur schwammig protokolliert werden darf. Dann steht der Gastredner Müller an einem schwarz lackierten Rednerpult und informiert über ein pädagogisches Projekt, das nur fünfzehn Fahrminuten von hier gestartet wurde, eine unabhängige, staatskritische Initiative, der landesweit weitere folgen sollen. Die Unterstützung der Privatschule wird ohne Gegenstimme gutgeheißen, genau wie die Zahlung an eine Agentur, die seit sieben Jahren die Werte und Visionen der Ortsgruppe im Parlament vertritt.

Die Rotweinflaschen hinterlassen Kreisflecken auf dem Tischtuch, wer Suppe will, isst Suppe, es ist Kürbis mit Ingwer. Das Mineralwasser steht in Griffweite, die Luft ist warm und trotz Verbot wird geraucht. Zylinder neben Zylinder sitzen die Herren im denkmalgeschützten Bauernhaus, mitten im winterlichen Nirgendwo, mitten auf diesem verästelten Kontinent, mitten auf einer Planetenkugel (sofern eine Kugeloberfläche überhaupt eine Mitte haben kann), mitten in der Milchstraße, mitten im endlosen Weltall (sofern etwas Unendliches überhaupt eine Mitte haben kann).

Dr. Lehner berichtet von einem Treffen im Ausland, gut vernetzte Gentlemen und Mister, Wirtschaftsführer und Unternehmer mit breiten finanziellen Mitteln. Jemand hustet, jemand verschränkt die Arme, jemand schenkt sich Schnaps ein.

– Hoch hoch, dreimal hoch,

kandieren die Herren zum Schluss und der ganze Saal stimmt mit ein.

In der Pause hat Kern genug.

Sein Magen kämpft gegen Krämpfe. Er tut, als müsste er zur Toilette, und schluckt auf dem Flur eine der eingesteckten Tabletten vom Tischchen der Mutter. Als er die Pille runterwürgt, fällt sein Blick auf einen klebrigen Fliegenfänger, der in der Küche von der Decke hängt. Kern sieht die erstarrten Insekten auf dem honigfarbenen Leim und fragt sich, wie lange die Fliegen in dieser Haltung wohl noch am Leben bleiben. An der Garderobe sucht er danach seine Jacke und verlässt heimlich die Versammlung.

Angetrunken fährt er heimwärts. Die Lichtkegel des Mercedes tasten die Landstraße entlang. Die grauen Schutzplanken trennen Asphalt von Wiese, Straße von Feld, Licht von Finsternis. Die Welt vor der Windschutzscheibe glitzert verdächtig. Eis liegt in der Luft. Die Winterlandschaft hat glasige Kanten. Erste Häuser nähern sich; tempelhohe Lagerhallen, Lichtkegel vor Garagen, Büroräume, die Leuchtreklamen einer Tankstelle, dann wieder eisige Dunkelheit und ein paar Straßenschilder, die aufdringlich fluoreszieren – darauf stehen Bergnamen, die Namen von Burgruinen und historische Stätten, dann folgt der Wegweiser zu einer Privatklinik *Alpenblick* und irgendwann ein Verkehrskreisel mit Weihnachtsbaum.

Kurz vor der Abbiegung zum Herrenhaus hält Kern

wegen erneuter Krämpfe an. Er will nur kurz das Fenster öffnen und Luft schnappen in der lästigen Ahnung, sich bald übergeben zu müssen. Aus Verzweiflung schluckt er eine zweite Tablette von Mutters Nachttisch. Doch in diesem Augenblick erfassen ihn zwei Scheinwerfer, die umgehend abdrehen.

Der graue Porsche, erkennt Kern. Hannas Wagen.

Er zögert. Er wartet. Die Übelkeit ist verschwunden. Mit unerwartetem Mut dreht er am Steuerrad und folgt dem Wagen.

11

– Wenn Sie wollen, können wir uns in der Gegenwart ja ein wenig umsehen,

schlägt die Alte in ihrem Wohnwagen vor, während Schibig seine Kaffeetasse umklammert, als erwache er gerade *aus* oder vielmehr *in* einem kuriosen Traum, in den er sich aus Versehen hineingeträumt hatte.

– Es kann nie schaden, die Situation aus mehreren Perspektiven zu betrachten.

Schibig stimmt ihr zu und springt in Gedanken abwechselnd in verschiedene Körper hinein, aus denen er dann versuchsweise hinausschaut – er blinzelt und ist Schibig im Wollcardigan vor seinem Computer im Archiv, er blinzelt und ist Schibig im Theaterfoyer, schwer atmend und schwindelnd, nachdem er panisch aus dem ersten Akt geflohen ist, er blinzelt und ist wieder dieser wache Schibig in Skijacke auf dem Ödwilersee, er blinzelt und liegt plötzlich bewegungslos da, liegt in einer Eisplatte gefangen und in seinem Rücken das Seewasser, die Jeans ganz hart, dann ein dumpfes Geräusch, das einen Schlittschuh laufenden Jungen zu Fall bringt, seine Extremitäten sind verdreht und tot, und so starrt er endlos in den grauen Winterhimmel, wo nur eine schwarze Krähe vorbeizieht.

– Dann sind Sie jetzt mein Komplize,

ergänzt die Alte, und eine Aufregung füllt Schibigs Brust, keine Aufregung, die ihm die Luft wegdrückt, eher ein Tatendrang, wie er ihn letztens auf dem Eis gespürt hat, er ist noch immer der wache Schibig – oder es sind bloß die Nachwirkungen vom Whisky, die der Kaffee jetzt verstärkt. Aber das Wort Komplize gefällt ihm. Die Alte schaut ihn aufmunternd an.

– Der Tote ist schließlich nicht umsonst an die Oberfläche gekommen. Wir schauen mal, wohin uns das führt, ganz generell, meine ich.

Schibig weiß nicht, was sie damit meint, und beobachtet, wie die Alte an einer ihrer Halsketten zieht; an einer Kette hängt eine Brille, an der anderen ein Etui, aus dem sie nun eine goldene Schatulle nimmt, aus dem sie wiederum einen Behälter zieht – ein schmetterlingsgroßes Couvert erscheint, woraus sie ein weißes Papierchen zupft. Im Rekordtempo pappt sie Tabak darauf, drückt mit den Fingerspitzen mal hierhin, mal dahin, rollt vor und zurück, fährt mit dem Röllchen über die Zunge und denkt nicht daran, darauf zu warten, bis die Bastelei getrocknet ist, sondern greift sofort nach dem silbernen Zippo.

– Keine Sorge, das hier ist kein Krimi,

sagt die Alte jetzt und sieht dabei aus, als wüsste sie genau, was sie da behauptet.

Das Zippo klickt zu. Ein Knistern ist hörbar. Daraufhin Schweigen. Weißer Rauch verlässt ihren Mund, dann legt sie los:

– In den letzten Tagen habe ich alle Campingplatzbewohner befragt, ob ihnen kürzlich etwas aufgefallen sei. Die meisten haben gar nichts mitgekriegt, und die, die vom Toten gehört haben, gehen von einem Suizid aus, da auch in den Zeitungen nichts zu lesen war, was bei Selbstmord ja so üblich ist. Ich habe trotzdem weitergebohrt. Nebst dem gängigen Gejammer übers Wetter, Arthrose, das Steueramt, die gefrorenen Wasserleitungen und die sinnlose Laubbläserei auf dem Parkplatz des Motorradgeschäfts gibt es drei bemerkenswerte Beobachtungen.

Die Alte zieht an der Zigarette, deren Spitze kurz aufglüht. Mit Zeigefinger und Daumen klaubt sie ein Tabakkrümel von der Zunge.

– Erstens: Vorletzte Woche habe vor Mitternacht dreimal ein Wagen beim Kiesplatz geparkt, direkt neben der Wässerungsstelle, und sei dann nach rund einer oder zwei Stunden wieder verschwunden; oft kommen junge Paare hierher, um rumzumachen, oder sie kiffen im Auto, trinken dosenweise Heineken, hören Musik. Das ist nichts Außergewöhnliches, außer eben jemand findet ein paar Tage später einen toten Mann im See. Gemäß dem freundlichen Thomy – der heißt so, weil er tatsächlich sehr freundlich ist und Thomy heißt –, dessen Bungalow gleich hinter der großen Birke beim Kiesplatz steht, gemäß dem freundlichen Thomy also waren es unterschiedliche Fahrzeuge. Genaueres konnte er auch nicht sagen, da er, wie er meinte, sich so was nicht notieren würde, er sei schließlich kein Spießer, der den Jungen ihre letzte Freiheit nehmen wolle, Zitat Ende.

Schibig nickt. Und die Alte nickt auch.

– Eines der Autos hätte Thomy sehr spät entdeckt, da es auffallend ruhig gewesen sei. Keine Musik, kein Gelächter, keine Rauchschwaden aus dem Seitenfenster. Aber er hätte sich nichts dabei gedacht. Ein dunkler Wagen sei es gewesen, aber in der Nacht sind alle Wagen dunkel. Und beim nächsten Hinschauen sei er auch schon wieder verschwunden gewesen. Vermutlich also nichts Wesentliches.

Schibig nimmt einen Schluck Kaffee, während die Alte in ihrer Mappe weiterblättert. Der Zigarette entsteigt derweil ein stiller Rauchfaden.

– Zweitens,

fährt die Alte fort,

– Lars.

Schibig hält den Kopf schief, was einer wortlosen Frage am nächsten kommt.

– Oder Pyro-Lars, wie ihn einige nennen, ist ein Junge aus der Umgebung. Er wohnt in einem dieser neuen Einfamilienhäuser am Hang, Garten, Pool, Terrasse, Wintergarten, drei Autos, der Vater bei einer Versicherung, Mutter Juristin für Steuerrecht und der gelangweilte Sohn ein kleiner Pyromane. Angela vom dritten Bungalow hat letzten Sommer beobachtet, wie er den Müllcontainer des Campingplatzes in Brand gesteckt habe, es gab noch weitere Zwischenfälle, am Feldrand wurden zwei Hundekotkübel gesprengt, im Randquartier ein Briefkasten, beim Fußballplatz brannte das Materiallager, alles kleinere Brände, oft leicht zu löschen, aber mit Sachschaden, verkohlte Regale, verrußte Wände, Tapeten, Lappalien, verglichen zum großen Scheunenbrand im letzten Juli und dem Brand der alten Turnhalle im September vor zwei Jahren. Der kriminaltechnische Dienst hatte damals nichts gefunden, wobei die Gutachten der Ermittler schwammig sind, Worte wie *Brandbeschleuniger*, *vorsätzlich* und *Brandstiftung* fallen in keinem der beiden Polizeiberichte.

– Wie kommen Sie zu diesen …?,

will Schibig schon fragen, doch die Alte unterbricht ihn mit einem Handwedeln.

– Auch ich habe Bekannte, die mir was schulden. Aber was ich damit sagen will: Das alles hat vermutlich nur wenig mit dem Toten im Eis zu tun,

fährt sie fort. Wieder zieht sie an der Zigarette und pustet den Rauch danach Richtung Wand.

– Aber Angela und auch der rote Rudi, so nennen wir den Rudi, der in seinem roten Bungalow am Ostende die ganzen Fahrräder repariert, beide haben Lars in den letzten Wochen mehrfach hier am Seeufer herumlungern sehen, allein, scheinbar ohne Ziel. Rund ein oder zwei Stunden ging er da auf und ab, manchmal betrat er das Eis, suchte vermutlich diese Methangasblasen, schlug Löcher hinein, kam zurück, warf Eisklumpen auf den gefrorenen See, tippte auf dem Telefon herum, solche Dinge eben, bevor er wieder dem Bahndamm entlang verschwand. Auf den Gleisen laufend, versteht sich. Rudi sagte, er habe einmal sogar das Horn eines Güterzuges gehört.

Schibig runzelt die Stirn.

– Richtig,

sagt die Alte und überlässt Schibig das Wort.

– Die Gleise sind bei Jugendlichen leider eine beliebte Methode,

flüstert er. Die Alte nickt und eine Ernsthaftigkeit macht sich breit.

– Weiß der Teufel, die armen Kerle werfen sich vor jene Züge, die sie möglicherweise aus ihrer Misere herausbringen würden.

Und Schibig denkt, die wissen einfach nicht, was sie da tun, während die Alte denkt, die wissen mehr, als viele denken, können aber mit diesem Wissen nicht umgehen. Schibig will schon etwas Trauriges sagen, lässt es aber sein.

– Drittens,

sagt die Alte schließlich und stockt.

– Was war denn drittens nochmals?

Ihre Finger fassen in den Wildwuchs aus Haar, während ihre Augen flink über die Notizen fliegen.

– Drittens … es gibt kein drittens,

merkt die Alte jetzt und scheint sich damit selbst zu überraschen. Schnell kritzelt sie zwischen die Zeilen eine Notiz aus drei Punkten innerhalb einer Klammer:

(...)

– Drittens finden wir dann bestimmt noch raus. Unterwegs,

sagt sie, lächelt, und wieder wird ihre Zahnlücke sichtbar.

– Drittens ist also wichtig,

sagt sie mit einem Schulterzucken und Schibig ist damit einverstanden. Überhaupt mit dem ganzen Abenteuer. Er wird sich dem Kommenden fügen, Hauptsache er bleibt in Bewegung, damit die Angst ihn nicht wieder einholt. Bald wird in diesem Labyrinth schon ein roter Faden auftauchen, dem sie folgen können, denkt Schibig. Oder ein Reptilienschwanz, der sich im Frühling langsam, aber deutlich zu regen beginnt und an dem sie sich mit einem Ledergurt festschnüren könnten, um dieser Unklarheit zu entfliegen. Doch die Alte, als könnte sie seinen Gedankenausflug erkennen, blickt ihn über ihre Lesebrille an und meint:

– Zuerst gehen wir noch etwas tiefer in die Angelegenheit hinein. Zuerst gehen wir zu Lars.

12

Kerns Schädel brummt. Seine Augen wollen nicht gehorchen. Vor ihm liegt ein Wohngebiet mit oranger Straßenbeleuchtung. Da und dort ein paar Lichterketten in Wohnungsfenstern, der Stern von Bethlehem, Kometen aus Leuchtdioden, darunter graue Abfallcontainer hinter Holzwänden oder eckig geschnittenen Büschen. Die Schatten der Ahornbäume werfen überdimensionale Kreaturen an die Fassaden.

Kern wartet. Die Windschutzscheibe schwitzt. Auf dem Beifahrersitz steht sein Zylinder. Und vor seinem Wagen steht der geparkte Wagen seiner Frau.

Sie will keine Kreide fressen, hatte sie gesagt, keine Kreide fressen, ums Verrecken will sie keine Kreide fressen, denkt Kern immer und immer wieder und kann gar nicht mehr aufhören, diesen dummen Satz zu denken, während ihr Wagen einfach dasteht, leer dasteht, nachdem sie mit einer grauenhaften Selbstverständlichkeit in diesem Gebäude verschwunden war. Sein Magen meldet sich wieder. Die Säure drückt den Hals hinauf. Als wolle sie ihn giftig antreiben, doch sein Körper weigert sich.

Stattdessen rasen die Gedanken und eilen seiner

Gelassenheit davon, obwohl die Vereinbarung klar ist – er kann tun und lassen, was er will, sie sind alt genug, und sie kann tun und lassen, was sie will, nur keine Kreide fressen, hättest du doch die Kreide genommen, Kalzium, Magnesium, so täuscht der Wolf die sieben Geißlein mit einer milden Mutterstimme, lasst mich rein, ich bin es, ich bin es nur, doch die Gefräßigkeit vergisst das letzte Stück in der Standuhr, Kern spürt das Messer am Magen, den aufgeschnittenen Bauch und die Wiedergutmachung verlängert sich zur Rache, was rumpelt da in meinem Bauch –, Kern driftet hinein in den Schmerz, schlittert und treibt über eine fiebrige Fläche, es ist ihm, als säße seine Mutter auf dem Beifahrersitz, als sagte sie deliriöse Dinge wie: flügge flügge, kleiner Vogel, Raben, Komm mit, komm mit, ruft der Steinkauz, dann die Dohlen, verzichtbare Dohlen nur, aber der Adler, dessen Reich ist die Welt und die Herrlichkeit, Amen, aber es sind die Krähenvögel, deren Geschrei aus dem Mutterorgan kommt, einer, nein, zwei, nein, drei Hexen gleich schwebt sie rund zehn Zentimeter über dem Sitzpolster des Wagens und starrt ihn vorwurfsvoll an, die Hormontherapien, die Ärzte, die Gynäkologin mit dem geduldig notierenden Kugelschreiber, die Eizellen, die Gelbkörperhormone, die Spermienaktivität, alles Quacksalber, Ahnungslose, Kreide, Kreide alleine würde reichen, zischt es neben seinem Ohr, einen Versuch, einen einzigen Versuch wäre es doch wert, kichert sie wie ein Kind, während etwas Spucke aus ihrem Mund schleudert, ein klitzekleiner Schleimfaden, ein einziger Versuch, dann dürfe er einen Blick in die kleine Kommode der Vitrine werfen, das Versteck hinter Skelett und Biberfell, das kleine Stachelschwein, auf dem Heimweg ein, im Winter da schneit's, summt die Mutter aus dem Geröll ihrer zerfurchten Visage, Bartstoppeln werfen dünne Schatten auf ihre Falten, das wird schon, runder Bauch heißt Mädchen und spitzer Bauch heißt Junge, Hanna will doch auch ein Kind, sie muss es nur wirklich wollen, muss ihre Obsessionen für einmal auf das Wesentliche lenken, die Langeweile treibt sie sonst noch weiter weg, weil die Liebe schon immer zu wenig Anker war, weniger als das Vermögen auf jeden Fall, aber viele verwechseln das ja, die verwöhnte Frau braucht eine Aufgabe und wir brauchen einen Stammhalter, Kern, König Kern, hoch, heißt es jetzt nur noch, hoch, hoch, meinetwegen, dreimal hoch, obwohl die alten Worte gar nicht verboten seien, aber es sei anscheinend besser so, also Hoch und Hopfen und Malz, nichts verloren, alles noch da, alles im Kopf gespeichert, denn unsereiner habe es schließlich, und wer hat, der hat das alles mit den eigenen Händen aufgebaut und diese dabei schmutzig gemacht, vielleicht blutig gemacht, die Finger, bis zu den Ellenbogen, mit eigenem Blut, mit Schweineblut, Ziegen- und Wolfsblut, Kaukasierblut, Frauenmännerkinderblut, Judenblut und Christenblut, Zigeunerblut und Kommunistenblut, Sozialistenblut und Schwulenblut, meinetwegen, aber das passiert eben, wenn man seit dem Miozän, seit der Keltenzeit Stein um Stein aufbaut und ihn dann turmhoch hat, den Wohlstand, wo gehobelt wird, da darfst du weiterdenken, höherdenken, denn zurückdenken ist Unsinn, hörst du, das alles ist tote Vergangenheit, wenn niemand danach fragt, gibt es auch keine falschen Antworten, jeder weiß das und jeder macht das so, überall, jederzeit, zischt der dünne Mund ohne Unterlass in Kerns Gehirn hinein und kocht seine Gedanken hoch zu einem Fiebertraum, denn diese Formsache bringe am Ende niemandem was, niemand verlangt, dass er hier den Helden spiele, so weit komme es noch, das solle er endlich einsehen, und wie auf Stichwort schiebt ihm jemand eine Linse vor das rechte Auge und die Welt wird durchlässig und scharf, und der Optiker lacht, ein Pfeifton spaziert durch das Untersuchungszimmer, eine zweite Linse schiebt sich vor, eine monströse Lupe, denn er schaut jetzt durch die Hand des Optikers hindurch und durch das Gerät und durch die Wände hindurch. Er sieht Sehnen, Knochen und Gelenke, sieht Dispersionsfarbe, sieht Mörtel und Backsteine, Stahlgitter, Verstrebungen, sieht zerknülltes Zeitungspapier, Füllmaterial, Gips und Staub, sieht die Welt dahinter, sieht durch alles hindurch, doch was er da erblickt, ist ein dunkler, leerer Raum, eine trostlose Galaxie, ohne Möbel, ohne Menschen, ohne Natur – nur Kälte und Weltall und unerreichbare Sterne, die jetzt in Lichtgeschwindigkeit zu weißen Fäden werden.

Schweißgebadet schlägt Kern die Augen auf.

Vor ihm das Armaturenbrett: Die Digitalanzeige zeigt kurz vor elf Uhr. Fast zwei Stunden muss er weggetreten sein. Sein Mund ist trocken. Der Kiefer spannt. Die Nasenwurzel zieht. Der Schmerz kommt von den Augen her, merkt er und reibt sich den Nasenrücken, als er sieht, dass im dritten Stockwerk ein Fenster leuchtet. Dann geht auch im Erdgeschoss das Licht an. Kern ist als Zuschauer im Wagen gefangen. Ein Schatten huscht vorbei. Eine Autotür schlägt zu. Hanna ist aus dem Haus gekommen und startet den Wagen. Kern braucht nur wenige Sekunden, um sich zu entscheiden.

13

Schibig klingelt, während die Alte im Wagen wartet.

Wie ein Kind sitzt sie auf dem Beifahrersitz und hat die Hände vor dem Bauch gefaltet. Zuvor hatte sie ihrem neuen Komplizen mehrfach versichert, dass diese Strategie die einzig richtige sei. Also klingelt er und sie sitzt im VW Polo.

– Sie machen das schon, Schibig,

hatte sie ihm gesagt, als er im Sitzpolster versank und die Augen schloss, weil er einen Moment lang dachte, das Herzrasen sei zurück.

– Mit Intuition, Schibig, mit Intuition! Sie behaupten, Sie kämen in offizieller Funktion, um zu prüfen, ob er was gesehen hat, das funktioniert schon. Bei mir klingt das alles gleich nach den Verdächtigungen einer Wahnsinnigen.

Also steht er jetzt vor dem weißen Portal des Anwesens, wo ihm ein schmiedeeiserner Löwenkopf mit Klopfring entgegenschaut. Am Türbogen hängt auf Augenhöhe ein Körbchen mit Plastikblumen. Zwischen den Wachsblüten liegt eine venezianische Maske, umgeben von einer Papiergirlande, und über dem Korb prangt ein Kunststoffschild mit dem Slogan:

Keep calm and drink coffee.

Schibig klingelt und wartet.

Er hört entfernte Schritte. Das Schloss dreht, klickt und die schwere Tür gibt nach. Ein dünner Mann in Jeans und hellblauem Poloshirt steht da. Der Kragen ist hochgestellt, die Knöpfe offen. Auf den ersten und auch auf den zweiten Blick ist Schibig nicht sicher, ob das mit dem Kragen Absicht oder Versehen ist. Schibig stellt sich höflich vor und fragt nach dem Sohn Lars, worauf der Mann die Augen verdreht:

– Ist es wieder wegen der Kapuzensache? Das regelt unser Anwalt.

Schibig ist nicht schnell genug mit seiner Antwort, weswegen der Mann schnell nachschickt.

– Nochmals. Er war nicht dabei.

– Was? Nein, nein,

sagt Schibig endlich und im verschwindenden Augenblick zwischen der erneuten Beteuerung des Vaters:

– Er war wirklich nicht dabei!

und Schibigs:

– Nein, alles gut.

In dieser Millisekunde, die im Physischen kaum für eine Handbewegung, geschweige denn für eine gescheite Handlung ausreicht, im Neuronalen hingegen genügend Zeit bietet, um verstrickte Synapsen zu durchforsten, in dieser verschwindenden Zeitspanne versteht Schibig, was der Mann eigentlich meint, denn er erinnert sich an den Zwischenfall, der sich vor einigen Tagen ereignet hatte:

Die Kapuzensache

Abends während der traditionellen Feierlichkeiten, die den Höhepunkt des Karnevals bedeuteten, war auf dem Hauptplatz eine Gruppe aufmarschiert, eine gespenstische Erscheinung aus vergangen geglaubten Zeiten, aus den amerikanischen Südstaaten, um genauer zu sein, mit Fackeln und weißen Kutten, darauf ein weißes Kreuz auf rotem Grund, in dessen Zentrum ein Blutstropfen und darunter unmissverständlich die Buchstaben KKK zu sehen waren. Über den Köpfen trugen die Gestalten weiße, spitze Kapuzen – die Gesichtsmasken des Klans mit den schwarzen Augenlöchern. Der Rauch der Fackeln zog zum Himmel. Die Fotografien und Videoaufnahmen des Aufmarschs, die später im Internet zu finden waren, vermittelten eine sonderbare Lähmung unter den Feiernden. Der Auftritt hatte den Effekt eines kollektiven Schocks, weswegen nur wenige den Mut fanden, einzuschreiten und die Gruppe mit eindringlichen Worten zum Abzug zu verleiten. Die Polizei wollte nicht ausrücken, da gemäß ihren Angaben keine offene Gewalt im Spiel gewesen sei. Auf medialen Druck hin wird nun doch gegen die Beteiligten ermittelt, und ein Prozess ist nicht auszuschließen, falls es in dieser Sache überhaupt einen Tatbestand vorzuweisen gäbe, wie Juristen verlauten ließen. Gewisse politische Stimmen sehen den Vorfall als kindischen Einzelfall und beteuern, dass dieser Scherz zwar geschmacklos ausgefallen sei, aber trotz allem eine Maskerade bleibe, die der hiesigen Narrenzeit entsprungen sei.

Dieser Gedanke bleibt Schibig wie ein Gespenst vor den Augen hängen und gleicht einem holografischen Hindernis, das nun zwischen ihm und dem Mann im Türrahmen schwebt. Der Vater im Polohemd beendet Schibigs Nachdenklichkeit mit seinem erhobenen Zeigefinger und betont, sein Sohn mache viel Scheiß und Schabernack, sicherlich und ohne Zweifel, alle seien schließlich mal jung gewesen und so weiter, aber bei dieser Sache sei er wirklich nicht dabei gewesen, worauf Schibig behutsam erklärt, es gehe ihm um etwas völlig anderes, um eine Vorabklärung, eine reine Formsache in einem ganz anderen Fall, und er wolle nur unverbindlich prüfen, ob Lars als unbeteiligter Zeuge infrage käme.

– Dann ist ja gut,

meint der Vater plötzlich leiser und senkt den Zeigefinger wieder. Er habe sowieso zu tun, murmelt er schließlich und verweist Schibig ins Kinderzimmer im ersten Stock.

Die Wohnung glänzt. Der glatte Marmor lässt Schibigs Schuhe quietschen. An den weißen Wänden hängen Kunstobjekte, eine Schwarz-Weiß-Fotografie der Brooklyn Bridge, dann folgt eine Glasanrichte mit zwei Pokalen und daneben etwas, das wie die polierten Zylinder eines Automotors aussieht. Im Wohnzimmer steht ein weißes Ledersofa vor einem Fernseher, der Schibig an eine schwarze Kinoleinwand erinnert. Alles ist lichtdurchflutet. Alles ist aufgeräumt. Alles ist sauber. Schibig riecht Zitrone und sieht auf seinem Weg zur Treppe einen violetten Behälter, aus dem ein dezentes Wölklein steigt wie der magische Dschinn aus seiner Flasche.

Die Tür zum sogenannten Kinderzimmer ist angelehnt. Schibig klopft und glaubt nach dem murrenden

– Ja?,

einen Computerraum zu betreten.

Die abgedunkelten Fenster färben den Raum gräulich, wäre da nicht das Blau der LED-Lichter. Ein schwarzer Bürostuhl mit hoher Lederlehne dreht sich, davor stehen auf einem Schreibtisch zwei Bildschirme, da sind Kopfhörer, eine Tastatur; an der Wand hängt das Poster einer virtuellen Welt – postapokalyptische Hochhäuser, daneben ein Raumschiff auf einer Startbahn, fremde Galaxien glänzen in der Ferne, ihre violetten Nebel glitzern verheißungsvoll, einladend geradezu, als wären alle Sterne erreichbar, als hießen die Planeten jeden willkommen.

Schibig denkt an ein Aquarium und an das Wartezimmer einer Zahnarztpraxis und denkt dann auch, was aus all den tätowierten Rockstars oder den Supermodels in Badeanzügen geworden ist, die Harley-Davidsons, Ferraris, die Stickers von Punkbands, Comichefte oder Fußballwimpel. Hier hingegen dominiert die Leere und diese Leere wird eingerahmt von Glanz und Oberfläche und technischer Präzision.

Lars dreht sich schweigend im Bürostuhl, worauf Schibig auf einem zweiten Drehstuhl Platz nimmt und sein Anliegen kurz erklärt. Der Junge scheint zu verstehen. Er sitzt mit krummem Rücken da. Seine Nase ist schmal und spitz. Tiefe Augenringe rahmen seinen Blick und Schibig muss an den hupenden Güterzug denken.

– Du warst in den letzten Wochen viel am gefrorenen Ödwilersee?,

fragt Schibig schließlich.

– Ja, frische Luft schnappen,

antwortet Lars knapp.

– Aha,

sagt Schibig und merkt, dass er schon wie die Alte klingt, also ergänzt er:

– Das Methangas?

– Ja, genau,

sagt Lars schnell und versucht abzulenken:

– Einer aus meiner Schule hat den Toten gefunden.

– Und du hast dort nie was gesehen?

Lars schüttelt den Kopf; und denkt dann erst nach.

– Ist ja eh egal, oder?,

sagt er daraufhin, worauf Schibig sagt:

– Wieso sagst du das?

– Ist ja zu spät. Er ist tot, oder? War es ein Ausländer?

– Wir kennen die Identität des Toten nicht,

sagt Schibig und wird unterbrochen.

– Nein, das meine ich nicht; der Mörder, war es ein Ausländer?

Schibig ist kurz irritiert. Unverhofft springen neue Möglichkeiten auf, neue Versionen der Geschichte.

– Bisher geht die Polizei von einem Unfall oder Suizid aus,

sagt er und spürt den leichten Widerstand, den seine Worte verursachen.

– Ach so,

sagt Lars und scheint an der Sache plötzlich kein Interesse mehr zu haben.

– Wieso glaubst du, dass es Mord war? Hast du etwas gehört?

– Gar nichts, gar nichts,

sagt der Junge teilnahmslos und klickt mit dem Zeigefinger auf der Tastatur herum. Das Triebwerk rauscht, der Bildschirm wird hell.

Aus der Dunkelheit erscheint eine Figur auf dem Bildschirm und dreht sich auf einer Art Präsentiersockel, breitbeinig steht die Kriegerin da und gleicht einer indischen Gottheit, die muskulösen Arme scheinen durch ihre Schatten vervielfacht, sie trägt ein Seidentuch als Mundschutz, auf der Stirn prangt ein drittes Feuerauge und an den Schulterpanzern goldene Verzierungen. An der schwarzen Hose hängt rechts eine Maschinenpistole, links ein Schwert, und wie vom Wind bewegt wippt die Kämpferin in stetiger Bereitschaft. Auf dem Rücken des Avatars sitzt ein pelziges Tier, ein Goldschakal, dessen Augen lodern. Schibig kann nicht mehr wegsehen.

MYTH WAR V – THE RETURN,

steht da an der Bildkante. Und über der wartenden Kriegerin steht auf einer Tafel

Du bist tot und schaust zu.

Im Hintergrund wartet eine felsig-gebrochene Landschaft, irgendwo steigt eine Rauchsäule hoch und verschwindet aus dem Bild. Der Himmel ist orange, die Auflösung beachtlich.

Schibig ist wie hypnotisiert, er flüstert jetzt:

– Und am Himmel hast du auch nichts gesehen, eine feurige Wolke oder etwas, das runterfiel oder …

– Was?!,

fragt Lars ungläubig und blickt Hilfe suchend in die Spielwelt, als ob es darin eine Antwort gäbe.

– … etwas, das aus den Felsen kam, ein Mensch oder ein krokodilartiges …,

murmelt Schibig weiter und merkt, dass er wieder in den Mythos abrutscht. Lars reagiert mit Starren. Schnell wechselt Schibig das Thema:

– Oder hast du denn vielleicht ein Auto gesehen, als du am See warst, oder Menschen, oder sonst irgendetwas Auffallendes?

– Ich dachte, es war ein Unfall?

– Ja, trotzdem,

sagt Schibig.

Lars denkt nach.

– Die vom Gymnasium kiffen da manchmal, machen Autopartys mit diesen scheiß Pillen oder irgendwelchem synthetischen Zeug, das sie online bestellen, und manchmal kommen auch welche dahin, um im Auto zu ...

Er bremst seine Schilderung.

– Na ja, die haben halt Sex. Aber deswegen geh ich da nicht hin, okay? Ich bin kein Spanner. Ich will einfach allein sein.

Lars verstummt, als hätte er sich gerade selbst verraten.

Schibig wartet.

– Die Gleise sind keine Lösung,

sagt Schibig jetzt doch, und der Junge zuckt mit den Schultern. Seine Oberlippe zittert, bis er seine Lässigkeit wiederfindet und meint:

– Schon klar.

– Ich weiß. Trotzdem,

sagt Schibig und denkt an die kleine Maske draußen im Blumenkorb, dann an den Avatar auf dem Schlachtfeld, denkt an die weißen Kapuzen mit den ausgehöhlten Augenlöchern, an den Kragen vom Poloshirt, und denkt dann: Das Private geht nie ohne Verkleidung aus dem Haus.

Zurück im VW Polo, sinkt Schibig erschöpft ins Polster. Die Alte schaut ihn erwartungsvoll an.

– Wir haben uns eine Welt erschaffen, die nicht mehr zu bewältigen ist,

murmelt Schibig und die Alte glaubt zu verstehen. Um ihren Hals hängt eine bunte Häkeltasche, in der ihr Telefon, Schlüssel, Tabak und ein kleines Notizbuch stecken. So sitzt sie da – wild im Kleid und mit dem Gesicht eines neugierigen Kindes. Also beginnt Schibig zu berichten, er erzählt ihr vom wortkargen Jungen, von der Zitronenduftflasche und den Postern im Zimmer, berichtet von der Episode mit den Kapuzen, er spricht über die gottgleiche Kämpferin auf dem Bildschirm und erwähnt die digitale Bergwelt mit ihren elektrischen Wolken, die einmal mehr wie Feuerdrachen aussahen und ihn einmal mehr an den verschollenen Fassbind erinnert haben, der bei den Stollenwürmern überwinterte, was ihn wiederum an den Toten erinnert habe, weil der unter dem Eis seinen Arm so ausgestreckt habe, aber das sei, wenn er es genau überlege, eine ganz andere Legende gewesen, das mit dem ausgestreckten Arm, meint er, eine Geschichte, auf die er jetzt gerade nicht komme, wobei er genau wisse, dass er die beiden, also den Fassbind und den Toten, dass er überhaupt so Abwegiges nicht verbinden dürfe, denn eine metaphysische Theorie sei jetzt wirklich das Allerletzte, was sie bräuchten, sagt Schibig mit einem entsprechenden Schmunzeln, aber man müsse sich mal vorstellen, wenn die DNA-Befunde nun erweisen würden, sagt er kichernd, dass der Tote in Wahrheit aus dem Jahr 1421 stammte, dann hätten sie eine mordsmäßig gute Geschichte beisammen, lacht Schibig und weiß es selbst längst besser, weiß auch gar nicht, warum er immer wieder auf diese alte, nein, steinalte Geschichte zurückgeworfen wird, warum die in seinem Kopf so herumpoltert, gleichwohl plaudert er weiter, schweift hierhin und dorthin ab, zirkelt zurück und erklärt der Alten schließlich, dass sich die verfluchte Sache – zumindest in seinem Gehirn – schon jetzt irrsinnig im Kreis drehe, und möglicherweise sei es trotz diesem Wirbeln am Ende eben doch nur ein gewöhnlicher Unfall oder Suizid gewesen. Jetzt schweigt er kurz, atmet ein und atmet aus. Und der Alten entgleitet bloß ein nachdenkliches

– Hm.

Worauf Schibig auch nicht mehr weiter weiß und mit den Worten abschließt:

– Das hier hat doch alles gar nichts damit zu tun, oder?

Doch sie blinzelt ihn aus ihren kleinen, klaren Augen an und sagt:

– Ich habe doch gesagt, alles ist miteinander verbunden.

Und tippt sich dabei an die Stirn, als könnte sie ihm so ihre Gedanken zeigen.

– Wir sind höchstens ein paar lästige Fliegen, ein Störfaktor. Beobachtend, klein und unwichtig, könnte man denken, wir werden nicht ernst genommen, aber wir sind hartnäckig. Landen auf Misthaufen, matschigen Kadavern und landen danach auf Porzellantellern. Wir fliegen hin und her und erinnern hüben wie drüben, dass das andere existiert, das Saubere und das Dreckige. Und Scheiße liegt ja bekanntlich überall, wir müssen also nur etwas herumfliegen.

Die Alte wartet. Doch Schibig schweigt einen Augenblick zu lange, als dass daraus ein Dialog entstehen könnte.

Sie ist ein wenig verrückt, denkt er mit einem Zögern, und doch geht von dieser Frau eine unfassbare Wärme aus. Ihr Äußeres ist bunt, aus Freude und Protest. Ihr Eifer ist gelassen, und ihre Gelassenheit ist konsequent. Müsste er ihr Verhalten analytisch zusammenfassen, entstünde am Ende wohl die Möglichkeit einer lang geplanten Rache; eine heimliche, teuflische Strategie, die ihn zum Instrumentarium auserwählt hatte.

Rosas Rache, denkt Schibig jetzt und setzt sich eine neue Geschichte zusammen: Eine Rückkehrerin, eine ländliche Gegend, das skurrile Auftreten, die bunten Kleider, die Notizen, der heimliche Plan, die Mächtigen vor Ort werden in eine komplexe Falle gelockt, und die Übeltäter bezahlen für ihre damaligen Taten, sie schaufeln sich (sozusagen) ihr eigenes Grab, und zum Schluss lacht allein die alte Rosa, da sie mit ihrer Gerechtigkeit davonkommt, so entgleiten Schibig die Gedanken, und irgendwann merkt er, dass er sich da gar nichts Neues ausdenkt, worauf ihm – enttäuscht von der imitierten Fiktion – nur ein realistisches Seufzen übrig bleibt.

– Ich gehe jetzt nach Hause,

sagt er, nun doch müde geworden von der Welt und den ganzen Ermittlungen, die gar keine Ermittlungen sein wollen. Die Alte greift nach dem Sicherheitsgurt, doch bevor er den Wagen startet, schaut Schibig ein letztes Mal auf sein Telefon und erstarrt.

– Moment,

sagt er nun, während seine Finger über den Bildschirm gleiten.

– Phil schreibt mir. Aufgrund der Beschreibung, der Narbe am Unterarm und der Fotos ging eine Meldung ein. Sie haben einen Namen, aber …

– Und?,

unterbricht ihn die Alte.

– Wie heißt er?

– McGuffin,

sagt Schibig.

– McGuffin?,

fragt die Alte nach und findet, dass der Name passt.

14

Das ist wie im Film, denkt Kern und starrt auf das schmutzige Klingelschild.

Dritte Etage rechts, ich kann das, ich muss sogar, denkt Kern nochmals und fühlt sich festgeschrieben in einem stereotypen Handlungsstrang. In Wahrheit mag er diese Entwicklung nicht und schon gar nicht sein vermeintliches Motiv, das sich aus Eifersucht, Leidenschaft oder ähnlichen Beweggründen zusammenzusetzen scheint.

Nach Hannas Huschen ins Wohnhaus und dem Flurlicht in der dritten Etage muss er eingenickt sein. Die darauffolgenden Stunden waren wie im Fieber vergangen und endeten mit Hannas Schatten, der wieder zum Auto eilte.

Kern nähert seinen Finger dem Klingelknopf. Im selben Augenblick bezweifelt er, einen freien Willen zu besitzen; er wundert sich, woher diese Mechanik überhaupt kommt, ein losgelöster Impuls, als würde der Entscheid tief in seinen Hirnzellen gefällt oder als würde er nach wie vor und unablässig gefällt, in jeder Millisekunde in sein Innerstes hineingehauen, hartnäckig hineingehobelt, bis sein Ganzes die Struktur einer Handlung erhält.

Oder dieser Strang des Schicksalsfadens schlummert seit Anbeginn in ihm; es ist ein fatales Programm mit überzeugender Befehlskette, die ihn da hineinredet, ihn unablässig in eine Richtung schleust wie Zuchtvieh, wie die armen Schweine seines Großvaters damals, die durch einen schmalen Korridor aus Metallzaun links und Metallzaun rechts ins Schlachthaus getrieben wurden, obwohl die Tiere durchaus spürten, was sie dort in der blutigen Maschinerie erwartete.

Kerns Finger verharrt auf dem Klingelknopf. Die Fingerkuppe berührt den Plastikkreis. Nur ein paar Millimeter weiter und der Schalter schließt den Stromkreislauf. Er drückt. Er klingelt. Und dabei hätte er es genauso gut nicht tun können.

Der Summer geht. Kern drückt gegen die Tür. Und ist drin. Und wieder hätte er es genauso gut lassen können.

Gedankenlos geht er die Treppen hoch. Stetig, wie von einer unsichtbaren Hand gezogen.

– Hast du was vergessen?,

fragt eine tiefe Stimme von oben.

Dann Abwarten. Und Kerns Schritte.

– Hallo?

Wieder Kerns Schritte. Keine Worte.

– Hallo?,

fragt es nochmals von oben.

Weiterhin nur Kerns Schritte. Und weiterhin keine Worte.

Dann steht er vor ihm. Er ist schlank, trägt ein weißes T-Shirt und eine schwarze Jogginghose.

– Herr McGuffin?,

fragt Kern und bleibt vor ihm stehen.

– Ja?,

sagt der Mann und ergänzt:

– Entschuldigung, ich dachte, sie seien jemand anders.

McGuffin studiert sein Gegenüber. Kern seinerseits ringt nach Atem, die Treppen, die Kälte, der Albtraum, alles macht die Luft dünn. Er streckt den Rücken und versucht sich nichts von seiner Schwäche anmerken zu lassen. In seiner Vereinsuniform steht er da. Das Hemd hängt aus dem Bund, das Sakko scheint ganz ordentlich, nur die Hose ist etwas zerknittert.

Der Mann wartet auf eine Erklärung. Ich muss etwas sagen, denkt Kern, in seinem Kopf feuern die Worte wild drauf los. Eine Schießerei aus Sätzen und Gesprächsanfängen ist dort im Gange, er bräuchte sich nur in eines der Geschosse zu werfen, er bräuchte nur eine Entscheidung zu treffen oder sich vielmehr von einer Entscheidung treffen zu lassen, als er plötzlich sagt:

– Unten beim Parkplatz, ist das Ihre Katze? Diese rötliche mit den weißen Pfoten, die ... der ganzen Nachbarschaft ihren Schlaf raubt?

Sein Kiefer mahlt, er lauert, beobachtet den Mann, wie er scheinbar ahnungslos dasteht.

– Ähm, nein,

sagt der Mann nun und runzelt die Stirn, reckt den Hals, als habe er an Kern etwas entdeckt.

– Ah, dann ist gut, ich dachte nur,

wiegelt Kern ab und muss dabei ziemlich verloren wirken. Die Schultern sinken tiefer, die Stimme steigt höher, bricht und bröselt, als hätte er selbst Kreide gefressen, also unterbricht er sich mit einem Räuspern. Doch die Fortsetzung kommt keineswegs überzeugender daher.

– Ich sah bei Ihnen Licht, ich wollte nur, dass die Katze wieder nach Hause findet.

– Ich habe keine Katze,

entgegnet McGuffin und fragt umgehend:

– Ist alles in Ordnung? Ihre Augen sind ganz rot.

– Alles in Ordnung,

murmelt Kern, schaut den Mann verstohlen an und versucht es sich vorzustellen: wie dieser Mann mit Hanna – wie sie ineinander verkeilt, wie sie mit geschlossenen Augen, wie der Rhythmus maschinell, schneller, härter, das Stoßen und Ziehen, wie sie über der Bettkante oder auf dem Tisch, wie sie von hinten, die Hose bloß ein bisschen runter, der Rock bloß ein bisschen hoch – aber es will ihm nicht gelingen. Die beiden Figuren finden in seinem Kopf nicht zueinander, seine Versuche ergeben keine Szene, da ist kein Moment, in dem sie sich auszieht, lachend, Hannas Jeans ist nirgends, auch nicht ihr nackter, angespannter Rücken, keine Männerhände an ihren Brüsten, keine Frauenhände im Hosenbund, kein gieriges

Umkippen auf Bettlaken, kein Festhalten von Handgelenken, keine Geräusche, keine Lippen an Ohrmuscheln, keine Daumen in Mündern und keine Fingernägel im Nackenhaar, keine Finger in Öffnungen, keine geschlossenen Augen, keine geöffneten Münder, kein Greifen, kein Halten, kein Drängen und Dringen, kein Garnichts – er kann es sich schlicht nicht vorstellen.

Kerns Kopf ist leer.

Fast windstill. Wie ein Neujahrsmorgen.

Das Verdächtige existiert nicht, weil es möglicherweise nie geschehen ist. Noch nicht.

– Sicher?,

fragt der Mann vor ihm, und Kern weiß im Augenblick nicht, was er meint.

– Moment, ich habe künstliche Tränen, diese kleinen Portionen, Augentropfen für unterwegs, die hol ich Ihnen schnell,

sagt er und verschwindet.

– Nicht nötig, danke,

entgegnet Kern, blickt dabei in die Wohnung und blickt einen Moment zu lange, blinzelt, und schon steht er im Flur, als hätte ihn sein Lidschlag hineingestoßen, was er nun mit einem Lächeln zu kaschieren versucht.

– Kommen Sie, ich mache sowieso gerade Teewasser,

sagt McGuffin wie eine Nebensächlichkeit und öffnet einen Schrank.

– Meine Mama meinte immer, man soll Lindenblütentee auf die Augen tun, also tupfen, ein Beutel geht auch.

Kern nickt.

Der Teekocher pfeift aus der Küche. Wie ein langer Dohlenschrei sticht er durch die Wohnung. Dann ist wieder Stille. Kern weiß nicht, wie ihm geschieht.

Er blickt nach unten. Seine Hände sind nicht bereit. Für nichts und niemanden. Noch nicht, denkt er schnell und ist den unendlichen Verzweigungen und Verzögerungen seiner Aufgabe nicht gewachsen.

McGuffin kommt zurück. In der Hand eine Tasse und auf der Tasse das Bild einer strohblonden Frau mit dem verzierten Schriftzug *Mother of Dragons*. McGuffin sieht Kerns Blick und erklärt, dass die Tasse ein Geschenk war, weil er wie fast alle diese TV-Serie geschaut hätte und von Daenerys restlos begeistert gewesen sei, trotz des heftigen Endes – dabei streckt er ihm die Tasse und zwei Wattepads entgegen.

Kern verzieht den Mund. Er schafft es nicht, den Mann zu hassen, das ist sein Problem. Das läuft nicht wie vorgesehen, Abscheu wäre wenigstens ein Antrieb, aber nur Minuten später liegen die beiden Wattepads kühlend auf seinen Lidern.

– Besser?,

fragt McGuffin, worauf Kern ein freundliches Murren entgleitet.

Was ist eigentlich deine verdammte Ausrede, Kern, denkt er sich in Rage, jetzt wäre der ideale Zeitpunkt, jetzt, die Dinge heldenhaft in die Hand zu nehmen, jetzt gleich, sich aufrichten, die Stimme laut, bestimmt, jetzt! –

Stattdessen sitzt er hier in bodenloser Müdigkeit, lässt sich weiter fallen, untätig und handlungsfaul sitzt er wie eine Nebenfigur auf dem weichen Wollsofa. Wahre Stärke liegt darin, den heimtückisch aufgebauten Erwartungen eine Finte zu schlagen, windet sich Kern aus der Sache heraus und ist geradezu entzückt über diesen Satz, beschließt sogar, ihn für später aufzuschreiben und bei passender Gelegenheit zu verwenden.

Seine Übelkeit kommt zurück. Dem Magen geht es schlimm.

Es ist, als stellte sich die ganze Welt gegen ihn. Der Planet schwankt im Fieber; tief in den untersten Gesteinsschichten grollt der Vorwurf seiner Vorfahren – tu endlich was, sei einflussreich, sei bemerkenswert, sei denkwürdig –, er hört die Schlammlawine aus Spott, in der er unterzugehen droht, und irgendwann ist er bloß ein archäologisches Nichts zwischen zwei geologischen Schichten, das wird sein Platz in der Geschichte sein: bloß eine namenlose Ansammlung von Knochen, der austauschbare Schlusspunkt nach dem Wort *Mensch*.

McGuffin kommt näher. Kern spürt seine Präsenz. Der Kühlschrank surrt aus der Küche. Draußen lässt die eisige Nacht alles erstarren. Die Stille reizt zu Taten, zu Worten wenigstens, doch Kern sitzt einfach da mit den feuchten Teebeuteln auf den Augen, dem Vereinsjackett, dem verschwitzten Hemd und kann nicht aufhören, wie ein Sack auszusehen.

Worauf wartet er, denkt Kern schließlich über seinen

Gastgeber, weshalb ist er so gelassen? Weshalb wehrt er sich nicht? Er muss doch wissen, was Kern weiß. Er muss doch ahnen, wer er ist und zu was er imstande sein könnte, in welche Brutalität ihn eine Stimme hineinreden könnte, eine Fahrlässigkeit, aus der er sich nur mit viel Aufwand wieder hinauswinden würde. Einmal etwas Großes tun, für die Familie und für das Blut, McGuffin scheint ihm das nicht zuzutrauen, denkt Kern, McGuffin sieht ihn möglicherweise exakt so, wie er ist, dass er nichts von ihm erwartet, macht ihn zu einem Freund. McGuffin sieht sein wahres Wesen und hat kein Problem damit.

Kern zuckt, er muss kurz eingenickt sein.

Als McGuffin neben ihm auf dem Sofa Platz nimmt und mit einen Räuspern signalisiert, dass er längst alles begriffen hat und in Ruhe darüber reden möchte, macht sich Kern Sorgen um seine Entschlossenheit. Er wartet.

15

Das Polizeisiegel am Türrahmen fehlt, das Klingelschild ebenfalls. Stattdessen hat schon jemand einen Stapel Umzugskartons bereitgestellt. Behutsam geht Schibig über die Schwelle, während sich im Innern der Wohnung das Abendlicht ausbreitet.

Der Nachbar von oben steht mitten im Raum, die Arme verschränkt. Die Alte hingegen sitzt auf dem Wollsofa und raucht. Die Asche schnippt sie in einen kleinen, silbernen Aschenbecher, der ihr an einer Kette um den Hals hängt. Wie eine Kostbarkeit hält sie die Dose in den Fingern und starrt durch den Rauch ins Leere.

Durch Phil hatte er die Adresse des Toten ausfindig gemacht und gleichzeitig erfahren, dass die Leiche bereits für die Beerdigung freigegeben worden war. Am Ende des Telefonats konnte es Phil nicht lassen, ihn zu bitten, er solle keinen Scheiß anstellen, obwohl er sich bei ihm wohl keine Sorgen machen müsse, wie er zum Scherz ergänzte, und dann fragte er schuldbewusst nach, wie es ihm denn gehe nach der ganzen Angelegenheit auf dem See, er könne ihn jederzeit mit dem psychologischen Betreuungsdienst in Verbindung setzen, worauf Schibig nur rumdruckste und erklärte, er hätte genügend Projekte, die ihn ablenkten, worauf Phil wiederum bestätigte, das sei gut, er klinge auf jeden Fall erstaunlich wach.

– Wach ist ein sehr gutes Wort,

hatte Schibig nur geantwortet und nach der Arbeit gleich die Alte vom Campingplatz abgeholt.

Doch jetzt sitzt sie mit ihrem zotteligen Strickpullover und der Alpakamütze da und scheint ihr gemeinsames Gegenwartsabenteuer vergessen zu haben.

Der Nachbar von oben erklärt derweil, er habe damals auf die Polizeimeldung reagiert, sonst aber gar nichts mit der Sache zu tun.

– Ich bin einfach Nikola von oben und hatte einen Schlüssel, falls mal was ist,

sagt der Nachbar und zögert kurz:

– Aber das habe ich den Polizisten auch schon gesagt,

sagt der kurz gewachsene Mann und klopft wie zum Beweis auf die Sofalehne. Der möchte am liebsten gar nicht hier sein, erkennt die Alte, während der kleine Nachbar von einem Fuß auf den anderen wechselt. Seine Unannehmlichkeit zeigt sich in Rastlosigkeit, denkt die Alte weiter und zieht an der Zigarette, und seine Rastlosigkeit ist in Wahrheit Angst, weil Angst noch an jeder Ruhe genagt hat, sie beißt sich fest und lässt einen nicht mehr schlafen.

– Die waren aber nur etwa zehn Minuten da, haben kaum Fragen gestellt, nicht mal, wer ihn besucht hatte, ich meine, da gab es schon ab und zu Besuch, einmal dieser Pfarrer, eine Frau manchmal, der Videospiele-Freund, und dann war er, wie gesagt, eine ganze Weile verschwunden. Die Polizei ist einmal durch die Wohnung gelaufen und das war es auch schon, Ende. Und der Vermieter hat mich gestern beauftragt, die Wohnung zu räumen, und die Schwester, also McGuffins Schwester, hat mir erlaubt, seine Dinge zu verkaufen, außer die wirklich persönlichen Dinge natürlich, die sind schon weg.

Jetzt schweigt der Nachbar, als erhoffte er sich von den beiden etwas Hilfe.

Schibig räuspert sich und blickt zur Alten, die unverändert raucht und ins Leere starrt. Sie ist heute nicht bei der Sache, denkt er, also übernimmt er das Fragen:

– Haben die was mitgenommen?

Der Nachbar schüttelt den Kopf, worauf die Alte den Aschenbecher zuschnappen lässt, erstaunlich agil aufspringt und ein paar Schritte durch die Wohnung geht.

Endlich, denkt Schibig und folgt der Alten wie ein Satellit. Mit einer Ungeduld im Nacken schleicht sie an den Büchern vorbei, an der Zuckerdose, der Sonnencreme und dem Salzstreuer auf dem Tisch, sie hat keine Augen für die Sonnenbrille, das Ladekabel, die zerknüllten Lottoscheine, sondern bleibt beim Kühlschrank stehen. An Magneten hängen dort Postkarten, das Menü eines Pizzadienstes, das Faltblatt eines Thai-Takeaway, die Fotografie von zwei Männern im Fußballtrikot, je einen Arm in die Höhe gestreckt, im Hintergrund die verschwommenen Lichter einer Bar, aufgereihte Gläser sind zu sehen und von rechts ragt ein Arm ins Bild. Sonst ist das Bild eher dunkel und die Unschärfe verleiht dem Moment eine wohlige Trunkenheit. Daneben hängt ein Zettel mit der Telefonnummer einer Autoversicherung, eine Seriennummer, vermutlich eines Fotoapparates oder eines Druckers – und völlig unpassend im Vergleich zu den anderen Dingen: eine Porzellanfigur im Stoffkostümchen, an deren Rücken ein Magnet angebracht ist. Die Porzellanfüßchen und Ärmchen baumeln aus einem kleinen glitzernden Anzug heraus, schlaff hängt alles da, das Gesicht hinter einer weißen Maske verborgen, das anonymisierte Antlitz wirkt glatt und glasig, das Kinn ist spitz, und alles ist von einer seidigen Kapuze und Umhang umgeben. Die Alte weicht zurück. Das ging schnell, denkt sie, und behält das Figürchen einen Moment lang im Auge. Sie zieht das Telefon aus ihrem Etui, macht ein Foto der Kühlschranktür und sendet es umgehend weiter. Ein fliegendes Wuschen erklingt als Beweis dafür, dass ihre Sendung abgeschickt wurde.

Schibig will schon vorschlagen, eine der Nummern am Kühlschrank anzurufen oder die Fotografie mitzunehmen, wenigstens einem Hinweis zu folgen, doch die Alte hat andere Pläne. Sie richtet sich auf und stemmt die Hände in die Hüfte.

– Was?,

fragt Schibig mit einer Vorahnung.

– Wir sammeln die Zufälle, wir gehen von außen nach innen, bis wir auf einen Kern stoßen,

flüstert die Alte und schiebt ihre Mütze ruckartig hin und her, das lockig-wilde Haar folgt der Kratzbewegung ebenfalls hin und her und kommt erst nach einer Weile wieder zur Ruhe. Schibig beobachtet die Alte, wie sie mit Gelassenheit durch die Wohnung schlendert.

– Ich befürchte, das alles führt direkt ins Leere,

sagt er, worauf die Alte abrupt stehen bleibt, als hätte Schibig eine Beleidigung ausgesprochen. Sie spitzt die roten Lippen.

– Es wird sich irgendwann verbinden,

sagt sie ruhig und lässt eine ihrer Halsketten kreisen.

Doch Schibig klopft unruhig gegen das Wollsofa.

– Vielleicht sind die meisten Ereignisse eben doch dazu verdammt, als banale Kiesel durch die Gitter der Geschichte zu schlüpfen und zu verschwinden.

– Dann helfen wir eben nach. Wir verbinden und vermengen sie,

sagt die Alte und macht ein paar verheißungsvolle Schritte auf Schibig zu.

Dieser blickt entschuldigend zum Nachbarn von oben, doch der winkt schnell ab, weil er nichts verpassen möchte.

– Wir machen sie sichtbar,

sagt die Alte jetzt und nimmt die beiden Männer ins Visier.

– Das hier beginnt mit einer Leiche. Sonst würde ja niemand hinschauen.

Das Abendlicht schwächelt. Wie drei Fremdkörper stehen sie inmitten der Einrichtung. Alles liegt unberührt da. Kaffeetasse, Magazine, Heftklammern, Rechnungen, Weingläser, Kugelschreiber – als warteten die Gegenstände sehnsüchtig auf die Rückkehr ihres Besitzers, verharrten in gehorsamer Gegenständlichkeit, um irgendwann wieder bewegt, wieder belebt zu werden.

– Gewiss, die Ausgangslage könnte etwas günstiger sein, rein hypothetisch,

sagt die Alte und zieht an der Halskette, an der ein kleines Ringnotizbuch baumelt. Kaum hat sie es in den Händen, zupft sie an einer rosa Kordel und platziert ihre Lesebrille auf der Nase.

– Mehr Licht bitte,

fordert sie nun und der Nachbar von oben geht zum Schalter. Die Alte zwinkert ihm zum Dank zu, was Nikola erröten lässt. Die Alte blättert. Das rhythmische Rascheln überbrückt das Warten der Männer.

– Wie sehr wir plötzlich hinschauen würden …,

murmelt die Alte und scheint in ihren Papieren etwas gefunden zu haben.

– Was, wenn die tote Person im Eis eine Frau gewesen wäre? Wenn es ein Kind gewesen wäre, ein Junge, sieben Jahre, blond, weiß, ein Junge, vier Jahre, schwarz, dunkelhaarig, ein Mädchen im roten Kleid, die dreijährige Tochter von Touristen aus Südindien, oder die Tochter eines russischen Milliardärs, die Tochter eines amerikanischen Milliardärs oder ein Säugling im hellblauen Plüschstrampler, ein alter Bauer, ein Pfarrer mit Bußgürtel unter der Kutte? Wie würden diese Versionen die Situation und somit unser Hinschauen verändern?

Die Alte blickt über die Brillenränder. Die beiden Männer schweigen.

– Welche Leiche verstärkt den Drang, tiefer zu graben? Der Wiederkehrer aus dem Jahr 1420 vielleicht?

Schibig hält den Kopf schief, weil er sich ertappt fühlt.

– Welche Leiche zwingt uns, am genauesten hinzuschauen? Und weshalb?

Schibig schüttelt jetzt den Kopf. Die Alte scheint sich in Möglichkeitsformen zu verlieren.

– Aber dieser Tote im Eis ist nun mal dieser Tote im Eis,

sagt Schibig kühl, worauf die Alte nickt.

– Exakt. Und damit müssen wir arbeiten.

Wieder eine kurze Stille. Der Winterabend wird finsterer.

– Wir? Was soll ich schon groß ausrichten?,

seufzt Schibig und schaut Hilfe suchend zum Nachbarn von oben. Die Alte aber strahlt, als hätte sie auf diese Frage gehofft.

– Oh, weil sie ihre neue Rolle spielen werden,

antwortet die Alte kompromisslos und bewegt sich wie ein Panther auf Schibig zu. Dabei wackeln ihre grauen Haarlocken, die Ohrringe baumeln, und die unzähligen Bänder und Ketten um ihren Hals, die bei jedem Hinschauen mehr zu werden scheinen, wiegen hin und her. Ihre Brillengläser spiegeln das gelbe Deckenlicht und lassen die Augen umso katzenhafter erscheinen, merkt Schibig. Die Alte ist ein Raubtier. Die Alte hat einen Plan.

– Mir reicht die Wahrnehmung des Kleinen nicht aus, das Kleinschauen, Kleinhören führt zu Kleindenken, den Wald vor lauter Bäumen, verstehen Sie? Es ist ein Ablenkungsmanöver. Setzen wir uns gedanklich ausnahmsweise in eine Raumkapsel und katapultieren uns weit hinaus, Troposphäre, Stratosphäre, Mesosphäre, um uns dort in der Stille einen anständigen Überblick zu verschaffen: Da ist die Welt, da sind die Gesellschaften, unterjocht von Politik und Religion und allen voran von der Wirtschaft – dieses ganze Zusammenspiel aus Macht und Ohnmacht, Geben und vor allem Nehmen. Und dann erst erkennen wir, dass uns die teuflischen Details wie perfide Glassplitter erblinden lassen.

Die Alte schleicht weiter, geht am gebannten Nachbarn vorbei, geht weiter auf Schibig zu, der etwas verloren beim Kücheneingang steht.

– Die unmenschlichste List ist doch folgende,

fährt die Alte fort:

– Wenn Verbrechen wie hierzulande seit Jahrhunderten ununterbrochen und in Zeitlupe begangen werden, wenn der große Akt des Bösen sich in unzähligen kleinen, zögerlichen, geradezu nichtig erscheinenden Momenten vollzieht, dann wird die Menschheit getrost dabei zuschauen, ohne dahinter Schlimmes zu vermuten, ohne zu sehen, was tatsächlich geschieht – es geschieht zwar vor aller Augen, aber niemand erkennt es als das, was es wirklich ist. Eine barbarische List.

Die Alte bleibt nun wenige Zentimeter vor Schibig stehen. Da ist ihre Wärme, da ist ihr Geruch, rauchiges Holz, süße, getrocknete Apfelschalen, Lavendelseife. Die Brillengläser reflektieren Schibigs blasses Gesicht. Ein Gesicht, das trotz seiner vier Jahrzehnte noch keine Form gefunden hat, denkt er für einen kurzen Moment, ein Kindergesicht, fast noch formbar, noch offen für Prägungen. Ein Leben lang lernend.

Die Alte lächelt.

– Die Frage ist nun: Wie zeigt man etwas, das längst alle sehen?

Die letzten Worte schweben unbeantwortet im Raum, und die Alte lässt sie dort schweben, indem sie nur mit den Schultern zuckt.

Schibig wartet. Die Alte dreht sich auf den Absätzen weg.

– Aber wenn ich das ausspreche, wirkt es wie Gejammer. Das dünnhäutige Gelaber einer alten Frau, die nichts zu sagen hat. Aber was, wenn mehrere das sagen? Was, wenn auch andere es sagen?

Jetzt zieht die Alte ihre Brille vom Nasenrücken.

– Wenn Sie das sagen, Schibig, dann gilt es als differenziert und zeitkritisch. Deswegen legen wir diese Worte heute in Ihren Mund.

Schibig schweigt, weil er nicht versteht. Die Alte hebt ihre Hand.

– Es geht nicht nur darum, wer die Geschichte erzählt. Es geht darum, wer die Geschichte besser erzählt.

Der Nachbar scheint die Luft anzuhalten. Gespannt wandert sein Augenpaar zwischen den beiden hin und her. Die Freude über dieses Spiel lässt ihn alles andere vergessen.

– Sie sind verrückt,

sagt Schibig amüsiert und erhält zur Antwort eine Ergänzung:

– Verrückt, unheimlich und von Geburt an unkontrollierbar,

sagt die Alte. Schibig lacht.

– Also los,

befiehlt die Alte und streckt ihm das Büchlein an ihrer Halskette entgegen. Schibig zögert, er achtet auf seine Atmung. Es geht ihm gut. Es gibt keinen Grund zu fliehen, denkt er, als der Nachbar ihn ungeduldig in den Oberarm stupst. Sein Flüstern ist fast ein Flehen.

– Machen Sie schon, jetzt will ich es auch hören.

Schibig greift zum Notizblock und beginnt zuerst mit einem Zaudern:

– Die unmenschlichste List ist doch folgende,

sagt er mit tiefer Stimme und wird sicherer in seiner Rede:

– Wenn Verbrechen wie hierzulande seit Jahrhunderten ununterbrochen und in Zeitlupe begangen werden, wenn der große Akt des Bösen sich in unzähligen kleinen, zögerlichen, ja geradezu nichtig erscheinenden Momenten vollzieht, dann wird die Menschheit getrost dabei zuschauen, ohne dahinter Schlimmes zu vermuten, ohne es zu sehen, was tatsächlich geschieht – es geschieht zwar vor aller Augen, aber niemand erkennt es als das, was es wirklich ist. Eine barbarische List.

Schibig blickt vom Papier hoch und ins honiggelbe Licht der Wohnung. Seine Wangen leuchten, sein Kinn hebt sich, wieder ist es in seinem Kopf kristallklar.

– Die Frage ist nun: Wie zeigt man etwas, das eigentlich längst alle sehen?

Die Stille beendet Schibigs Monolog.

Das Gesicht des Nachbarn ist zu einer Maske erstarrt. Die Augen glasig, der Mund leicht geöffnet, noch völlig unfähig, aus dieser Hypnose zurückzufinden, erst nach einer Weile wechselt er in ein Nicken, das umso heftiger ausfällt:

– *O dobri Bože, djavolja žena,* ein Teufelsweib,

sagt der Nachbar fasziniert und klingt dabei wie ein Verschwörer.

– Sie hat recht, wenn er es sagt, ist es ...

Ein kurzes Warten, weil ihn die Unsicherheit dazu zwingt.

– Wenn er es sagt, ist es ... Er klingt wie ...

Die Alte klappt das Notizbuch zufrieden zu.

– *Poput heroja*, wie ein Held,

sagt Nikola endlich und blickt auf seine Schuhspitzen, als sei das Wort schambehaftet.

Der dünne Mond taucht vor dem Fenster auf. Er scheint auf die stillen Häuser, die frierenden Nadelbäume, er scheint auf Eisenbahnschienen, die sich in seinem Glanz durch die Ebene biegen, ihr Metall schimmert kalt, ihre Schwellen sind schmutzig, der dünne Mond scheint auch auf die dunklen Felswände, die scharfen Spitzen des Frakmonts, die die Welt hier wie ein Riss begrenzen, er scheint auf den Bergsee, auf den Frost, der alles knirschend mit seinen Diamanten überzieht, er scheint auf die harte Erde, das alte Schlachtfeld, aus dessen Urtiefen seismisches Grollen zu hören wäre, das langatmige Stöhnen geologischer Kräfte, wo in den gepressten Erdschichten Knöchelchen liegen, Tonscherben, Speerspitzen vielleicht, sicher verwesendes Holz, Käfer und Mikroben bei der Arbeit, die Nährstoffe freisetzen, am Wunder werken, und der dünne Mond scheint auch auf geknickte Sauergräser, Fußspuren, beides starr geworden durch die eisige Nacht, er scheint auf Schlammpfützen, das Moor, auf getrockneten Torf, er scheint auf das leere Ödwilerfeld, das einfach nur ein Feld sein möchte, dem aber über die Jahrhunderte so viel Zusätzliches aufgebürdet wurde, Geschehnisse, Geschichten, gänzlich Unsichtbares, das nicht vom dünnen Mond beschienen werden kann und deswegen gerne vergessen oder verändert wird, denn die Geschichte ist ein formbarer Geist, flüchtig wie Worte, und zäh wie Worte, ein Gespinst, das sich in den Menschenköpfen festsetzt, doch der dünne Mond scheint durch alle Ideen hindurch, scheint lieber auf Steine, auf Böden, scheint auf Lebendiges und Totes, aber er scheint nur von der Sonne beschienen, und so scheint er durchs Fenster und in die Wohnung hinein und scheint dort auf Schibigs entschlossenes Gesicht.

Es liegt an uns, also es liegt auch an mir, denkt Schibig ganz zu Recht, und als könnte die Alte seine Gedanken hören, klatscht sie in die Hände.

16

– Ich weiß gar nicht, was alle haben,

sagt die Verkäuferin zwei Tage nach Kerns nächtlichem Ausflug und meint damit die Schlagzeilen am Kiosk gegenüber.

– Sicher, das Denkmal war schon lange geplant, aber das ist doch kein Zufall, so kurz nach diesem Zwischenfall mit den Kapuzen, Sie wissen schon.

Kern kauft Chrysanthemen. Aber Kern fühlt sich hier fehl am Platz. Die Verkäuferin zieht am Seidenpapier, es raschelt. Sie seufzt und will noch mehr loswerden.

– Ich habe gar nichts dagegen, dass auf das alte Schlachtfeld ein Gedenkstein kommt, aber der passt da doch gar nicht hin, also, doch nicht für diesen Krieg. Da waren wir ja gar nicht dabei. Wir hatten Glück, wissen Sie, meine Großmutter hat immer erzählt, dass die deutsche Armee damals im Winter schon an der Grenze stand, auf der anderen Seite des Rheins, meine Großmutter konnte die Soldaten sogar mit bloßem Auge sehen. Und sie hätten alle gebetet, dass der Fluss nicht gefriert, jeden Abend hätten sie den heiligen Bruder Klaus um Verschonung angefleht, und wissen Sie, was?

Der Rhein ist nicht gefroren; nein, stattdessen sei eines Tages das bärtige Gesicht vom heiligen Bruder Klaus in den Wolken erschienen, riesengroß und hoch über der Grenze, und die deutsche Armee sei umgedreht.

Die Verkäuferin lacht ein wenig; aus Freude an der Geschichte und an der Naivität auch.

Die Scheiben im Blumengeschäft schwitzen. Die Luft ist schwer und erdig. Die penetrante Süße erinnert Kern an das gestockte Blut, das auf dem Teller aus einer Wurst quillt und neben den butterigen Kartoffeln und dem Apfelkompott liegen bleibt, mehlig-salzig im Geschmack, wurmfarben, aber am Ende immer besser, als es aussieht.

Die Verkäuferin trägt eine grüne Schürze. Ihre Hand streift das Blumenwasser daran ab. Kerns Stirnschlagader pulsiert. Irgendwo beim Stirnlappen sitzt der Schmerz, merkt er, und der sticht wie ein Tier, das sich verteidigt. Schon zum dritten Mal flackern heute Kristalle in seinem Sichtfeld auf. Ich brauche dringend diese verdammten Korrekturen, denkt er, und will schon am Telefon prüfen, ob der Optiker eine Nachricht hinterlassen hat, aber die Verkäuferin plaudert weiter:

– Die haben ja landesweit einen Ort für dieses Weltkriegsding gesucht, und jetzt ausgerechnet hier, ausgerechnet unser Ödwilerfeld. Manchmal denke ich, vielleicht liegt da ein Fluch auf diesem alten Schlachtfeld, der Krieg, die faulen Gase, die einen Rausch verursachen, manchmal ertrinken da auch Hunde und sogar

Kinder im Sumpf – und jetzt dieses Mahnmal, das überall nur Streit verursacht.

Die Verkäuferin zuckt mit den Schultern.

– Viele verstehen halt nicht, warum das ausgerechnet dorthin soll. Mein Freund hat gesagt, dass es hier damals schon auch Internierungslager gab, weiter westlich vom Ödwilerfeld, ein Straflager für geflüchtete Soldaten, aber davon habe ich noch nie was gehört.

Sie klebt jetzt das Seidenpapier zusammen und zupft eine Schleife zurecht.

– Ich frage mich, ob überhaupt jemand dieses Mahnmal besuchen wird.

Die Verkäuferin schiebt die Chrysanthemen in Kerns Richtung, der abwägt:

– Es wäre auf jeden Fall ein schöner Ort,

sagt Kern, als er den Blumenstrauß entgegennimmt, und findet seine Aussage sofort komisch, als käme sie von einem sehr alten Mann.

– Wollten Sie da nicht irgendwo bauen, Herr Kern?,

fragt die Verkäuferin jetzt.

– Ja,

sagt Kern und winkt ab. Er versucht, dem Gespräch langsam ein Ende zu setzen, indem er seine Brieftasche hervorzieht.

– Ich hoffe, Ihre Frau freut sich,

sagt die Verkäuferin jetzt und strahlt. Kern reibt sich die Augen und versucht sein bestes Lächeln.

– Das hoffe ich auch,

sagt er und gibt der Frau ein Trinkgeld.

Draußen herrscht Vorweihnachtsbetrieb. Die Geschäftsstraße ist voller Autos. Die plötzliche Kälte lässt Kern schrumpfen. Missmutig geht er ein paar Schritte. Das Optikergeschäft gegenüber hat geschlossen. Trotzdem glitzern in den Schaufenstern kleine Tannenbäume, unter einem Mistelzweig sitzen zwei kleine Drachenfiguren mit Wollschals. Kern eilt zu den Stufen, die an der Kirche vorbeiführen. Das Streusalz, das vom Winterdienst eingesetzt wird, hinterlässt überall Spuren. Am Straßenrand, auf den Gehwegen und sogar an den Fahrzeugtüren bildet das Taumittel wolkige Umrisse, die sich wie Gierlinge durch den Alltag fressen. Kern blickt zu den Straßenlaternen, die Gespinste sind verschwunden, dafür wölbt sich weiter hinten eine Wolke den Frakmont hoch, das Abendrot entzündet das Monstrum, sein Bauch ist gebläht, als wollte es seine kumulierte Wucht jeden Augenblick auf die Dörfer entladen.

Vor dem Herrenhaus klopft Kern seine Winterschuhe ab.

Wind und Schnee können mir nichts anhaben, denkt er und betritt bewusst leise den Flur. Die Blumen legt er auf den Treppenabsatz. Von oben dringt ein Knarzen durch die Decke.

Er betritt den Keller. Er riecht alt, nach Leder, nach dem Staub einer Militärwolldecke. An der Wand hängen die Jagdgeräte, der Drilling des Großvaters, das Gewehr mit Selbstspanner und Zielfernrohr und Kipplauf, daneben das schmucke Weidmesser mit Horngriff. Der Genickfänger war Großvaters großer Stolz gewesen, weiß Kern, will aber nicht wissen, zwischen wie vielen Genickknochen und in wie vielen Bauchdecken diese Klinge schon gesteckt hatte. Töten ist auch Arbeit. Sein Großvater Robert hatte als Beruf zuerst Tiere großgezogen und dann geschlachtet, nach den Vierzigerjahren war das Töten aber noch zur Freizeitbeschäftigung geworden; die vielen Ämter und Liegenschaften nahmen ihn zu stark in Anspruch.

Kern greift nach dem Messer, er prüft, ob noch Blut daran klebt, von Wirbeltieren, Säugetieren, Lebewesen, die nicht wussten, wie ihnen geschah, oder sehr wohl wussten, was geschah, doch unfähig waren, etwas dagegen zu unternehmen. Ein Lufthauch berührt Kerns Schulter. Komm mit, komm mit, pfeift der Waldkauz aus der Vergangenheit – im Mittelalter nannten sie ihn den Totenvogel wegen seines Rufs: *Ku-witt, Ku-witt* heißt *Komm-mit, komm-mit*, obwohl Kern weiß, dass das nicht stimmen kann, die Fantasie flüstert einem Dinge ein, dekoriert die Tatsachen, bis das Menschenhirn daran glaubt. Genau wie er an all die Erzählungen vom Großvater glaubt – aber die Fantasie verformt die Vergangenheit.

Die Klinge blitzt auf. Gerne würde er eines Tages seinem Sohn dieses Weidmesser zeigen, sorgfältig in seine kleinen Hände legen und erklären, für was es einst gebraucht wurde, er würde erzählen, dass Großvater Robert ein Falkner gewesen sei, Vögel seien immer schon des Jägers liebste Helfer gewesen, überhaupt hatte der Großvater oder eben der Urgroßvater die größte Hochachtung vor Greifvögeln gehabt, das tadelloses Gehör, durch einen Gesichtsfederschleier geleitet, das hoch entwickelte Sehvermögen, mit dem sie kleinste Nager aus drei Kilometern Höhe erkennen können, und pfeilschnell stürzen sie sich auf die Beute, hatte ihm der Großvater jeweils mit einem lauten Händeklatschen erklärt, und genau so würde auch er es weitererzählen, die harmlosen Feldmäuse hätten schlicht keine Chance, es gäbe sowieso zu viele davon, und wenn die Natur es nicht richte, entstünde eine Plage, so funktioniere das mit der natürlichen Regulierung: jemand bestimme und jemand werde bestimmt – das sei immer schon so gewesen, nur heute sei man schnell der Meinung, dass das Natürlichste ein Verbrechen sei. Es könnten eben nicht alle Raubvögel sein. Es müsse auch Mäuse geben. Jedes Tier habe seinen Platz, vom Wolf und Hirsch bis hin zu den Mistkäfern und Maden, die die Kadaver zersetzen – sogar die lästigen Fliegen hätten eine Aufgabe, mit ihrem Geschwirr seien sie immer schon ein untrügliches Zeichen gewesen, wo gerade etwas verende.

Als Kern die Treppe hochgeht, friert er noch immer. Vermutlich hat er sich einen Infekt geholt. Bei den Verhandlungen zum Zonenplan vielleicht, der Raum war klein und die Gespräche waren intensiv gewesen. Das Bauvorhaben beim Ödwilerfeld steht sowieso unter einem schlechten Stern, die Naturschutzzone sei zu nahe, hieß es, die ersten Probebohrungen waren ungünstig, zu viel Gas und ein instabiles Gelände und seit der Bekanntgabe des geplanten Denkmals haben bereits einige Investoren zurückgezogen.

Kern öffnet den Gurt, um sich vom Schmerz zu befreien. In diesem Moment glaubt er, aus den Augenwinkeln ein schwarzes Huschen zu sehen. Er dreht sich um. Nichts.

– Hanna?,

ruft Kern ins Wohnzimmer. Stille. Er lauscht. Da ist ein Surren irgendwo, ein Gluckern der Rohre, Kern geht mit den Chrysanthemen durchs Zimmer. Der Parkettboden knarzt. Im Salon leuchtet die Stehlampe neben dem Bücherregal. Auf dem kleinen Beistelltischchen liegen ein paar Wälzer aufgeschlagen, das *Große Kräuterheilbuch des Deutschen Apotheker Verlags,* das *Europäische Herbarium nach Adalbert Graf* und *Heil- und Giftpflanzen der Alpen*.

Frauenmantel, Löwenzahn, Mönchspfeffer, erinnert sich Kern an Hannas Zusammenfassung vor rund einem Jahr, und Granatapfel für den Eisprung.

Die Blumen stellt er auf den Esstisch und versucht es nochmals:

– Hanna?

Statt einer Antwort seiner Frau kommt das Schrillen einer Glocke – einmal, die Vibration dringt durchs Gemäuer – zweimal, das Kabel der Lampe wackelt –, dann mehrfach und immer wieder scheppert die alte elektronische Klingel durchs Haus. Kern hat keine Wahl. Die Installation war damals ein Meldezeichen für die Bediensteten gewesen und galt in den Fünfzigerjahren als fortschrittlich. Mutter hatte darauf bestanden, die Kabel bis in ihren Dachstock zu ziehen, hatte mit ihrer schwächelnden Gesundheit argumentiert, und jetzt nutzt sie den kleinen Knopf neben dem Bett bei jeder Gelegenheit, auch wenn keine Pflegerinnen im Haus sind.

Also stampft Kern die Stufen hoch. Das kalte Gemäuer riecht nach Höhle. Der Flur und die Vitrine liegen im Dunkeln, die neue Pflegerin hatte offenbar vergessen, das Licht im Treppenhaus anzulassen. In der Luft liegt der Geruch der üblichen Salben und Arzneimittel, aber da ist zusätzlich Rasierwasser, Rosmarin, Tabak.

Sie hatte Besuch, merkt Kern, als er den Raum betritt, eine seltsame Lebendigkeit füllt das Dachzimmer, eine Aufregung, die nach gewissen Gesprächen für einige Stunden unter den Giebeln hängen bleibt.

Vorsichtig tritt er ans Krankenbett. Ein Bildschirm beleuchtet das kantige Gesicht der Mutter. Das Kopfteil des Pflegebettes ist hochgestellt, sie wirkt beinahe aufgerichtet, die Stirn nachdenklich, die Augen auf das Gerät fixiert. Eine Knisterstimme kommt aus einem Lautsprecher, dann aufbrausender Applaus, danach Leere, dann folgt klassische Musik. Kern erkennt es schlecht, Rachmaninow, Tschaikowski, was weiß er, dann wieder das Knistern eines Tonarms, eine Nadel schrammt über die Schallplatte, dann wieder Stille.

– Mutter?,

fragt Kern, worauf das Gebirge das Gerät zur Seite schiebt. Sie faltet die Hände und beginnt mit einem Monolog, den sie sich offenbar seit einer Weile zurechtgelegt hatte.

– Es gibt einen Stuhl in Neapel,

beginnt die Mutter zu zischen und wird von einem Husten unterbrochen.

– Es gibt einen Stuhl in Neapel,

wiederholt sie ihren Anfang, damit sie Kerns volle Aufmerksamkeit hat.

– Und dieser Stuhl steht in einer Kirche, in der die heilige Maria Francesca Wunder bewirkt, denn diese barmherzige Frau hat bisher noch jeder geholfen, die nach Hilfe gefragt hat.

Kurz holt sie Atem.

– Bei dir hat es damals schließlich auch geklappt, sehr spät, aber weiß Gott, wir haben es lange versucht, dein Vater und ich, aber es war unsere Pflicht, und dein Großvater hätte auch nichts anderes toleriert, deswegen sage ich dir, fahr nach Neapel mit ihr. Eine Nonne segnet ihr dort den Bauch mit einem Kruzifix, denn das Kruzifix trägt in einem Hohlraum die Reliquien der heiligen Maria Francesca in sich; ihre Eckzähne, die der gütige Pater Lorenzo nach deren Tod dreiundzwanzig Jahre lang in einer Holzschatulle aufbewahrt hat, dazu Haare der heiligen Maria Francesca, und mit diesem Kreuz segnet sie dann ihren Bauch, während sie auf diesem Holzstuhl in der Kapelle Santa Maria Francesca delle Cinque Piaghe in Neapel sitzt. Das ist schon alles. Dann fahrt ihr wieder nach Hause, und die Zeugung ist nur noch eine Formsache, hörst du? Wenn du dir vier Tage freinimmst und in den Süden fährst, Neapel ist mit dem Auto –

Kern wagt es, den Muttermonolog zu unterbrechen.

– Mutter, wir fahren nicht nach Neapel.

Worauf die Liegende eine Bewegung versucht. Doch ihre Beine sind nur noch zwei knorrige Äste und kaum sichtbar unter der Bettdecke verborgen, die Schultern zwei Zacken. Sie ist ein Gerippe, dem Sterbeprozess ausgeliefert. Kern kann sich nicht daran erinnern, seine Mutter jemals fleischig und fröhlich gesehen zu haben. Die Ernsthaftigkeit wohnte schon immer in ihr. Sicher, es hatte ihnen an nichts gefehlt, gleichzeitig wurde er seit seiner Kindheit das Gefühl nicht los, dass es ihnen an allem gefehlt hatte – nie war es gut, immer sollte es noch besser sein. Aus dem tiefen Körpergewölbe holt sie Luft, um ihrer Stimme eine Kraft zu verleihen, die sie längst nicht mehr hat.

– Sie tut den ganzen Tag nichts, sie arbeitet nicht!

– Weil sie bald Mutter wird,

fährt Kern dazwischen und erntet einen Donner.

– Schweig!,

dröhnt der Berg und Kern gehorcht.

– Sie tut den ganzen Tag nichts Anständiges, sie schläft lange, sitzt vorm Computer, hört Musik, bestellt Pakete, die Post denkt schon, wir seien ein Lagerhaus.

Kern will fragen, woher sie das alles weiß, bleibt aber still.

– Sie malt irgendwelche Figürchen an, fürs Kind, hat sie mir gesagt, aber so sehen sie nicht aus, und vor allem – welches Kind? Das ist ihre Aufgabe! Ich sorge mich um unseren Stammbaum, ich wünsche mir einen Erben, deine Generation scheint die große Tatkraft zu überspringen, aber etwas ist noch da, in unserer Blutlinie. Das ist nicht zu viel verlangt; ich habe mir schon gedacht, dass ihr nicht nach Neapel wollt, deswegen habe ich dem Pfarrer einen Auftrag gegeben. Los, geh zur Vitrine, da liegt ein Säckchen.

Kern erkennt es sofort. Der violette Samtbeutel sieht aus, als wäre er wichtig. Auf dem Beutel ist ein goldenes Kreuz abgebildet und ein Kordelzug verschließt die Kostbarkeit. Der Stoff riecht nach Weihrauch.

– Was ist das?

– Unser lieber Pfarrer Wader hat es mir mitgebracht.

Kern will die Schlaufe lösen.

– Nein, erst wenn es Zeit ist.

Also wartet Kern auf Anweisungen.

– Pater Lorenzo in Neapel hat damals etwas freier gedacht, wirtschaftlicher würde ich sagen, er hat nicht nur die Zähne der heiligen Maria Francesca aufbewahrt, nein, offenbar ist es unter den Reliquienhändlern seit Jahrzehnten bekannt, dass es ein Pulver gibt, das aus dem Oberschenkelknochen unserer lieben Maria Francesca hergestellt wurde.

Kern ist sprachlos.

– In diesem Sack ist eine Schatulle und darin sind wenige Gramm dieses Pulvers.

– Knochenmehl?,

fragt Kern, und das Licht vor seinen Augen beginnt zu flackern.

– Eine heilige Reliquie,

verbessert die Mutter und wirft ihm einen bösen Blick zu.

– Du bist nicht bereit, alles dafür zu tun,

sagt sie, und Kern merkt, dass es wieder kippt, sieht das Aufflackern der Blitze auf seiner Netzhaut, während die Mutter plötzlich zu stammeln beginnt.

– Ich, ich, ja, bin oft vernebelt, ich merke, dass sie gegen uns intrigieren. Es eilt, aber ich bin ihnen weit voraus,

sagt die Mutter und proklamiert weiter, dass Kern eben nichts und gar nichts merke, aber so sei er nun mal, noch besäße sie ja etliche Blitze und Bedienstete, murmelt sie in Trance, noch hätte sie ihre Werkzeuge.

Kern wird müde von der Sache. Er macht einen Schritt zurück und stößt ans Holz des Schranks. Das Glas der Vitrine zittert. Die Mutter zuckt. Der Schleier vor ihren Augen lüftet sich.

– Meine schöne Vitrine,

sagt sie und schnappt nach Luft:

– Die neue Pflegerin, woher kommt die?

Kern will nicht darüber reden.

– Mutter,

sagt er, den Reliquienbeutel noch in der Hand, doch die Mutter ist noch nicht fertig:

– Lass mich einfach machen,

sagt die Mutter, und Kern versteht nicht, was diese bettlägerige, wirre Frau genau damit meint, doch bevor er nachfragen kann:

– Mach dir keine Sorgen wegen dem Vorsitz. Der Dr. Lehner ist ein eitler Geck, der Verein hat längst nicht die Wirkungskraft, die er haben sollte, es ist eine Tragödie, und der dumme Elster versteht sowieso nicht, um was es geht, ich werde da nachhelfen, es ist höchste Zeit.

Kern realisiert, jemand muss sie über seine Nichtwahl im *Adler* informiert haben.

Die Mutter hustet. Kern sieht ihr die Müdigkeit an.

– Sie sind hinter uns her, ich spüre es,

haucht die Mutter wieder wie im Delirium und schließt die Augen.

Er sollte nicht so viel Zeit hier oben verbringen, merkt Kern, ihm tun die täglichen Besuche nicht gut. Sie hinterlassen einen seltsamen Nachgeschmack, als würde sie ihr Leichengift in ihn hineinatmen. Ihre Abscheu ist überall und beißend wie das Aceton von gegorenen Himbeeren.

– Die Familie Elster hat sich immer gedrückt, wenn es darauf ankam,

murmelt sich die Mutter in Rage.

– Und der Elster Senior, dieser alte Schlappschwanz,

der giert nach etwas, das ich schon lange von meinem Vater selig habe, der würde meine Füße küssen, der würde mein Arschloch stundenlang lecken, um an das zu kommen, ach Blödsinn, um nur einen Blick darauf zu werfen, was ich da Schönes besitze.

Die Mutter zeigt ein verbissenes Grinsen. Kern dreht sich zur Treppe, unsicher, wie er mit seinem Ekel umgehen soll.

– Da würden alle große Augen machen,

sagt sie noch und kichert wie ein kleines Mädchen.

17

Schibig und die Alte stapfen über den Acker.

Der Morgen ist weißlich. Die Schornsteine über dem Dorf dampfen, doch die Dächer halten den Eisschnee hartnäckig fest. Die Alte ist dick eingepackt und geht voraus. Von hinten wirkt sie wie ein buntes Garnknäuel, findet Schibig und schmunzelt. Er hat viel über seine Wahrnehmung der Welt nachgedacht und erkannt, dass ihm die Gegenwart weniger nahegeht, wenn er eine geeignete Distanz dazu findet. Die Alte hat recht mit ihrem Raumkapselprinzip der Übersicht.

– Es spielt also gar keine Rolle, wo und was wir hier unten auf der Erde aufdecken,

sagt er ihr in den Rücken.

– Hauptsache ist, dass wir aufdecken, weil am Ende alles zu einer Verbindung führt?,

fragt Schibig nochmals, und sein Sprechen macht kleine Wolken vor dem Mund.

– So ungefähr,

antwortet die Alte und marschiert weiter:

– Es ist doch so: Während wir uns fragen, was wir überhaupt suchen, finden wir unentwegt etwas.

Schibig schweigt und begreift, möglicherweise geht es nicht ums Finden, sondern ums Suchen.

Es ist immer noch kalt. Und außerdem ist es Samstag. Seit fast einer Stunde laufen die beiden durch die Landschaft und hatten den See beinahe umrundet, als einmal kurz die Sonne hinter dem Frakmont auftauchte, doch mittlerweile liegen schon wieder bläuliche Schatten auf dem Wanderweg. Schibig friert an den Zehen, trotzdem wollte er auch heute seine Wohnung verlassen und hat deswegen als eine Art Auftrag an sich selbst die Alte abgeholt. Und auch heute hat sie sich über die Ablenkung gefreut.

– Ein Spaziergang ins Unerwartete,

sagte sie, zog die Alpakamütze über den Kopf und packte Schibig am Ärmel. Immer ein bisschen in Bewegung bleiben, meinte die Alte und meinte damit auch Schibigs neu entdeckte Furchtlosigkeit. Jeden Tag ein bisschen mehr, jeden Tag ein bisschen weiter. Und es hilft. Bei ihr fühlt er sich wohl und wach, denkt Schibig, er würde ihr überallhin folgen, solange er nicht wieder zurück zu den vergessenen Aktenstapeln musste, zurück auf Feld eins. Also schlug er der Alten heute vor, McGuffin einen letzten Besuch abzustatten.

Die Erde unter ihren Füßen ist eisig. Die Alte bleibt stehen. Ihr Telefon leuchtet auf und eine Zahlenreihe erscheint. Es ist die dritte Zahlenreihe in den letzten fünf Tagen, weiß Schibig, und jedes Mal prüft sie die Zahlen anhand einer Tabelle und schreibt dann etwas zurück.

– Was tun Sie da eigentlich die ganze Zeit?,

fragt er, als sie ihr Telefon wieder verstaut, und die Unsicherheit verdünnt seine Stimme.

Die Alte zieht kurz an ihren Wollhandschuhen und blickt ihren Komplizen liebevoll an.

– Der Tote im Eis ist nur ein Puzzleteil. Er ist ein Grund, genauer hinzuschauen und sich nicht in der Vergangenheit zu verkriechen.

Und hier zeichnet die Alte mit beiden eingepackten Händen massenhaft unsichtbare Punkte in die Luft und fährt dann fort:

– Aber es gibt etliche Gründe, die Gegenwart unter die Lupe zu nehmen, und etliche Gründe, sie zu prägen – und das ist momentan meiner,

sagt sie und klopft mit dem Handschuh auf ihre Tasche mit dem Telefon.

Schibig versteht. Und versteht irgendwie auch nichts. Die Alte sieht ihm an, dass er sich eine Erklärung wünscht, und entscheidet, dass sie ihn bei passender Gelegenheit einweihen wird. Aber noch ist es bloß ein Verdacht, noch ist es zu früh. Aufmerksam blickt sie ihn an, wie er dasteht in seiner neonfarbenen Skijacke, abwartend, als sei er ein Zeitreisender aus den Achtzigern, der sich das neue Jetzt erst nach und nach erschließt. Sie muss zugeben, er hat eine angenehme Wirkung auf sie, er beruhigt ihre Rastlosigkeit, denkt die Alte und merkt in diesem Augenblick – er ist mehr als das, mehr als eine Ablenkung, mehr als ein Mitspieler.

Schibig sieht, dass die Alte noch was sagen will, doch dann dreht sie ab und geht weiter.

Die Gegend ist trist. Dann und wann begegnen sie Fußgängern mit ihren Hunden, meistens einsame Wanderer, die das ungleiche Paar mit Neugier beäugen. Die Sonne drückt derweil weiß gegen die Wolkendecke. Der Weg führt vom Feld weg und an der steilen Felswand entlang. Die Kälte des Gesteins ist spürbar. Hier an der Nordflanke gibt es keine Siedlungen oder Höfe, hier herrscht seit Jahrhunderten nichts als Ödland. Furchige Gebirgsausläufer, nur Gestein und unfruchtbare Böden. Von der Landschaft bedrückt, schweigen sie. Ihre Schritte erzeugen ein regelmäßiges Knirschen, ansonsten ist da nichts.

Nach fünf Minuten kommen sie endlich zu einer Weggabelung, an der etwas abgerückt eine Informationstafel steht, die offenbar seit Jahren niemand mehr gewartet hatte. Im Gegenteil: Der Lack ist von Steinen zerkratzt, Schimmel und Schmutz färben die Oberfläche und Eisblumen verunmöglichen die Sicht. Schibig wischt mit dem Handschuh über das Schild, immer kräftiger drückt er gegen die Tafel, reibt und wischt, bis das Bild eines Ritters mit emporgestrecktem Schwert zu sehen ist – darunter ein Text, auf den ersten Blick unleserlich, doch Schibig geht näher heran:

– Im Jahre 1303 wurde ein gewisser Heinrich Winkelried, genannt Schruthan, des Mordes angeklagt und aus den hiesigen Ländereien verbannt. Doch es begab sich, dass zu dieser Zeit im sumpfigen Ödwil auch eine tödliche Riesenechse aus der Fremde hauste, ein Ungeheuer aus Indien oder Äthiopien, wie es hieß. Das Untier kam flink die Felswände hoch und verpestete den Landstrich mit seinem Urin, Speichel und Atem. Überall verbreitete es ätzende Fäulnis, tötete Mensch und Vieh gleichermaßen und lauerte den Hirtenbuben und Mägden auf. Der verurteilte Schruthan bot an, gegen den Alpendrachen in den Kampf zu ziehen, wenn sie ihn dafür von seiner Mordklage befreiten. Schruthan ging listig vor: In Kettenhemd, mit Schwert, Schild und einem Bündel Dornen bewaffnet, marschierte er zur Felswüste am Fuße des Frakmonts, fand das Drachenloch und warf dem angreifenden Lindwurm das Dornenbündel in den Rachen. Während das Tier versuchte, die Widerhaken auszuspeien, vergaß es seine Verteidigung und Schruthan stieß ihm das Schwert in eine schuppenfreie Stelle am Bauch. Die Riesenechse starb. Siegestrunken und zum Beweis für seine Tat hielt Schruthan vor den Bewohnern Ödwils das bluttriefende Schwert in die Höhe, doch dabei rann ihm das giftige Bestienblut auf Arm und Haut – und tötete den Drachentöter.

Schibig endet mit seiner lauten Lektüre und blickt zur Alten. Es ist der wache Blick eines Jungen, der noch abschätzt, ob sein Gegenüber ebenso amüsiert ist wie er. Doch bevor er etwas sagen kann, bevor er fragen kann, ob auch diese Sache mit allen anderen Sachen verbunden sei, bevor er überhaupt erläutern kann, dass der von ihm ganz zu Anfang erwähnte Küfner im Winterlager der Drachen und dieser Schruthan hier zwei ganz unterschiedliche und zeitlich über hundert Jahre auseinanderliegende Männer seien, von denen einer ein Drachenfreund und der andere ein Drachentöter gewesen sei, bevor er nachreichen kann, dass es am Frakmont etliche Drachensichtungen gegeben habe, denn vom Drachenstein hätte er ja gar noch nichts erzählt, von diesem runden Stein in der Größe einer Barbierseife, der eines Tages während einer Drachensichtung aus einer Art elektrischen Wolke gefallen sei und hier exakt auf diesem Acker von einem Bauer Stempflin, der übrigens während der Beobachtung vor Schreck in Ohnmacht fiel, von diesem Bauern also sei ein von Blutklumpen ummantelter Stein gefunden worden, eine Kugel, die während kurzer Zeit eine beachtliche medizinische Heilkraft besaß, diese aber nach einem Besitzerwechsel leider wieder verlor, und die heute im Naturhistorischen Museum liege und übrigens kein Meteorit oder dergleichen sei, sondern nichts anderes als eine gebrannte Kugel aus Tonerde.

Bevor er also diese Überlegung nachreichen und schließlich ergänzen kann, dass diese Häufungen an Hinweisen einerseits amüsant und andererseits auffallend seien, bevor er all das erzählen kann, klaubt die Alte schon ihr Telefon hervor und fotografiert das Schild:

– So, dokumentiert, zufrieden? Sie und Ihre Drachen – ein Untier, das den Landstrich verpestet, wenn wir das metaphorisch meinen, dann gerne.

Schibig kann seine Freude nur schlecht unterdrücken, woraufhin ihm die Alte einen Schneeball entgegenwirft.

– Los, zum Friedhof,

sagt sie und geht weiter Richtung Dorfrand.

Kurz vor dem Nadelwald liegen sie alle in der kalten Erde. Die Landschaft wirkt hier etwas weniger eng. Eine Trockenmauer umgibt den Friedhof, ein alter Baumbestand macht das Areal unübersichtlich. Zwischen den Gräbern verläuft ein Kiesweg. Irgendwo sind knirschende Schritte zu hören. Weiter in der Ferne rauscht der Straßenlärm.

Schibig und die Alte gehen immer noch hintereinander. Der Restschnee ist allerorts zertreten und sieht gepunktet aus, da er sich mit Kies vermischt hat.

Die Alte summt. In ihrer Hand hält sie jetzt ein Körbchen mit Nelken, das sie von einem anderen Grab entwendet hat. Sie suchen. Sie lassen sich Zeit. Die Alte schlendert zufrieden durch die Grabreihen. Erst jetzt merkt Schibig, dass sie grelle Turnschuhe trägt, die sich auffallend vom Boden abheben. Schibig liest Namen um Namen, die eingemeißelten Menschen und ihre Daten: Anfang und Ende, Geburt und Tod, dazwischen ein Bindestrich, der das Leben ausmacht.

Dann stehen sie vor einem Gemeinschaftsgrab, wo in frischer Erde ein Holzkreuz steckt, darauf der Name *Antony McGuffin* und darunter ein Porzellanbär mit Herz, auf dem mit Edding *Deine Schwester* steht und dann ein unleserlicher Name. Sonst fehlen Blumen, Kerzen, sonst ist da nichts. Die Alte lehnt sich nach vorne und stellt die Nelken hin.

Beide werden still. Denn beide rutschen hinein in ihre Erinnerungen, gleiten zurück zu jenen Tagen, an denen sie selbst vor frischen Gräbern gestanden hatten und ihre Zähne aufeinanderpressten, um das Weinen zurückzuhalten. Schibig faltet die Hände. Er weiß nicht, was er sagen soll. Die Alte sieht seine Verlegenheit und bricht die Stille:

– Auf unseren Drachenfreund,

sagt die Alte, und Schibig weiß, wie liebevoll das gemeint war.

Er nickt und wiederholt leise:

– Auf unseren Drachenfreund.

Für eine Weile stehen sie einfach da und denken ihre Sachen. Ein paar Vögel machen sich bemerkbar. Krähen verstecken sich im Schwarz einer Buche. Der Wind trägt ihr Krächzen über die Gräber. Dann das schrille zweiteilige Rufen aus einer anderen Richtung. Ku-witt, ku-witt, pfeift es durch die Winterluft, und davon angelockt, löst sich Schibig vom Grab und folgt dem kauzigen Schrei.

Nach einer Weile gelangt er hinter eine Baumgruppe aus Fichten, hier endet der Friedhof mit einer Wiesenparzelle und einer kleinen Mauer. Etwas abseits auf vier Granitplatten steht dort ein großer Block. Der Monolith ist nordseitig von Moos überwachsen und wirkt generell viel dunkler als die anderen Steine. Er wurde offenbar nicht gereinigt, eher bewusst vernachlässigt. Schibig geht näher heran und steht jetzt vor dem fast schwarzen Würfel. Auf den ersten Blick ist keine Inschrift erkennbar, also geht Schibig mit dem Gesicht ganz nahe heran und findet Erhebungen, ein Muster, nein, es sind Flügel, es ist ein Vogel, denkt Schibig und erkennt ihn erst spät:

– Ein Reichsadler,

flüstert er und spürt, wie die Alte neben ihn tritt.

– Vom Volksbund für Deutsche Kriegsgräberfürsorge, es ist ein altes Denkmal für gefallene Soldaten,

sagt sie, und Schibig schaut die Alte von der Seite an.

– Der steht schon die ganze Zeit hier?

Die Alte schweigt, weil sich eine Antwort erübrigt.

Langsam geht Schibig um den Block herum, während die Alte die Arme verschränkt:

– In den Dreißigerjahren gab es nur wenige Proteste gegen solche Gedenkstätten, die Behörden duldeten sie, strategisch, wie es heute heißt. Einzig die Totenburg auf der Anhöhe der Felsenau wollte man partout nicht, also transportierten die Nationalsozialisten in einer nächtlichen Prozession und mit Fackeln die Gebeine weiter, über den Bodensee und zurück nach Deutschland. Aber dieses kleine Mausoleum hier wurde geduldet; jeder, der in den letzten Jahrzehnten zuständig war, hoffte, dass niemand ein Aufsehen darum machen würde. Kämen erst Forderungen und Fragen, müsste jemand etwas unternehmen, was einen erheblichen bürokratischen Aufwand bedeutete, Medienaufmerksamkeit und so weiter, also hofften alle, niemand würde etwas sagen, also sagte auch niemand etwas, alle zogen den Kopf ein.

– Hier,

sagt Schibig und fährt mit der Hand über eine Stelle am Steinwürfel.

– Hier wurde etwas eingeritzt.

Die Alte folgt seinem Blick. Tatsächlich wurde an der Rückseite des Monoliths die verwitterte Schicht mit einem Gegenstand weggekratzt. Moos und Flechten fehlen, und die raue Oberfläche zeigt jetzt ein pfeilförmiges Symbol, eine Tiwaz-Rune, und gleich daneben steht zweimal die Zahl 8.

Die Alte fährt mit den Fingerkuppen über die Symbole:

– Das ist nicht alt,

sagt sie und hört das Rascheln nicht. Doch Schibig ist schneller: Schon ein paar Augenblicke zuvor hat er die Gestalten in seinem Rücken wahrgenommen, wie sie vom Friedhof her näher kamen und immer noch näher kommen, zuerst war da ein Flüstern, das jetzt unüberhörbar ist, genau wie die klobigen Schleifbewegungen der Winterjacken, wo die dicken Ärmel am Rumpf reiben, er hört ihren aufgeregten Atem, hört sogar, wie die Mützen unter den hochgezogenen Kapuzen die Baumnadeln streifen, die Schritte hinter den Ästen werden lauter, die Sohlen ihrer Turnschuhe drücken kleine Eisklumpen platt. Fast betreten die beiden ebenfalls die

Lichtung, doch im letzten Moment entdecken sie Schibig und die Alte – sie erstarren in ihrer Absicht und winden sich durchs Unterholz davon.

In Blitzgeschwindigkeit blickt Schibig zur Alten, mit fragendem Ausdruck offenbar, denn mit derselben Geschwindigkeit antwortet diese:

– Na los!

Worauf Schibig den beiden Jungen nacheilt, und zwar schnell, schneller werdend, regelrecht staunend, dass da noch mehr Bewegung in die Sache kommt.

18

Als Kern von der Dachkammer herabsteigt, drückt ihn die Erschöpfung. Jeder Schritt schmerzt, jeder Schritt staucht seine Wirbelsäule etwas dichter zusammen. Erst in der Wohnung kommt er wieder zu Atem. Abwartend steht er vor dem Fenstersims. Auf der verzierten Ablage liegt Krimskrams, all die mütterlichen Versuche, ihnen ein Enkelkind herbeizuzaubern: In einer Schale liegt die Kreide, da sind zwei Brotringe auf einem Teller, eine Kerze, die sie bei Neumond anzuzünden hätten, der Zweig einer Stechpalme, und in einem Beutel aus Ziegenleder liegt eine kleine geschnitzte Holzpuppe. Unförmig lugt sie aus ihrer weichen Behausung, mehr Stock als Puppe, phallusförmig, ein Kragen, ein Kopf, angedeutete Augen und Nase. Kern geht näher heran. Er stockt. Da sind Bissspuren, erkennt er, auf der rechten Gesichtshälfte der Holzfigur sind ganz deutliche Bissspuren zu sehen. Was zum Teufel, will Kern schon flüstern, doch er zwingt seinen Fokus von den Abdrücken weg. Er will sich nicht mehr auf Mutters Lächerlichkeiten einlassen.

In Hannas Zimmer brennt Licht. Sie trägt Kopfhörer und nickt gelegentlich zur Musik. Vor ihr auf dem Schreibtisch liegen etliche Farbtöpfchen in Fingerhutgröße, in dessen Öffnungen sie die gespitzten Härchen eines Pinsels taucht. Langsam führt sie die Farbe zu Kartonvorlagen, auf denen sie winzige Punkte hinterlässt. Hanna wiederholt den Vorgang – sie tunkt ins Rot, das Acryl perlt zähflüssig. Sie malt jetzt Flammenzungen auf einen kleinen Korb, dann wechselt sie zu einer muschelgroßen Maske. Auf dem Sperrholzbrett entsteht eine große Szene: Da liegen noch unfertige Körperteile, Arme, Beine, da sind Seile, Girlanden, ein Zelt. Wieder tunkt sie den Pinsel in die Farbe und bemalt dann diverse Wangen, Bluttropfen entstehen und Tränen.

Nach ein paar Schritten ins Zimmer sieht Kern, dass sich Hanna hauptsächlich auf eine Figur konzentriert, aber es ist kein Mensch, der da auf dem Bastelpult entsteht, eher ein Teufelchen, ein dämonisches Wechselwesen, denn in Griffweite liegt bereits ein Kostüm aus schwarzem Samt mit Fetzen am Saum, als flatterten da finstere Wolkensträhnen. Die weißen Hände und Finger der Figur sind übermäßig lang und dünn, die verdrehten Krallen winden sich zu Blitzen oder wirken wie Stromadern, verheißen auf jeden Fall viel Unheil. Die Lampe wirft einen Lichtkegel. Das winzige Bühnenlicht erhellt Hannas Bastelei, die in dieser Intensität nur noch wenig mit einem Hobby zu tun hat. Hanna braucht die Ablenkung, hatte sie ihm gesagt, also hatte er sie der Ablenkung überlassen.

Hanna starrt besessen vor sich hin. Sie ist an einem anderen Ort, in einem Trancezustand, der schon heute Vormittag begann, als die Pflegerin ihre Visite beendet hatte und in der Küche das Geschirr des Mahlzeitendienstes abspülte, um es danach in der Liefertasche zu verstauen. Zum Schluss gönnte sie sich ein Glas Wasser, just in diesem Moment kam Hanna zur Tür und beobachtete, wie die Pflegerin gerade mit einem Wischen die Aufnahme-Applikation ihres Telefons schloss, wie sie sofort Notiz von Hanna nahm, ihre Bewegungen aber nicht unterbrach, sondern das Glas gelassen ansetzte und trank, ohne abzusetzen trank, wie die Pflegerin währenddessen ihre Beobachterin mit den Augen fixierte, kühl lauernd, wie sie ihrerseits belauert wurde, und wie sich dabei plötzlich vom Glasrand ein Wassertropfen löste, der ihr übers Kinn rann, ungeplant seinen kühlenden Weg fand über den Hals bis zum Brustbein, wo er unter dem dünnen Bund des T-Shirts verschwand. Und dieser verfluchte Tropfen rann seither in Hannas Erinnerung unablässig und immer wieder vom Glas über Unterlippe, Kinn, Hals und ins T-Shirt hinein – und wieder: Glas, Unterlippe, Kinn, Hals, T-Shirt, wieder und wieder, immer schneller, immer mehr, wie einzelne Regentropfen zuerst, dann prasselnd wie ein dichter Platzregen, der auch nach Stunden nicht nachlassen will. Auch dann nicht, als Hanna sich im Keller zwischen Kisten, Wanderschuhen und Skiern wiederfindet, wo sie ihren Reisekoffer aus der Ecke zieht, ihn nach einem

Zögern dann doch nicht mit nach oben nimmt, sondern neben dem Kellereingang stehen lässt.

Jetzt kommt Kern langsam näher. Hannas Schultern verändern ihre Haltung. Sie spürt seine Anwesenheit, genau wie er die ihre spürt. Er riecht ihr Shampoo. Seit Monaten hat er nicht mehr bei ihr gelegen, damals hatten sie es an gewissen Tagen noch versucht, wenn der Zyklus stimmte und die Temperatur die richtige gewesen war. Mittlerweile fühlt es sich nicht mehr richtig an. Stammhalter hin oder her, denkt Kern, es geht nicht.

Hanna streift den Kopfhörer ab.

– Sie wird schwächer,

sagt sie.

– Und sie wird wirrer,

ergänzt sie, ohne Kern anzusehen, und meint damit ihre Begegnung am frühen Vormittag, als sie nach unaufhörlichem Klingeln keine andere Wahl mehr hatte, als über die Stufen in den Dachstock zu steigen, sich dort mit verschränkten Armen vor die Greisin stellte und insgeheim hoffte, dass ihr Anliegen ein gewöhnliches sei – etwa die Aufforderung, das Fenster zu schließen oder die Batterien der Fernbedienung zu wechseln. Aber natürlich war es alles andere als normal gewesen, natürlich funkelte sie Hanna mit fiebrigen Augen an, zischte zuerst Unverständliches, nur undeutlichere Worte, die sich aber zusehends zu einem Gesamten zusammensetzen ließen – ein Gesamtes, das erstaunlich informiert schien.

Es ging um eine Reise nach Neapel, die sie anzutreten hätten, es ging um ihre Blutlinie, dann zwischenzeitlich um Folter, denn das sei ihre Pflege mittlerweile geworden, dann um das Enkelkind, das nicht kommen wolle, weil Hanna es nicht wirklich wolle, sondern sich lieber ablenken ließe, dann ging es um Geld und das Denkmal und ein Motorrad und dann um Verrat, was sie mehrfach wiederholte, ihren dürren Finger hervorholte, damit in Hannas Richtung zielte und das Wort *Gigolo* dreimal nacheinander aussprach, als sei es eine Verhexung, die es zu bannen gilt. Darauf erklärte sie, die erste Regel sei immer gewesen, im Nachhinein sauber aufzuräumen, niemand dürfe etwas wissen, jeder könne ein Spion sein, dann sprach sie von einer heiklen Erbschaft und den damit verbundenen Bedingungen, sie verlangte mehrfach nach ihrem Notar, dann wollte sie ein Schwarzbier, und zum Schluss bat sie Hanna, den Raum nach Wanzen abzusuchen.

– Sie wird definitiv irre,

sagt Hanna in aller Deutlichkeit, und Kern antwortet:

– Ja, es geht langsam zu Ende.

Obwohl sie beide seit Jahren glauben, dass es mit ihr zu Ende geht.

– Du besuchst ihn immer noch,

sagt Kern jetzt und sagt es fast wie eine Frage.

Sie lacht kurz, weil sie weiß, dass er darauf gar keine Antwort braucht. Weil sie weiß, dass er sowieso alles weiß. Weil er damals immerhin eingewilligt hat, es so zu versuchen und nun aus der Distanz mitfiebert oder mitleidet, wobei seine Distanz in letzter Zeit abgenommen hat, das wissen beide.

– Du sollst mir doch nicht folgen,

sagt sie und greift nach Kerns Oberarm, ihre Fingernägel graben sich durch den Pullover. Sie zieht ihn zu sich herunter und streicht mit der anderen Hand sanft über seine Wange, hält sein Gesicht fest und fixiert seine geröteten Augen.

– Es wird schon klappen,

flüstert sie, und Kern weiß nicht, ob das stimmt. Nachdenklich starrt er auf die kleinen weißen Puppenhände vor ihnen. Unfertig liegen sie da, als warteten sie nur darauf zuzupacken, scheinbar noch leblos, aber bereits in einer Anspannung auf das Kommende.

– Manchmal glaube ich, sie will nur noch sichergehen, dass ihre Linie überlebt, damit sie endlich verschwinden kann,

sagt Hanna, und der Satz verhärtet ihr Gesicht für einige Momente.

– Also kriegt sie ihr Enkelkind, und sobald ich den Balg in mir trage, soll sie es von mir hören, ich werde ihr die Neuigkeit ins knochige Gesicht spucken.

Kern sagt nichts dazu. Kern denkt an das Messer des Großvaters, wie er mit dem Knirps im Keller steht und ihm die Erbstücke und Anwendungen geduldig erklärt, wie er das Weidmesser vor seinen Augen dreht, wie er den Jungen hochhebt, damit er das Jagdgewehr mit seinen kurzen Fingern anfassen kann und wie ihm der Kleine dann hoch und heilig versprechen muss, das Schießgerät nie allein aus der Halterung zu nehmen, wie sie dann gemeinsam hochgehen und sich eine heiße Schokolade zubereiten, dazu Birnen oder Apfelschnitze – aber bis es so weit ist, wird er nichts tun, dazu ist er bestimmt. Überhaupt scheint ihm das Abwarten seit Langem die erfolgreichste Strategie zu sein.

– Da wächst ein kleiner, blutreiner Kern, solange sie das glaubt, lässt sie uns in Ruhe, ihre dumme Erbbedingung ist erfüllt, und mit dieser Lüge kann sie dann getrost ins Grab rollen,

sagt Hanna und ergänzt mit einem Seufzen:

– Dann hat sie ihren kleinen Teufel.

19

Schibig rennt. Der Schnee rutscht unter seinen Füßen weg. Die kalte Luft brennt in seinem Hals.

Die Jungen sind schnell, sie schlüpfen wendig durch das Seitentor in der Friedhofsmauer und werfen prüfende Blicke zurück zum Verfolger. In diesem Moment glaubt Schibig einen der beiden erkannt zu haben – die Augenringe, die schmale Nase, und sofort hat er das sterile Zimmer in der Villa mit der Löwenkopftür vor Augen. Es könnte der blasse Junge im Bürostuhl sein, für den sonst die Kriegerin mit dem Goldschakal in den Kampf zieht. Doch diese andere Welt ist bloß ein Versprechen von Unsterblichkeit, eine ewige Wiedergeburt auf Knopfdruck.

Nicht alle, die rennen, haben etwas verbrochen,

nicht alle, die rennen, haben etwas verbrochen,

wiederholt Schibig in seinem Kopf und ergänzt in derselben Metrik,

und nicht alle, die verfolgen, kennen ihr Ziel,

nicht alle, die etwas verfolgen, kennen ihr Ziel.

Schibigs Brust wird eng, die kugeligen Alveolen blähen sich auf, die Lungenbläschen füllen sich mit Eisluft und drücken den Sauerstoff voller Eifer in die Blutkapillaren. Der Körper hat zu tun, der Körper kommt kaum hinterher, der Körper gibt sein Bestes.

Schibig verlässt den Friedhof ebenfalls durch das Seitentor und schaut sich um. Er will sie nicht einholen, er will nur wissen, wohin sie wollen. Dorf und Feld liegen jetzt grau vor ihm. Die beiden Jungen sind zwei dunkle Punkte im Nachmittag. Sie rennen über die Hauptstraße, schlüpfen durch eine Thujahecke neben der Bushaltestelle, von der sie nun über einen Feldweg weglaufen, jetzt wesentlich langsamer, sich anscheinend sicherer fühlend, da Schibig sich einen Moment hinter einer Hecke versteckt hielt: Er sieht, wie sie zielstrebig am Bahndamm entlanggehen, der das Feld vom Südhang und dem Viertel mit den Villen trennt. Schibig erreicht ebenfalls die Gleise, als sich plötzlich etwas ändert. Ein Knistern erfasst den Himmel. Der Boden vibriert. Es ist das Grollen eines Monstrums. Schibig erstarrt. Da ist die stechende Leere eines Pfeiftons.

Ein gedeckter Güterzug donnert Richtung Süden. Die rostbraunen Wagen kommen aus einer anderen Zeit und aus gehen in eine andere Zeit; sie durchstreifen Schibigs Sichtfeld, aus reiner Notwendigkeit durchstoßen sie für ein paar Sekunden Schibigs Teil der Geschichte. Die Eisenschlange zieht alles, woher sie kommt, hinter sich her und schiebt alles, wohin sie geht, vor sich her – und die geschwungenen Sprühschriften an den Wagenwänden sind die mitgebrachten Spuren einer gelangweilten Jugend von irgendwo.

Wusstest du, hört er die Alte in seinem Kopf sagen, dass während des Weltkriegs täglich fünfzig Güterwagen voll Kohle aus dem Erzgebiet Richtung Italien zu Mussolini durchs Land rasten? Täglich fünfzig Waggons, während die Menschen hier Torf aus dem Moor stachen und nichts davon wussten.

Die Spurkranzräder donnern. Der Krach ist massiv. Die Laderäume und Schiebewände rasen vorbei. Vor der Wucht des Güterzuges schließt Schibig die Augen. Der Pfeifton will nicht weggehen. Er kann kaum atmen. Erinnerungen schnüren ihm den Hals zu, das Monstrum macht ihn bewegungslos. Dulden kennt keinen Widerstand, denkt er. Deswegen ist Dulden die scheinheiligste Form von Verbrechen.

Das Geräusch endet abrupt, der Windstoß wird dünner und Schibig öffnet die Augen. Der Zug verschwindet gerade in der Bergflanke, das Tunnelportal am Fuße des Frakmont verschluckt ihn, es wird ruhiger, und auf dem Gleisfeld legen sich die letzten weißen Wirbel zwischen die Grashalme.

Es ist überall das Gleiche, denkt Schibig ganz benommen, es gibt die Ferne und die Nähe, es gibt das Hier und das Dort, das Draußen und das Drinnen, und alle denken, diese Aufteilung sei gegeben und starr, dabei wechselt sie mit jedem Schritt, jede Bewegung erzeugt einen Perspektivenwechsel, selbst der kleinste Punkt im Universum hat eine eigene Sicht auf die Welt, alles ist offen. Alles ist alles.

Die Kälte zieht in Schibigs Ohren. Er fasst sich wieder und blickt in die Landschaft. Die Jungen sind mittlerweile nur noch zwei winzige Figuren neben dem Gleisbett. Er eilt ihnen nach, und erst als er sieht, dass die beiden in einer Scheune verschwinden, wird er langsamer, wechselt am Ende in ein Schleichen, bis er schließlich am Holzschuppen ankommt.

Neben dem vernagelten Schiebetor steht ein Steintrog, der einst für die Bewässerung und die Tränkung von Vieh verwendet wurde. In einem Unterstand daneben werden Autoreifen gestapelt, dahinter steht ein altes Mofa mit fehlendem Rad, und ein sperriger Wirbelwender rostet vor sich hin. Schibig geht um das Gebäude herum, dabei bricht er immer wieder in die knöchelhohe Schneedecke ein. An den meisten Stellen ist die Eisschicht unberührt und hart, er hinterlässt deutliche Spuren, aber immerhin versucht er, lautlos zu sein. Schritt für Schritt prüft er die Holzwand, Fenster gibt es keine. Auf der Rückseite der Scheune hat er endlich Glück, zwei lose Holzbretter geben einen Spalt frei, vorsichtig drückt er das alte Holz auseinander, linst hinein, kommt mit seinem Blick aber nicht weit, kommt nur bis zu einem roten Stück Stoff, das von einer Lampe beleuchtet wird.

– Das können wir uns sparen,

flüstert eine Stimme neben ihm. Schibig zuckt zusammen, denn wie aus dem Nichts, wie ein Zauberpilz aus dem Boden geschossen, steht jetzt die Alte da und blickt ihm über die Schulter.

– Was?!,

flüstert Schibig mit Erstaunen.

– Wie können Sie schon hier sein?!

Mit Missfallen blickt er der Alten ins gerötete Gesicht, doch diese zuckt bloß mit den Schultern, als schäme sie sich für die Antwort. Schibig versteht es nicht. Ihre Halsketten sind verrutscht, die Alpakamütze sitzt ein wenig schief, ansonsten sind da keine Anzeichen von Atemlosigkeit oder Anstrengung zu sehen.

– Sind Sie gerannt?,

zischt Schibig, noch immer flüsternd, doch die Alte winkt ab und tätschelt mit der anderen Hand die Scheunenwand.

– Wir haben hier, was es überall auf diesem Kontinent, eigentlich überall auf diesem Planenten immer wieder gibt,

sagt sie mit leiser Stimme. Schibig wartet auf mehr.

– Nester,

sagt sie schließlich.

– Nester, die vom Nachrichtendienst manchmal überwacht und manchmal vergessen werden.

– Ich kann leider nichts sehen,

sagt Schibig jetzt und zeigt auf den Spalt zwischen den Brettern. Wieder winkt die Alte ab und die Geste beginnt Schibig zu nerven.

– Ich kann Ihnen ziemlich genau auflisten, was wir da drin finden würden: ein Clublokal, Sofa, Kühlschrank, eine leere Kiste importiertes Bier, eine Musikanlage mit

Kassetten und CD-Abspielmöglichkeit, gebrannte CDs, die verstauben, ein paar Bücher, darunter auch aus dem Internet gedruckte Manifeste, zwei Flaggen, mit Reißzwecken an die Holzwand gepinnt, eine Südstaaten-Flagge, eine Flagge der Frontenbewegung, roter Hintergrund mit durchgehendem weißem Kreuz, in einer Ecke des Schuppens gibt es ein kleines Aufnahmestudio mit Stativ und Kamera und Beleuchtungsanlage, das nötige Equipment, um die Internet-Kanäle zu füttern, dann ein Lagerraum, zusätzlich gesichert durch ein Vorhängeschloss, darin liegen in Kellerregalen eine Kalaschnikow, ein Karabiner, eine Pistole, eine Kartonkiste mit Munition, eine Holzkiste mit drei Übungsgranaten der Armee, am Boden unter dem Metallregal stehen zwei Kanister mit Benzin, daneben leere Glasflaschen, schmale Stofffetzen eines alten Badetuchs, alles Bestandteile, um Molotowcocktails herzustellen, in einer kleineren Holzkiste liegt eine aufgerollte Zündschnur, in einem Plastiksack auch Holzwolleanzünder, in Harzen und Wachs getränkt, etliche Kabel, Elektroschalter, Kupferanschluss, Draht, allerlei Bastelzeugs, Brandbeschleuniger und die üblichen Feuerwerkssachen eben, harte Zylinder aus geleimtem Papier, Schwarzpulver und so weiter und so fort.

Die Alte holt Luft.

Schibig ahnt, woher sie das alles weiß, also tippt er gegen ihre bunte Tasche mit dem Telefon und flüstert:

– Hat das auch mit Ihrer Arbeit in der Gegenwart zu tun?

Worauf die Alte abwägend ihren Kopf hin und her kippen lässt.

– Gut möglich, die Typen nennen sich die Junge Aktion, senden auf ihren Online-Kanälen regelmäßig Videos von Wanderausflügen, Trekkingabenteuern am Frakmont, sie klettern in Höhlen, hacken Holz – das sind trainierte, junge, gut gekleidete Männer, die auf Berggipfeln Feuer machen, Fleisch grillen, vor der Nationalflagge posieren, sie gehen gerne zu Gedenkfeiern für Schlachten, filmen ihre Boxtrainings …

– Ist ja gut,

unterbricht Schibig ungeduldig.

– Wir melden das also nicht?,

fragt er und weiß, wenn sie jetzt abwinkt, wird er sauer.

– Das wurde schon mehrfach gemeldet und wird weiterhin, glauben Sie mir,

sagt die Alte und verschränkt kurz die Arme, als versuchte sie, sich selbst vor einer Ungehaltenheit zu schützen.

Wenig später staksen sie umständlich übers Feld zurück. Langsam gehen sie den Bahndamm entlang. Die Kälte frisst alle Geräusche. Nur entfernte Greifvögel machen sich bemerkbar, unberührt von der Witterung zanken sie um Futter. Ihre Schreie knallen durch die Luft. Ihre Körper kreisen. Wenigstens die Vögel bleiben lebendig, denkt Schibig und kann sich nicht erinnern, dass ihm je ein Winter so undurchsichtig vorkam. Er denkt zurück an die Eisfläche auf dem Ödwilersee, an den herauslugenden Jeansfetzen, wie er da gewartet hatte, ganz ohne Panik, aber im Wissen, was darunter liegt, erstarrt und einsam, die physischen Reste eines Wirbeltieres namens Homo sapiens, und mit dem gleichzeitigen Unwissen, was darunter liegt, ein Mensch gewiss, aber eine Geschichte auch, die da im See endete und jetzt nicht weitererzählt wird, weil etwas oder jemand den Schlussstrich unter sein Kapitel gezogen hat. Jemand oder etwas, denkt Schibig nochmals und vergisst die Alte ganz, die neben ihm her geht, schweigend, aber aufmerksam, als läse sie seine Gedanken mit.

Sie kommen zur Autobahnunterführung. Die Fahrzeuge poltern über ihre Köpfe hinweg. Die Reifen hinterlassen ein klebriges Geräusch. Vor ihnen taucht das Ödwilerfeld auf. Daneben der Campingplatz am See, dessen Eisschicht sichtbar dünner geworden ist. Dahinter wirft der Frakmont seine übermächtigen Schatten. Der Berg bleibt – Jahrmillionen lang, und wächst sogar eins Komma fünf Millimeter pro Jahr, während jemand oder etwas macht, dass wir alle sterben, sinniert Schibig weiter, überhaupt wird allerorten ununterbrochen gestorben, hauptsächlich in Gebäuden, aber immer wieder auch im Freien, auf den Straßen und auf den Feldern – Ackerfelder, Kriegsfelder, Sportfelder, Gleisfelder –, in den Bergen auch, in Felsspalten, in Lawinen und in Gewittern, unter abgebrochenen Ästen, auf Baugerüsten und in Baggergruben, in Strömen aus Lehm und Erde, in Flüssen und Seen und natürlich im Meer – und nach nur wenigen Hundert Jahren ist es sowieso einerlei. Das Vergessen ist eine natürliche Dummheit und eine natürliche Strategie, eine Notwendigkeit des Fortschritts und dessen Hindernis zugleich. Lernen will immer wieder neu gelernt sein.

– Der Fluch der Wiederholung wiederholt sich,

murmelt Schibig und will, dass der Kopf damit aufhört. Etwas drückt gegen seinen Hals. Er beginnt zu schwitzen. Im Archiv hat man ihn in den Kaffeepausen letztens gefragt, ob er seit Kurzem etwas aufgedreht oder gar verliebt sei oder ob er neuerdings mit sich selbst rede, und Schibig empfand die Frage als falsch. Es geht doch nicht darum, seit wann er das tat, sondern weshalb, denn auf diese Frage hätte er eine Antwort gewusst: Weil niemand sonst deine Gedanken erzählt, niemand, niemand, niemand.

– Schibig, geht es Ihnen gut?,

fragt die Alte jetzt neben ihm oder hinter ihm oder über ihm, und Schibig ist sich nicht mehr sicher, ob er gerade alles laut gesagt hat, also sagt er lieber gar nichts mehr, sondern versucht, genügend Luft zu kriegen.

– Schibig?,

fragt die Alte nochmals, weil sie merkt, dass etwas nicht mehr stimmt, aber sie klingt jetzt so, als würde sie durch eine Daunendecke reden.

– Ich bin in einer Siedlung inmitten der Natur aufgewachsen, fährt die Alte fort und versucht trotz Handschuhen eine Zigarette anzuzünden.

– Mein Vater Jakob war ein eher achtsamer Mann, zumindest was mich betraf, aber bei Wanderungen hat er mir eine Sache wiederholt eingebläut.

Sie gibt das Anzünden auf und verstaut Feuerzeug und Zigarette wieder in einem Beutel vor ihrer Brust.

– Erstens und das wissen Sie schon: Alles ist miteinander verbunden. Und zweitens: Auf Bergpfaden darf man keine Steine hangabwärts werfen, auch keine Kiesel, gar nichts. Sie wissen schon, selbst wenn etwas Winziges in Bewegung gerät, wenn es zufällig auf einen größeren Stein trifft, der dann auf einen Brocken trifft, entsteht ein Zusammenspiel, eine Kettenreaktion. Nun, nichts anstoßen ist das eine, aber was, wenn etwas bereits rollt und schon in Bewegung geraten ist – die Frage ist, wann greift man ein? Wann ist es zu spät? Kann man etwas ändern? Oder wird man Teil der Lawine, der man sich entgegenstellt?

Doch ihre Worte erreichen ihn nicht mehr. Schibig ist in eine kalte Empfindung abgerutscht. Das eisige Rauschen umzingelt ihn. Die Leichtigkeit der letzten Tage ist verschwunden, er möchte sich hinlegen, er möchte ewig schlafen, es ist zurück. Das Gefühl ist unter Umständen nichts anderes als transformierte Trauer. Oder ein unbeständiger Schmerz, der seine neuen Umrisse nur noch nicht gefunden hat. Schibig schnappt nach Luft. Es geht nicht weg, merkt die Alte und gibt es endgültig auf, ihn mit Worten ablenken zu wollen.

– Schibig, bleiben Sie stehen, atmen!

Schibig gehorcht und starrt auf seine Schuhspitzen.

Langsam legt die Alte ihre Hand auf seinen Rücken.

– Ausatmen, es geht vorbei, ausatmen,

wiederholt sie, und Schibig befolgt, was sie wiederholt. Er wartet, bis der Eissturm abzieht. Und die Alte bleibt bei ihm.

Nach sieben Minuten verschwindet das Rauschen. Zögerlich gehen sie weiter Richtung Ufer. Seine Schritte sind schleppender, aber stabil. Er profitiert von ihrer Stärke, merkt Schibig, was hatte er sich dabei gedacht, zuvor war er wie ein Sportwagen durch die Gegend gerast, und obwohl die Erschöpfung zwischenzeitlich gewonnen hat, obwohl sein Motor überhitzte, bleibt er dank ihr doch nicht stehen, sondern kommt weiter vorwärts – und er erinnert sich an jene TV-Serie aus den Achtzigern mit dem schwarzen Pontiac Firebird Trans-AM, der sprechende Supersportwagen KITT, der zusammen mit seinem Fahrer Verbrecher jagte und der für Reparaturen kurzerhand im Bauch eines fahrenden Lastwagens verschwinden konnte. Gemeinsam bewegen sie sich Richtung Ödwilersee und bleiben eine Weile davor stehen. Das Schilf ist dünn und sieht brüchig aus. Die Stelle auf dem Eis ist kaum mehr auszumachen.

– Kommen Sie,

sagt die Alte nun und zieht Schibig am Ärmel weiter.

– Wir trinken ein Glas Whisky, ich koche Ihnen was Kleines, und dann erzählen Sie mir, warum Sie seit dem

Bahngleis wieder in diese Angst geraten sind. Er blickt die Alte von der Seite an:

– Das ist keine Geschichte, die gerne gehört wird,

sagt er, und die Alte sagt:

– Darum geht es doch. Dass man sie trotzdem erzählt – und zwar sofort:

Sieben Ansichtskarten aus der Vergangenheit

Eine wachsende Wärme füllt den Wohnwagen. Die Alte stellt zwei Gläser auf den Tisch, dreht den Korken aus der Flasche und Schibig beginnt zu berichten. Es sei eine längst vergangene Geschichte, sagt er wie zur Entschuldigung, als würde sich deren Inhalt dadurch verändern, eine Geschichte aber, die wie jede Geschichte bis ins Jetzt hineinreiche und in seinem Fall sogar prägend sei und somit dem auslösenden Kiesel am Berghang gar nicht so unähnlich.

Schibig beginnt und fasst sich kurz, so kurz, als glaubte er, die Geschehnisse ins Erträgliche zusammenfassen zu müssen, also zerteilt er alles ins Episodische, so dass seine Erfahrung auf sieben A5-Ansichtskarten Platz findet:

ERSTE ANSICHTSKARTE

Vorderseite:

Ein Bergpanorama mit wehender Flagge, auf einer Wiese sind in Technicolor gelbe und rote Alpenblumen zu sehen.

Rückseite:
Ich wuchs in diesem postkartenhaften Tal auf, zwischen Feldern und Bächen, zwischen Frakmont und Ödwilersee, die Luft war sauber, die Gewässer auch, am See stand damals noch eine Munitionsfabrik, zu der ein Schienenstrang der Landesbahn hinfuhr, fast fünfzig Jahre nach dem Krieg wurden hier immer noch Waffenteile produziert, diesmal für entfernte Kriege, hier herrschte Ruhe. Für uns Jugendliche war jede Ruhe zu viel Ruhe.

ZWEITE ANSICHTSKARTE
Vorderseite:
Ein Bernhardinerhund mit Fässchen um den Hals steht mit heraushängender Zunge im Schnee, im Hintergrund ein sehr spitz aufragender Berg von internationaler Bekanntheit.

Rückseite:
In den leeren Güterschuppen und Häusern am Bahndamm gab es Ende der Achtziger- und Anfang der Neunzigerjahre viel Freiraum, den ich zusammen mit meinem besten Freund Emil entdeckte, wir gingen zusammen in den Kindergarten, haben zu Ostern aus Pappe und Wolle kleine Küken gebastelt, verbrachten die Schulzeit nebeneinander, schmuggelten Französischvokabeln auf Spickzetteln ins Prüfungszimmer, fuhren am Wochenende mit den Rennrädern umher, bauten Hütten im Wald, gingen beim Bootshafen am Ödwilersee schwimmen und waren glücklich.

DRITTE ANSICHTSKARTE

Vorderseite:

Ein Mädchen in blauem Rock und weißer Schürze steht barfuß in einer Bergwiese und winkt. Ihre Haare sind lockig. Die Wangen rosig und gesund.

Rückseite:

Mit 18 spielte ich Schlagzeug und Emil Gitarre, mit Freunden bauten wir einen Geräteschuppen zu einem Probenraum um, zwei Punkbands übten dort, saßen auf Sofaecken rum, tranken billiges Bier, schreinerten eine Bar, legten Kabel, installierten eine Diskokugel und hatten bald ein kleines Konzertlokal, sonst gab es ja nichts in der Gegend, obwohl die Konjunktur explodierte. Es gab genügend Geld, nur nicht für die Jugend.

VIERTE ANSICHTSKARTE

Vorderseite:

Die geografische Karte des Landes, die vom Umriss her einem dicken, buckligen Schwein ähnelt, die Landesteile sind bunt eingefärbt und durch Wappen, Ortsnamen wie auch kleine Bilder der Sehenswürdigkeiten ergänzt.

Rückseite:

Der Schuppen war unsere Oase. Aber ein paar Jungs mit rasierten Schädeln und Bomberjacken störten sich daran, in regelmäßigen Abständen lauerten sie uns auf, besprayten unser Lokal mit Hakenkreuzen und Parolen wie *Asylanten raus, linke Schweine, Tod den Juden*, sie demolierten den Vorplatz, den Grill, verschafften sich mit Eisenstangen Zugang ins Lokal, verwüsteten oder stahlen die Einrichtung. Anzeige zu erstatten war schwierig, meistens hieß es von der Polizei, wir sollten es vergessen, das Lokal sei sowieso illegal – die bekannten Unbekannten kamen immer davon, wegen reicher Eltern oder der Unlust der Polizei, also hatten wir wohl oder übel mit den Aggressionen zu leben.

FÜNFTE ANSICHTSKARTE

Vorderseite:

Eine Kuh mit breitem Lederhalsband und daran hängender Glocke sitzt auf einer Magerwiese. Darüber der Spruch: Zufrieden und satt, nie mehr zurück in die Stadt.

Rückseite:

Eines Abends waren Emil und ich nach einer Bandprobe auf dem Nachhauseweg, zu Fuß überquerten wir das Feld und gingen die schlecht beleuchtete Landstraße entlang, auf halbem Weg bemerkte ich, dass ich meine Geldbörse im Probenraum vergessen hatte. Also drehte ich um und Emil ging allein weiter. Erst am frühen Morgen fanden zwei Fußgänger Emil bewusstlos am Feldrand, er hatte die ganze Nacht dort gelegen.

SECHSTE ANSICHTSKARTE

Vorderseite:

Ein mehrstöckiges Hotelgebäude aus der Zeit der Belle Époque, ein Tennisplatz, zwei gekreuzt im Schnee steckende Skier, zwei Gläser Prosecco.

Rückseite:

Sie waren uns mit Baseballschlägern aufgelauert, um uns eine Lektion zu erteilen. Emil überlebte. Seine Eltern erstatteten Anzeige, die Untersuchung dauerte nur kurz, nur einer der drei hätte zugeschlagen, die anderen sahen zu, eine Prügelei eben, zu einem Prozess kam es nie, und die Täter leben noch heute in der Region. Emil lag drei Tage im Koma, verbrachte dann zwei Wochen im Krankenhaus, zwei gebrochene Rippen, Prellungen und ein schwer einschätzbares Hirnschädeltrauma. Die Ärzte meinten, er hätte Glück gehabt.

SIEBTE ANSICHTSKARTE

Vorderseite:

Eine Bergbahn fährt durch die sommerliche Landschaft, ein Alpenfirn im Morgenrot, die Landesflagge in Herzform.

Rückseite:

Er hatte kein Glück gehabt, ich spürte sofort, dass er nicht mehr derselbe war. Er war matt, verfinstert, als hätte in seinem Innern jemand eine Kerze ausgepustet. Er fiel in der Ausbildung zurück, brach sie ganz ab, verließ kaum noch das Zimmer, hörte nicht einmal mehr Musik. Dutzende Male stand ich vor seiner Wohnungstür, doch die Mutter schüttelte nur traurig den Kopf. Wir hätten ihm Hilfe besorgen sollen, aber jede Woche hofften wir nur auf die nächste – und eines Januarmorgens klingelte das Telefon.

Schibig schweigt.

– Der Güterzug,

flüstert die Alte, und Schibig sagt gar nichts.

Eine kurze Weile sitzen sie da. Der Kühlschrank summt wieder. Draußen rauscht der Wind. Langsam geht die Hand der Alten zur Hand von Schibig, weil das in diesem stillen Moment das einzig Richtige ist.

– Das ist mein Liebeskummer, wenn Sie so wollen,

sagt Schibig jetzt und zuckt mit den Schultern, worauf die Alte sagt:

– Jeder Kummer hat mit Liebe zu tun.

Schibig tippt ans Glas vor ihm.

– Jeden Tag ist er bei mir. Das ist jetzt über zwanzig Jahre her, und noch heute tue ich manchmal so, als säße er einfach im anderen Zimmer und übte Gitarre oder als würde er später noch vorbeikommen. Eine Weile lang habe ich mir aus einer kindischen Laune sogar gewünscht, er sei wie der Küfner einfach in eine Felsspalte gefallen und überwintere bei den Drachen, lebte vom Tau an den Stollenwänden, und irgendwie stimmte das ja auch. Nach dem Zwischenfall, ich nenne es Zwischenfall, dabei war es ein klarer Angriff, danach war er nicht mehr derselbe, genau wie der Fassbind im Fels – er hielt das Leben der Menschen nicht mehr aus.

Schibig macht eine Pause und ergänzt:

– Ich glaube, nur deshalb bin ich Archivar geworden. Damit ich mich um die abgeschlossenen Fälle kümmern kann. Ich muss sie behüten. Und irgendwann kamen dann die Panikattacken.

Die Alte wartet auf mehr. Die Alte wartet auf ein Aber, das nicht kommt.

– Und seit dem Toten im Eis …

Schibig stockt und lacht peinlich berührt.

– War ich plötzlich wieder da, ganz wach und ohne Angst. Fast erleichtert, als wäre es tatsächlich Emil gewesen, der da den beiden Drachen endlich entkommen ist, das dachte ich damals auf dem Eis. Aber es war natürlich weder der Küfner noch mein Emil. Es war noch eine andere Geschichte, die nicht weitererzählt werden kann, weil deren Faden verloren ging. Abgeschnitten. Für immer.

Die Stille umarmt sie. Sie tröstet wie gemeinsame Trauer tröstet. Und wie Schibig so sein zerzaustes Gegenüber anschaut, die wilden Locken, die faltige Stirn, ihre freundlichen Augen, so ist er sich plötzlich nicht mehr sicher, ob diese Geschichte nicht genauso gut auch der Alten widerfahren sein könnte – oder noch umfassender, ob diese Geschichte am Ende nicht jedermanns, jederfraus, jederkinds Geschichte sein könnte. In jedem

Land. Und zu jeder Zeit. Weil niemand jemals etwas aus den Schrecken der anderen lernt.

Die Alte denkt nach, verfällt kurz in ein Summen und sieht vor ihrem inneren Auge die drei Parzen, wie sie einen Lebensfaden spinnen, ihn abmessen und dann zerschneiden. Sie beenden eine Linie und lassen die andere weiterlaufen, und jede Auflehnung gegen dieses Schicksal formt einen tragischen Helden, so besagt es der Mythos.

– Wir können diese Geschichten nicht weitererzählen, aber wir können die vergessenen Fäden ins Sichtbare ziehen,

sagt die Alte jetzt und öffnet das Fenster. Von draußen dringt ein veränderter Geruch hinein, merkt Schibig, eine süße Fäulnis, es riecht nach feuchter Erde, nach Tauwetter oder gewissen Stellen im Wald, wo kaum je ein Sonnenstrahl hinfindet.

– Und was ist mit unseren Fäden? Die weben jetzt eine Weile zusammen an einer Sache und erst im Nachhinein sehen wir den großen Zusammenhang?,

fragt Schibig, während die Alte zum Herd geht.

– Das ist doch zu hoffen, lieber Schibig, aber vergessen Sie nicht, das Jetzt macht bereits jetzt und auch ohne Nachhinein schon sehr viel Sinn.

Sie schmunzelt und nimmt einen Schluck Whisky. Zufrieden zieht sie die Lesebrille von der Nase und lässt sie dann an der Halskette baumeln. Mit einem Löffel legt sie die Eier ins kochende Wasser. Die Schalen hüpfen im Topf und klingen wie das Zähneklappern eines Teufels.

20

Die Silberlöffel kratzen am Tellerboden.

Es ist November. Die Wanduhr tickt und ihr Pendel taumelt, genau wie die Zeit taumelt es hin und her, schwankt von einem Extrem ins andere und hängt dazwischen für nur einige flüchtige Augenblicke senkrecht da, harmlos und erschöpft von seinen eigenen Ausschlägen.

Kern und Hanna sitzen im Esszimmer am Eichentisch und löffeln ihre Suppe. Die Kerze flackert. Eine trockene Motte zuckt ziellos umher. Ihr Flug ist reine Verzweiflung, doch keiner der beiden kümmert sich um die Nöte des Insekts. Kerns Stirn wirft trotzdem Falten. Das Bauvorhaben am Ödwilersee rückt nur langsam vorwärts, immerhin haben die Behörden mittlerweile grünes Licht gegeben, eine Ausnahme, hieß es aus der Kommission, aber er solle es unter keinen Umständen an die große Glocke hängen.

Hannas Grübeln dreht sich derweil um ganz anderes. Sie lauscht und denkt sich nach oben in die Dachkammer, aber nicht zur Greisin. Vielmehr ist es die neue Pflegerin, die bei ihr für Irritationen sorgt, denn ihre kurzen Wortwechsel auf dem Flur wuchsen mit jedem Mal in die Länge, das anfängliche *Hey* wuchs in den letzten Tagen auf die Länge ganzer Sätze an, denen Hanna gierig lauschte, und diese Sätze verlängerten sich zu bald zehn, fast zwanzig Minuten Gespräch über dies und jenes, Ausstellungen, Kinofilme, Städte, dabei blieb Hannas Blick wie besessen am schönen Gesicht der Pflegerin haften, an ihren wachen Augen, und wanderte bei Gelegenheit zum Brustbein, zur Kette, an der ein Metallplättchen hängt. Und diese Reihenfolge an vermeintlichen Nichtigkeiten löste bei Hanna eine Nervosität aus, die sie seither nicht mehr eindämmen kann. Hanna versteht es nicht. Seit Tagen verdichtet sich diese Unruhe zu einer Besessenheit. Täglich muss sie durchs Küchenfenster zuschauen, wie die Neue ihr rechtes Bein über das Motorrad schwingt, den Kickstarter tritt, losfährt und nur knirschenden Kies zurücklässt. Sie schlüpft in die Nacht, verstohlen wie immer. Danach starrt Hanna sekundenlang zum sich schließenden Tor des Herrenhauses, als suchte sie dort zwischen den Gitterstäben nach Halt. Und jetzt ist die Pflegerin wieder im Haus und wäre nur ein paar Treppenstufen entfernt. Was ist das? Was zum Teufel ist das?, denkt Hanna und weiß eigentlich ganz genau, was das ist, fragt sich aber trotzdem unentwegt weiter, weil sie durch ihre Fragerei jede unliebsame Antwort noch aufschieben kann. Niemand will wahrhaben, dass Ablenkungen in Wahrheit bloß wortlose Ausreden sind.

Das Schaben in den Tellern endet. Hanna schiebt das Porzellan von sich weg, worauf Kern hastig aufspringt und nach dem Geschirr greift.

– Ich hole dir noch was,

sagt er und geht in die Küche.

Der Keramiktopf steht auf dem Herd. Schnell schöpft er von der orangen Flüssigkeit in Hannas Teller. Mit Beiläufigkeit öffnet er die Schublade beim Fenstersims und das Samtsäckchen mit dem goldenen Kreuz liegt griffbereit da. Er zieht den Plastikbeutel heraus und öffnet den Schiebverschluss mit Vorsicht. Das Knochenpulver riecht nach verbranntem Horn, merkt Kern und erinnert sich, wie der Großvater vom Metzger einst zwei ausgekochte Kuhhörner nach Hause gebracht hatte, die er im Keller eigenhändig zersägte und zu Blashörnern präparierte, er erinnert sich hauptsächlich an jene mehlige Fäulnis, jenen beißenden Schwefelgestank, der tagelang in der Luft hängen blieb. Mit der Messerspitze fährt er jetzt in die weiße Substanz und kippt davon in Hannas Kürbissuppe. Mit einem Löffel vermischt er die Zutat bis zur Unkenntlichkeit. Kerns Atmung geht schwer. Die Hinterhältigkeit drückt ihm auf die Lunge, doch gefasst geht er zurück ins Esszimmer. Hanna sitzt da und sieht abgelenkt aus, sie strahlt und lauscht aus dem Zimmer hinaus, registriert Kern. Von oben ist ein Rumpeln zu hören. Die Dielen des Dachbodens ächzen.

– Die Neue hält es heute erstaunlich lange aus,

sagt Kern, und eine Hitze erfasst Hannas Gesicht. Um

davon abzulenken, greift sie sofort wieder nach dem Löffel, lässt es dann aber sein:

– Ich schaue mal nach,

sagt Hanna beiläufig und eilt hinaus.

– Was?,

will Kern schon beginnen, aber Hanna ist bereits weg. Geschlagen sitzt er da und rückt seine neue Brille zurecht.

Am Nachmittag hatte der Optiker endlich angerufen und innerhalb einer Stunde war Kern im Geschäft erschienen. Kaum hatte er den weichen Teppich mit dem Firmenlogo betreten, stieg ihm ein bekannter Geruch in die Nase – da war staubige Wolle und Fichtenwald. Am Tresen stand tatsächlich wieder der Bärtige und nahm seine Lesebrille entgegen. Am liebsten wäre Kern umgekehrt, aber sein Stolz ließ es nicht zu. Also schritt er mit gespielter Gemächlichkeit zur Verkäuferin und nickte zum Gruß.

– Herr Kern, wunderbar, wir haben schon alles vorbereitet,

sagte die Verkäuferin:

– Ich bin gleich bei Ihnen,

und sie tippte zum Hinweis auf ein Ledertablett mit Brille und Putztuch. Noch während ihrer Worte drehte sich der Bärtige langsam um. Ein Grinsen schlich auf sein Gesicht, doch er schwieg.

Hüte dich vor dem Drängen der Worte, dachte Kern in diesem Moment und stellte sich etwas abseits vor das Sortiment mit Ski- und Sportbrillen. Aus der Distanz glaubte er zu sehen, wie der Bärtige auf das bereitgelegte Tablett schielte.

Hüte dich vor dem Drängen der Worte, dachte Kern erneut und wünschte sich, er würde aufhören damit, wünschte, der Bärtige würde endlich seinen Kram bezahlen und in einer Bergspalte verschwinden, doch der Bärtige hob sehr langsam seine linke Hand und legte sie auf den Tresen neben Kerns neue Brille. Kern kniff die Augen zusammen. Kern wollte sehen, was der Bärtige vorhatte. Fast unmerklich glitt die haarige Pranke näher ans fremde Brillengestell heran. Kern wollte einen Schritt vorwärts machen, doch er blieb stehen. Er traute seinen Augen nicht. Er traute lieber dem Zufall. Es konnte nicht sein, der Bärtige musste doch wissen, dass er ihm dabei zusah. Nur Helden sind verflucht zu handeln, dachte er nun, und wie zur Ergänzung fiel ein neuer Satz in seine Gehirnmühle, wenn Handeln ein Fluch ist, dachte Kern, wenn Handeln ein Fluch ist, dann war er keinesfalls ein Held, sondern das Gegenteil, das verfluchte Gegenteil davon, dachte Kern bewegungslos, während der dicke Zeigefinger des Bärtigen nun bei Kerns neuer Brille angekommen war. Kern hielt den Atem an. Er kniff weiter die Augen zusammen, als draußen die Sonne durch den Nebel und in die Windschutzscheibe eines Autos fiel. In diesem grellen Moment berührte die Fingerkuppe des Bärtigen den silbernen Rahmen der Brille. Das Licht erhellte den Raum. Kern blinzelte. Kern blinzelte abermals, öffnete die Augen und fand den Raum im alten Schein der Deckenlampen wieder. Auch der Bärtige stand wie zuvor an seinem Platz, die Hände ganz bei sich, und dankte der Verkäuferin zum Abschied. Als er das Geschäft verließ, beachtete er Kern in keiner Weise.

Ein Räuspern in seinem Rücken verrät ihm, dass Hanna zurück im Esszimmer ist. Sie setzt sich und sieht verändert aus. Die kleine Kuhle zwischen den Schlüsselbeinen zittert. Die Mundwinkel sind spitz. Kern staunt. Seine Sehkorrektur offenbart ihm jetzt alles. Die Gläser schärfen den Raum hundertfach, die Details springen ihm entgegen. Das Zimmer besteht aus unzähligen Kleinigkeiten, die Kern zuvor verborgen geblieben waren. Allein die Umrisse von Hannas Gesicht wabern noch ein wenig, als sei sich der Körper nicht ganz schlüssig, wo er zu beginnen und wo er zu enden hatte: Ihr Flaum auf den weichen Wangen verästelt und verwebt das Gesicht mit dem umliegenden Kerzenlicht. Hannas Haare tun es ihnen gleich, die Kapillare flackern, als suchten die mikrobischen Tentakel nach Halt, und über ihre Pupillen schwimmen Tränen, fadenförmig, fast wie Seifenschaum bündeln sie die Kerzenflamme vor ihr, fassen sie zusammen für die Netzhaut und schleudern sie als glimmende Morsezeichen durch Kerns neue Gläser – und er kapiert: Was er da sieht, ist eine deutliche Erregung, die Hanna von ihrem Ausflug in den Dachstock mitgenommen haben muss.

– Ich versuche es heute ein letztes Mal,

sagt Hanna und meint damit nichts weniger als die Zeugung eines Nachkommen, sagt es jedoch so beiläufig wie möglich, damit sie selbst es wenigstens halbwegs glaubt und damit sie diese Entscheidung der Natur überlassen kann. So lange bleibt der Reisekoffer, wo er ist.

Kern seinerseits ahnt, dass es diesmal klappen könnte, dass sich diesmal mindestens ein Fadenschwimmer durch Hannas Gallerthülle fressen wird und dann ganz wundersam Zellkerne verschmelzen werden. Er sieht ja, wie Hannas Körper glüht und vor seinen Augen zerfließt – es wird passieren, denn ganz offensichtlich ist bei Hanna biologisch etwas ins Schleudern geraten. Und dies ganz ohne sein Zutun.

Hanna legt jetzt den Silberlöffel neben den noch vollen Teller und faltet die Stoffserviette zusammen. Kern will nicht hinschauen. Sein Blick flieht in die finstere Zimmerecke. Die Motte verharrt dort an der Wand. Verflucht zu warten. Auf das Licht oder den Tod.

Kurz darauf macht sich Hanna zurecht. Anders als sonst, steht die Tür zu ihrem Schlafzimmer heute weit offen, helles Licht trifft auf den Wandspiegel und auf Hannas Bein und die Hüfte, langsam wird der Stoff an die vorgesehene Stelle gezogen. Die Spitzenunterwäsche, vermutet Kern, der lange Faltenrock, der wieder in Mode gekommen ist, die rötliche Seidenbluse, weiß er, und die Ohrringe mit den Jadesteinen. Hanna singt etwas

Unverständliches und späht von Zeit zu Zeit zum Flur, als erhoffte sie von dort eine Unterbrechung.

Und tatsächlich, die Dielen über ihnen geraten in Bewegung. Schritte kommen näher. Die junge Pflegerin steigt herunter und gibt Bescheid, dass sie so weit fertig sei, dass die Werte stabil wären, dass der Appetit ganz tüchtig gewesen und die Frau Mutter nun für die Nacht gerüstet sei.

Kern bedankt sich. Doch das sei nicht alles, meint die Pflegerin und bleibt vor der Garderobe stehen.

– Herr Kern, Ihre Frau Mutter hatte schon mehrfach schmutzige Füße,

sagt sie.

– Ja und? Ich nehme an, Sie waschen die.

– Nein, darum geht es nicht,

antwortet die Pflegerin.

– Ich wollte nur fragen: Geht sie nachts umher? Kommt sie in die Wohnung runter? Kann sie in den Garten raus?

Kern denkt an das schwarze Huschen, denkt an die Bissspuren in der Holzfigur und sagt trotzdem:

– Ausgeschlossen.

Die Pflegerin verharrt in einer Nachdenklichkeit, die Kern als Misstrauen deutet. Doch dann schlüpft die junge Frau schnell in ihren Kapuzenpulli und zieht ihre Lederjacke darüber.

– Es geht nur darum, dass sie in Sicherheit ist,

sagt die Pflegerin und zieht den Reißverschluss hoch.

– Telefoniert sie viel?

– Sie telefoniert?,

fragt Kern verwundert zurück:

– Sie kann doch kaum den Hörer halten.

Die Pflegerin schmunzelt und hält den Kopf schief.

– Sie würden sich noch wundern, zu was die alten Herrschaften unter gewissen Medikamenten noch fähig sind.

Kern wird hellhörig. Doch die Pflegerin schultert schon ihre Tasche, sie wirkt bereit für den Feierabend, bleibt aber noch eine Weile stehen:

– Hat Ihre Mutter noch irgendwelche Vollmachten?

– Das ...,

Kern will empört sein, will ihr sagen, dass sie ihm längst alle Vollmachten überschrieben habe, die Immobilien, die Firma, alle Konten, will ihr dann aber gar nichts mehr sagen, weil es sie gar nichts angeht, doch die Pflegerin winkt bereits ab.

– Es ist nur, wir werden angewiesen, die Angehörigen darauf aufmerksam zu machen, die Dinge rechtzeitig zu regeln: Mehrfach habe ich erlebt, dass ältere Menschen gegen das Ende hin nochmals all ihre Vorkehrungen über den Haufen werfen. Ihre Mutter sprach von irgendwelchen Spenden an ein Hilfswerk, von Transaktionen, die sie noch zu tätigen habe, und sie murmelt manchmal Zahlen, aber ehrlich gesagt, scheint mir das alles schon sehr wirr zu sein, es tut mir leid.

Die Pflegerin steht schon bei der Wohnungstür.

– Danke,

sagt Kern und will es bei diesem einen Wort belassen, doch:

– Grün,

ergänzt die Pflegerin und schüttelt ihm die Hand.

– Danke, Frau Grün,

murmelt Kern wiederholend und fragt sich, warum er sich die Namen der Pflegefachkräfte nie merken kann.

In diesem Moment eilt Hanna herbei, erklärend, dass sie auch gleich gehe, den Autoschlüssel in der Hand, die Lederhandtasche in der anderen, also hält die Pflegerin ihr die Tür auf, sagt noch ihrerseits etwas wie «Bye Bye» oder «Bis morgen» und die Eingangstür fällt hinter den beiden Frauen ins Schloss.

Kurz steht Kern da. Überfordert von der plötzlichen Verlassenheit. Doch kaum heult draußen der Viertakter des Motorrads auf, geht er zielstrebig ins Arbeitszimmer.

Dort hinter die Holztäfelung eingebaut steht der schwere Tresorschrank. Der graue Koloss kommt erst durch Verschieben eines Wandelements zum Vorschein und reicht Kern bis zu den Hüften. Als Kind war es ihm ausdrücklich verboten gewesen, daran herumzuspielen, obwohl die beiden Zahlenrädchen so verführerisch geklickt hatten, obwohl er gerne Dagobert Duck oder noch lieber mit einem Stethoskop und Augenbinde ausgerüstet ein Panzerknacker sein wollte. Geschwind dreht er jetzt am Zahlenschloss, hin, her, nochmals hin und nochmals her, kippt schließlich den Hebel zurück und zieht am Metall. Die schwere Tresortür leistet noch Widerstand, gibt aber bald den Blick ins Innere frei.

21

Was Kern unterdessen nicht mitkriegt, sogar trotz neuer Brille nicht mitkriegt, sind alle Geschehnisse außerhalb seines Sichtfeldes, sprich außerhalb seiner Geschichte, wie diese zum Beispiel:

Das Motorrad steuert der Landstraße entlang, an Brückenpfeilern der Autobahn vorbei, während der Scheinwerfer einen gelben Kegel ins Halbdunkle wirft. Hinter dem Fahrzeug folgt ein zweites Fahrzeug (diesmal sind es zwei gelbe Kegel im Halbdunkeln), und nur wenige Sekunden trennen die beiden.

Zehn Minuten später gehen zwei Turnschuhe über den zertretenen Teppich einer Sportbar, die sich nicht zwischen Pub und Spielhalle entscheiden kann. Das Schuhpaar bleibt stehen, in einer Ahnung vielleicht, die Besitzerin der Schuhe bestellt ein Ginger Ale und verlangt etwas Kleingeld und geht dann, mit einer klimpernden, gefüllten Handfläche weiter in den blickenden Bereich der Bar. Dort steht ein Billardtisch, dahinter wartet eine Dartscheibe auf Spieler, über ihrem blauroten Kreis leuchten die Zahlen. Bei den Toiletten glänzt ein Glaskasten voller Plüschtiere, die unter einer Metallkralle liegen, leblos und bereit, aus diesem künstlichen Gefängnis gezogen zu werden. In der anderen Ecke schließlich steht der einzige Flipperkasten. Es ist das Modell *Indiana Jones* der Firma Williams. Auf dem rotgelb-orangen Lichtkasten schaut ein ernster Harrison Ford mit Hut in den Raum, eine Peitsche schwingt hoch bis zum Schriftzug *Indiana Jones – The Pinball Adventure,* da sind außerdem Feuerzungen, ein Kelch, Steintafeln, ein Altar, Säulen und Gemäuer – und vor alldem steht jetzt die neue Pflegerin.

Nur wenige Sekunden später laufen zwei schwarze Lederschuhe mit hohen Absätzen über denselben zertretenen Teppich, gehen zur Bar, obwohl die Schuhe inklusive der Füße darin eigentlich ganz woanders verabredet gewesen wären, weshalb sich der Kopf nun die Frage stellt, wieso im Leben einer Frau immer alles neu und wieder neu zu werden hat, das Ganze scheint geradezu verflucht, als wäre die Veränderung etwas rein Weibliches, denkt Hanna und lehnt an den Tresen. Irgendwo piepst ein Spielkasten seine Melodie und verstummt wieder. Der Typ hinter der Bar stellt sich vor Hanna hin und wartet auf ihre Bestellung.

– Aperol Spritz.

– Haben wir nicht.

– Dann ein Bier.

– Haben wir.

Hanna starrt eine Weile auf ihre Fingernägel und wagt dann einen Blick in die Ecke. Dort knallt die Flipperkugel bereits eifrig gegen die Gummibänder und Zielscheiben, die Schlagtürme klingeln und wollen gar nicht mehr aufhören zu klingeln und sie schleudern und schleudern und klingeln, bis die Kugel wieder frei fällt, eher rollt, bis sie ein Flipper wieder hochjagt, bald rollt die glänzende Kugel in Perfektion über die Metallrampe, gleitet um Kurven, fällt, fällt mehr, wird mit dem Druck eines einzigen Fingers wieder hochgeschleudert, hinein ins Dickicht der Schlagtürme, wo sie Zuckungen verursacht, eine heillose Aufregung, ein Pulsieren, Schlagen, Steigen von Bonuspunkten, Explosionen – Klingeln klingeln, Federn federn, Schleudern schleudern, da ist Tempo, da ist Energie, mehr, noch mehr, ein Alarm – Multiball!

– Wollen Sie auch mal?,

fragt die Pflegerin jetzt über ihre Schulter zurück, worauf Hanna ihren Atem verliert. Sie fühlt sich ertappt. Sie fühlt sich verändert. Die Hitze im Hals verunmöglicht jede Antwort. Also steht sie auf, doch sie weiß nicht recht, wie sie zu gehen hat, sie scheint das Ursprünglichste überhaupt vergessen zu haben, sie denkt über die eigentlich einfache Frage der Pflegerin nach und schwankt noch zwischen zwei Möglichkeiten, entscheidet sich dann doch für eine und kann dabei nicht wissen, dass die Angelegenheit, die hier im Pub-Querstrich-Sportsbar ihren Anfang nimmt, keine Affäre im klassischen Sinne sein würde, sondern zu einem Manöver gehört, dem sie einerseits gänzlich ausgeliefert ist, das ihr andererseits aber auch völlig gleichgültig sein kann, da alles – mit oder ohne diese Zweckbeziehung – ganz unweigerlich zu jenem Schluss führt, den diese Sache am Ende eben haben wird. Aber ihre ausgewachsene Vernarrtheit, die durchaus einer psychischen Unzurechnungsfähigkeit gleichkommt, setzt bei Hanna zu diesem Zeitpunkt durchaus planende Gedanken in Gang. Sie wird handeln, weiß Hanna jetzt schon, wenn der Zeitpunkt richtig ist, das heißt, wenn ihre Pisse den verfluchten zweiten Strich immer noch nicht erscheinen lässt, dann wird sie handeln.

Sie greift nach der kalten Bierflasche und geht zum Flipperkasten mit der Absicht, wenigstens dieses Spiel hier zu gewinnen.

22

Kern steht derweil vor dem Tresor und prüft das Verwahrte: Schmuck, Schießabzeichen des Großvaters, etwas Bargeld, Goldmünzen, Mappen mit Akten und Papieren, alles da. Kern sucht nach einer Unregelmäßigkeit. Er rückt seine Brille zurecht, das Licht der Deckenlampe fällt zögerlich ins Innere des Tresorschranks, die Ablagefächer beherbergen eine Dunkelheit. Alles Schatten und Schätze aus vergangenen Zeiten, denkt Kern, und maßregelt seinen pleonastischen Gedanken, denn alle Schätze kommen aus der Vergangenheit, so wie überhaupt alles aus der Vergangenheit kommt, nichts ging jemals in eine andere Richtung.

Dann springt Kern eine seltsame Diagonale ins Auge – da liegt ein Aktenstapel schief. Jemand hat ihn unsauber zurückgelegt. Er zieht daran, blättert, es sind Versicherungsdokumente, Mitgliedschaften in Vereinen, alte Aktien einer Maschinenbaufirma, Anteilsscheine einer Chemiefirma, das Familienbüchlein, Pässe. Kern legt die Papiere sorgsam zurück und drückt gegen das Metall. Die Tresortür schnappt zu. Er dreht am Zahlenrad und lauscht dann in die Stille. Jetzt fühlt er sich doch wie ein Panzerknacker, denkt er, oder ein Spion im eigenen Haus. Mit schleichenden Schritten geht er die Treppe hoch. Er versucht kein Geräusch zu machen.

Oben im Flur brennt die Nachtlampe. Die Vitrine steht verlassen da, das schwache Licht verzerrt die hinter Glas gefangenen Gestalten, das Hermelin verschwindet in der dunklen Ecke. Der präparierten Schneeeule und dem Kauz wachsen Teufelsohren, alle Nasen und Schnauzen und Pfoten und Krallen wirken in der Dämmerung doppelt so lang und doppelt so scharf, der Haarzopf des Mädchens kriecht wie eine Kreuzotter durch die Staubflocken, allein die Holzmaske mit Fell und Schweinezähnen ist auch in der Finsternis eine Holzmaske mit Fell und Schweinezähnen, nur bedrohlicher, listiger, irgendwie auf der Lauer.

Kern fixiert die Schranktür am Ende der Vitrine, höhnisch grinst ihm die Leere des Schlüssellochs entgegen, wie die Zahnlücke eines Dämons, verführend pfeifend lockt sie ihn mit den endlosen Möglichkeiten dahinter. Langsam geht er darauf zu, fährt mit dem kleinen Finger der rechten Hand hinein, das Metall drückt gegen seine Gelenke, der Fingerknochen wird zu Schlüsselhalm und Bart, er versucht mit der Fingerkuppe den Mechanismus zu ertasten, das Schlossblech, den Führungszapfen, er versucht, den Riegel zu verschieben. Doch nichts tut sich. Es klemmt und sein Finger beginnt zu schmerzen.

– Bist du es?,

hört er die Mutter krächzen.

Er lässt sich die Unterbrechung nicht anmerken, im Gegenteil, er geht ihr gefasst entgegen, geht langsam zum Pflegebett hin, von wo ihm die Lichter der Messgeräte ein Lebenszeichen entgegensenden.

– Sie foltert mich,

sagt die Stimme aus der Dunkelheit.

– Wie bitte?,

sagt Kern mit Erstaunen und wartet vor der Bettlandschaft. Nachts verschmilzt der Mutterberg ganz mit der Matratze, wird zum uralten Gebirge, finsterer denn je. Der Mond beleuchtet die Szene mit seinem milchigen Licht.

– Ihre endlose Fragerei zu Kindheit und Jugend und damals, sie foltert mich.

– Mutter, sie interessiert sich einfach für dich,

entgegnet Kern.

– Niemand interessiert sich für mich. Ich bin eine alte Hexe,

donnert es vom Bett her, und Kern muss beinahe lachen, doch die Mutter meint es ernst.

– Die suchen immer noch, nach all den Jahren, sie können es einfach nicht gut sein lassen,

flüstert es aus den Kissen, und ihre Worte versickern zu einem Gemurmel. Sie träumt, denkt Kern und will schon abdrehen.

– Aber es sind ja keine Namen mehr da, die ganze Ortsgruppe liegt auf dem Friedhof begraben, alle tot und alles sauber transferiert, wir sind nur noch Nummern, und nicht mal die finden sie, hörst du, sie dürfen es nicht finden!

Mutter will sich aufrichten. Die Frequenzen auf dem Monitor schlagen aus, ein Rotlicht beginnt zu leuchten. Kern ist alarmiert.

– Ich habe es im Heizungskeller verbrannt, aber ich weiß die Nummer, hörst du, ich bin die Letzte.

Die Greisin tippt sich an die fleckige Stirn. Kern will nicht hören, was sie da redet. Der Irrsinn altert mit, denkt er, und er altert bitterer als jeder Wein.

– Ich habe lange genug gewartet, ich muss helfen, die *Winterhilfe* muss an die richtigen Orte, ich bin die Letzte, die Fahne hoch, ja, die Reihen dicht geschlossen, so marschiert und morgen die ganze Welt!

Kern lässt sich von ihrem Rausch nicht ablenken, er versucht das Skelett zu beruhigen. Widerwillig greift er nach ihrer Hand, hält das knochige Häufchen, bis der Anfall vorüber ist.

– Komm,

flüstert die Mutter und meint damit, der Sohn solle sich zu ihr runterbeugen, er solle lauschen, weil sie glaubt, dass die Wände Ohren haben, weil sie glaubt, dass eine schriftliche Notiz nicht sicher genug wäre.

Kern gehorcht ungern, aber er gehorcht, und das greise Gestein tröpfelt ihm Informationen ins Ohr, flüstert in Wiederholung immer und immer wieder dasselbe, etwas, das er sich merken soll, bis zu seinem Lebensende nicht vergessen soll, eine Zahlenreihe, und Kern merkt sich das Gesagte – und wird so zu einem Behälter von Wissen.

– All die schönen Feiern,

sagt die Mutter jetzt und gerät in ein Stammeln:

– Die Blumenkränze, die Bankette im Kurhaus auf dem Sonnenberg, die schönsten Wollstrümpfe zog ich an,

will sie Kern überzeugen.

– Ich weiß,

murmelt er und weiß auch, was alles noch kommt.

– Ich saß dem Vater brav auf dem Schoß, so viele Leute waren gekommen, und die roten Flaggen bei den Sportgruppenspielen, das Erntedankfest im Hallenstadion, die schönen Reden in den Turnhallen, alte, Dings, Fesseln sind zerbrochen, aufwärts aus ähm, Dings, Not und – jedermann steht auf den Pisten, treu zu Dings, zu ...

Das Muttergebirge entgleitet jetzt ganz. Das Kinn sinkt nieder. Die winzigen Lämpchen am Sauerstoffgerät beruhigen sich, die Kabel verschwinden verdächtig hinter dem Bett, und vom Nachttisch pulsiert ebenfalls ein Leuchten, wie Insektenaugen in der Nacht. Die Mutter schläft. Kern überlässt sie der Technik.

Abwarten, denkt er, einfach abwarten, und er denkt diesen Befehl an sich selbst wie eine gänzlich runde Sache, ohne Kanten oder Splitter. Abwarten, das Wort ist eine schwere Kugel, die trotzdem langsam rollt.

Abwarten, denkt er auch Minuten später, als er im Dunklen des Wohnzimmers sitzt und durchs Fenster schaut. Die Wolken wirken zerfranst. Dahinter schleicht der Mond vorbei. Bald kämpft die Nacht mit dem Tag und das Morgenlicht wird sich durchringen.

Irgendwas muss ich tun, denkt Kern und flüstert diesen Satz sogar hinein in die Einsamkeit des Herrenhauses. Ich weiß so viel von allen Seiten, und irgendwas muss ich tun, einfach irgendwas, denkt er vorwärts und vorwärts und stolpert dabei über seine Gedanken. Oder muss ich etwas verhindern? Müsste meine Geschichte nicht viel mehr so gehen, wenn es denn eine Heldengeschichte sein soll? Also denkt er sich heldenhaft in seinen Mercedes hinein, denkt sich auf den geheizten Ledersitz, und mit dem ganzen Gefährt denkt er sich zuerst in die Stadt und dann dort zum Polizeigebäude, obwohl er gar nicht weiß, ob die dafür zuständig wären, also denkt er sich an den Computer, wo er nachschaut, welche Stelle denn für so etwas überhaupt zu kontaktieren sei, er denkt sich in eine aufwendige Recherche hinein, er erdenkt sich Dutzende von Fragen, die ihm gestellt würden, also denkt er sich lieber zurück ins Auto, mit dem er wieder ins Wohngebiet fährt, und er denkt sich zum Parkplatz bei den Containern, denkt sich genau aus, wie er dort sitzt, wie er wieder dort sitzt, nach oder vor einer Tat, und denkt, wie er nach oben schaut zum dritten Stock, wo gerade kein Licht ist – kein Licht, denkt Kern, da wäre einfach kein Licht mehr, seit Tagen kein Licht mehr, und auch wenn er noch eine weitere Stunde, weitere Wochen und Monate warten würde, wäre da immer noch kein Licht, nie mehr Licht, wäre da. Wäre, wäre – würde, würde er nur.

23

Das Eis schmilzt. Die Zeit springt vorwärts und schon ist es März.

Die erste Aufregung ist versickert, merkt Schibig, und das Geschehene verschwindet langsam zwischen den Wurzeln im Erdreich. So auch die Tragödie im Februar, als der Junge mit seinem Schlittschuh aus Versehen über den Jeansstoff fuhr, die Sache ist fast schon versiegt und hat höchstens ein Rinnsal an Erinnerung zurückgelassen. Die Erdkugel dreht sich weiter. Alle machen weiter. Nur Schibig sitzt in seinem alten VW Polo und starrt zum See. Neben ihm auf dem Parkplatz baggert ein Bagger scheinbar ziellos umher.

Genau vierunddreißig Tage, rechnet Schibig nach, vierunddreißig Tage, seit er auf dem Eis erkannt hatte, dass es definitiv ein Mensch war. Vierunddreißig Tage, seit Phil ihn gebeten hatte, nur kurz zum See zu gehen, zehn Minuten, aus denen vierunddreißig Tage wurden, obwohl es offiziell ein Unfall oder ein Suizid gewesen sei und der Fall, der eigentlich gar kein Fall war, abgeschlossen ist. Schibig muss das akzeptieren. Was bleibt, ist einmal mehr Archivmaterial, Karteikarten, digitale und analoge Akten – in einem Ordner in einer Registerschublade in einem Kellergeschoss in einer Datei auf einem Rechner –, irgendwo. Das Leben produziert unablässig Archivmaterial, denkt Schibig, Mappen des organisierten Vergessens, und er will sich diesem Schicksal schon fügen, will der Alten eine nette, aber klare Nachricht schreiben, dass die letzten Wochen zwar schön und spannend, aber auch sehr Kräfte raubend gewesen seien und dass sein Platz möglicherweise eben doch im Archivkeller und somit in der Vergangenheit liege – doch er kommt gar nicht dazu. Denn da hüpfen schon drei Punkte zur Ankündigung auf seinem Bildschirm.

Die Alte tippt. Die Alte schickt ab. Die Textblase erscheint.

Holen Sie mich bitte ab. Jetzt! Beim Adler, wichtig!,

steht da auf seinem Telefon, also vergisst Schibig sein Vorhaben und fährt auf Befehl los. Er kennt den Weg. Mit dem schmutzigen VW rollt er durch die Region. Grauer Schneematsch spritzt von den Reifen weg. Die Landschaft ist nass, das Tauwetter enthärtet die Tage. Die ganze Natur erscheint wieder weich und gelblich und zerzaust unter der Winterdecke, wie verkatert nach einer endlos durchzechten Nacht. Die Felder rinnen in die Straßen hinein, die Sonne scheint erst schwach, denn schon in einer Stunde wird sich der Bergkamm wieder in ihren Weg schieben.

Der *Adler* steht vor ihm in der Landschaft. Schibig nimmt die richtige Abzweigung und fährt langsam auf den Parkplatz. Vor dem Restaurant stehen bereits etliche Fahrzeuge, alles hohe Preisklassen mit tiefen Autonummern.

Der Märzhimmel lässt die Sonne kurz durch den Nebel brechen. Der Lack der Fahrzeuge glänzt. Schibig betrachtet die Modelle der Reihe nach. Vor allem der Wagen an der Restaurantecke, der protzige Audi direkt vor dem Kinderspielplatz mit der Kunststoffrutsche und der Wackelente kommt ihm bekannt vor – die Nummer, das Modell. Er glaubt, den Wagen öfter auf dem Parkplatz vor dem Polizeigebäude gesehen zu haben, doch er wird von einer Bewegung abgelenkt. Eine Frau kommt jetzt winkend auf ihn zu. Sie trägt einen dunkelblauen Hosenanzug, eine weiße Bluse, die Haare sind hochgesteckt und in sauberste Ordnung gekämmt.

Das kann nicht sein, denkt Schibig, und kann ein Lachen kaum unterdrücken. Er steigt aus und will seinen Augen kaum trauen.

– Ich habe Sie zuerst gar nicht erkannt,

sagt er zu der Alten und runzelt amüsiert die Stirn.

– Ja ja ja, sparen Sie sich die …

Die Alte denkt nach und endet mit:

– Äußerlichkeiten,

sagt sie schließlich mit einem Schmunzeln und sucht beim Gehen in ihrer Handtasche nach dem Drehtabak. Es ist ungewöhnlich, sie ohne ihre bunten Ketten und Beutel zu sehen, denkt Schibig und fragt:

– Was machen Sie denn hier?

Die Alte steckt sich einen Zigarettenfilter in den Mund und zupft beinahe zärtlich die Tabakfasern aus dem Plastiketui.

– Mein lieber Freund, ich habe mich bei diesem interessanten Verein eigenhändig zu einem Aperitif eingeladen und angekündigt, dass ich gerne einen siebenstelligen Betrag in ihre Sache investieren möchte – ich habe mich als fette Fliege quasi mitten ins Spinnennetz gesetzt; und mich auch gleich rumgehört, mit wem diese Beute so geteilt würde.

– Sind Sie denn reich?,

fragt Schibig mit plötzlicher Unsicherheit, worauf die Alte ihn mit einem tadelnden Blick von der Seite anschaut. Ein Blick, der ihn nicht weiterbringt, weil er beides bedeuten könnte.

– Ich habe ein paar unbekannte Bekannte besucht,

sagt die Alte und hält die Flamme des Feuerzeugs an die Zigarettenspitze, bis es knistert. Ein Räuchlein steigt hoch.

– Das Spinnennetz ist leider größer als erwartet, und es sind mehr Spinnen als erwartet.

Schibig versteht nicht ganz. Die Kälte und die Ungeduld treiben ihn von einem Fuß auf den anderen. Sein Blick schweift zum Eingang des Restaurants, wo sich etwas tut, wo jetzt unter dem schmucken Türrahmen ein Mann mit Zylinder steht und durch seine Brillengläser zu ihnen herüberschaut.

Schibig zögert. Wie der schaut, denkt er, als wäre Zuschauen seine Stärke, als hätte er schon mal zugeschaut vor langer Zeit, denkt Schibig und will den Mann erkennen, aber Brille, Uniform und Zylinder verdecken den wiedererkennbaren Kern wie eine Verkleidung. Schibig will noch einen Schritt näher gehen, und näher heißt in diesem Fall zurück in die Vergangenheit, doch die Alte schnippt ihre Zigarette weg und ist bereit zu gehen.

– Steigen Sie ein,

sagt sie, und Schibig sagt:

– Ja, es ist kalt,

und klopft aufs Autodach.

Die Alte merkt erst jetzt, wie recht er hat. Im Saal des *Adlers* war die Heizung unverhältnismäßig hochgedreht gewesen, so sehr, dass sie die frostige Märzluft draußen völlig vergessen hatte. Wenn es drinnen genug warm ist, existiert die Kälte draußen nicht mehr, denkt sie und manövriert sich mit diesem Satz in eine Traurigkeit.

Schibig hält ihr die Beifahrertür auf. Die Alte steigt ein und öffnet endlich ihre Hochsteckfrisur. Die Haarlocken fallen in alle Richtungen. Sie zieht ihr Telefon hervor, tippt einmal, zweimal auf den Bildschirm, wartet eine Weile und wechselt, als eine Textnachricht mit einem *Daumen hoch* erscheint, in ein breites Grinsen.

– Und jetzt?,

fragt Schibig, worauf die Alte feierlich sagt:

– Jetzt kommt es faustdick, wir gehen zu Boll.

24

Was kurz davor geschah

Im *Adler* herrscht Hochbetrieb.

– Die neue Brille steht dir gut, Kern,

sagt eine Stimme im Gewühl und ergänzt:

– Hast endlich den totalen Durchblick.

Kern lacht und zieht aus einer Verlegenheit das Gestell von der Nase, beiläufig, als wäre es ihm egal. Elster Junior steht mit rosa Gesicht vor ihm und trägt ausnahmsweise einen Jägerhut mit roter Hahnenfeder. Einen Moment lang dachte Kern, er sehe beim Abnehmen der Brille in der Glaswölbung ein paar Hörner aufflackern, aber da sind keine, es war ein Hirngespinst, das Kern der Korrektur zuschreibt; er muss sich einfach zuerst daran gewöhnen.

Kern rückt seinen Zylinder zurecht und schaut in den Saal. Auch der Vorsitzende, Dr. Lehner, trägt heute eine Jägerkluft, möglicherweise hat Kern einen Zusatz bei der Einladung zum Eintopfessen übersehen, obwohl das Motto *Jagd* normalerweise erst zum Erntedankfest der Ortsgruppe auf dem Programm steht.

Der Versammlungssaal ist auf jeden Fall mit Plastikblumen geschmückt. Auf einem Beistelltisch steht ein verhülltes Gemälde, es lehnt am Holztäfer und sieht wichtig aus. Der Vorsitzende Dr. Lehner stellt sich erwartungsvoll daneben und läutet eine kleine Glocke mit Holzgriff. Die Herren in Zylinder und Jagduniformen suchen unter Gemurmel ihre Plätze. Das Saallicht wechselt. Und in diesem unbeobachteten Übergang setzt Kern wieder seine Brille auf.

– Meine Herren, willkommen beim traditionellen Eintopfessen!,

beginnt der Vorsitzende und reibt sich die Hände.

– Unser Ehrenmitglied und Ortsgruppenvertreter Fischer hat uns für die traditionelle Spendensammlung eine freudige Überraschung mitgebracht, Heinz, darf ich bitten?

Beim Fenster steht ein Mitglied ruckartig auf. Der Mann trägt den Vereinszylinder, dazu aber ein gräuliches Hemd und darüber eine Art Waffenrock mit rautenförmigen Abzeichen der Bunkerfreunde und dem Ehrenverdienstorden eines anderen Vereins. Kommandant Fischer stellt sich neben das Gemälde und zieht, ohne ein Wort zu verlieren, am Leintuch.

Ein gerahmtes Stillleben erscheint:

Im Zentrum des Ölbilds hängt ein Hase kopfüber von einem Haken. Mit Messerschnitten wurde bereits ein Teil des Hasenfells abgezogen, Fleisch und Muskelfasern sind zu sehen, und ein Rinnsal Blut tropft bodenwärts. Am selben Metall sind zwei Rebhühner und eine Elster angebracht, die Flügel sind verdreht, die Vogelhälse kraftlos. Unterhalb der erlegten Beute liegt ein Jagdgewehr mit Holzgriff, an dem wiederum eine Ledertasche, ein Jagdhorn und eine Feldflasche hängen. Die Szene schimmert braun und grün, während von der gesamten Darstellung eine gewisse Unruhe ausgeht. In der unteren Ecke des Bildes, neben einem Weinfass, liegt in unangenehmer Verrenkung ein weiterer Vogel. Kern erkennt ihn nicht auf Anhieb. Das Gefieder ist dem Betrachter abgewendet, er sieht nur die hellbraune Brust der Beute, die weißen Greifkrallen und den schlaffen Kopf mit den toten Augen – ein Falke vielleicht, überlegt Kern, oder ein Kauz, aber weshalb denn, fragt er sich nun, Greifvögel sind doch die Freunde des Jägers, sind selbst Jäger, und die Mäuse haben keine Chance.

– Ein echter Jean Siméon Chardin,

fährt Dr. Lehner fort und übernimmt nun doch wieder das Wort:

– Das Ölgemälde stammt aus dem Nachlass von Kommandant Fischer, es ist von seinem Vater Heinz Albert selig, in unserem Bund auch als großzügiger Herzog Wilhelm der Zweite bekannt; die Familie Fischer möchte das Bild im Rahmen der Spendensammlung dem Verein vermachen, wir werden es vermutlich über ein Auktionshaus in Zürich, Wien oder London in einer Privatauktion versteigern lassen. Der Erlös geht vollumfänglich an den Verein – und weiterführend natürlich an diverse Gruppierungen, die unsere Anliegen national und international umsetzen.

Dr. Lehner holt kurz Luft:

– Hoch, hoch, dreifach hoch!,

ruft der Vorsitzende jetzt laut und der ganze Saal ruft mit. Harus, denkt Kern in einem Automatismus und sein Zustand lässt ihn das Gedachte nicht stimmlos denken. Die Anwesenden verstummen gemeinsam, wie eine Menschenmenge nach einem chorischen Ausruf eben verstummt, da ist noch ein nachhallendes Knistern und Räuspern, unterdessen stößt Elster Junior seinen Ellbogen in Kerns Seite:

– He, die Spendensammlung ist doch öffentlich,

flüstert der Junior und grinst wie ein Schulbub in der Kirche.

– Die Spendenblätter liegen hier zahlreich auf den Tischen verteilt. Schon letztes Jahr haben wir viele Spenden erhalten und seit der Bekanntgabe des Denkmals noch mehr. Wir sind überwältigt von der Sympathie, die uns entgegengebracht wird. In diesem Sinne, Prosit!

Ein Raunen füllt den Saal. Bewegung gerät in die Anwesenden, und Kern schaut zu, wie sich die Zylinder und die Zylinderfreunde ans Buffet mit den Eintöpfen und Weinflaschen drängen. Dutzende tragen sich auf der Spendenliste ein, eine Euphorie wächst heran, denkt Kern und merkt, wie er unter seiner Vereinsuniform zu schwitzen beginnt. Die Temperaturschwankungen im Frühling machen ihm zu schaffen. Mit dem Ringfinger reibt er sich eine verschwommene Müdigkeit aus dem Auge. Dabei stößt der Siegelring leicht ans Gestell. Die Brille schärft jede Einzelheit und macht auch die Kleinigkeiten hässlicher. Elster Junior steht beim Buffet und lacht laut. Der Vorsitzende Dr. Lehner schielt immer wieder zu Kern hinüber, Kommandant Fischer wiederum erhält mehrfach und von allen Seiten kameradschaftliche Klopfer auf die Schulter, worauf er sich mit gespielter Verlegenheit durch den Ziegenbart fährt. Das gegenseitige Abtasten ist ganz das Übliche. Da ist der Verwaltungsratspräsident eines Verlagshauses, der Verwaltungsrat eines Chemiekonzerns, ein milliardenschwerer Unternehmer, ein ehemaliger Bankpräsident, ein Großrat, Regierungsrat, Nationalrat und sogar ein ehemaliger Minister. Wenn sie sich nicht am Wochenende auf dem Jagdschlösslein eines Finanziers treffen, gehen die meisten immerhin einmal im Monat zusammen wandern oder Schneeschuh laufen, tauschen sich dabei über ihre Geschäfte aus und sprechen sich mit ihren Adelstiteln an – Graf von Tannern oder Heinrich Josef der Achte, Freiherr vom Rhein oder Prinz Frederik von Moosbach –, alles Ehrenauszeichnungen, die der Bund seinen treuen Mitgliedern nach vielen Aktivjahren und großzügigen Spenden zuspricht.

Nur diese Frau im Hosenanzug passt nicht ganz ins Bild. Kern kneift die Augen zusammen und die Unsicherheit breitet sich aus. Er glaubt, sie erst kürzlich gesehen zu haben oder sie von früher zu kennen oder in jung zu kennen oder von einem früheren Treffen, wobei sie sich hier so vertraut verhält, wie nur alte Bekannte es tun, und alle um sie herum verhalten sich ebenso vertraut, also muss er sie kennen, diese Wangen, die sanfte Stirn, das Haar – aber er kommt nicht drauf. Die Frau bleibt ein Fremdkörper. Ihr Hosenanzug ist Markenware oder Maßanfertigung. Entspannt geht sie zum Spendentisch, klickt mit dem Kopf eines Kugelschreibers, schreibt sich ein und tippt dann auf ihrem Telefon herum. Kern muss sie ununterbrochen ansehen. Ein seltsamer Schein umgibt die Frau, ein Flaum, der vom Visuellen ins Akustische kippt, ein elektrisches Knistern beinahe, das sich vom banalen Brummen der anderen Gestalten unterscheidet. Er wünscht, dass sie ihn sieht. Er steht schon auf und will in ihre Richtung gehen, doch wie aus dem Hinterhalt steht plötzlich Dr. Lehner vor ihm:

– Kern, du Held! Ich bin sprachlos!,

sagt der Doktor, und Kern weiß nicht, was er meint – also schweigt er.

Dr. Lehner nickt und greift nach Kerns Hand, um diese zu schütteln.

– Und unter uns,

ergänzt Dr. Lehner flüsternd.

– Mit dieser Wendung kriegst du den Vorsitz bestimmt, das war ja nie in Stein gemeißelt, und deine Frau Mutter hat ganz recht, du sollst ganz oben mitentscheiden, wo es in Zukunft hingeht.

Kern kann nicht reagieren. Die Frau bewegt sich vom Spendentisch weg. Derweil bemerkt auch der Doktor Kerns abgelenkten Blick und verstummt.

– Ah,

sagt er nur, nachdem er Kerns Blickrichtung erkannt hat, und weil er nicht vorhat, Kern gehen zu lassen, winkt er nun die Frau im Hosenanzug heran. Ohne Eile kommt sie ihnen entgegen. Ein Gang der Selbstsicherheit.

– Das ist Rosa – du erinnerst dich bestimmt?,

fragt der Doktor mit fast vorwurfsvoller Miene, dabei weiß er selbst kaum Bescheid über die Dame, aber vorher beim Empfang und ein zweites Mal am Eintopfbuffet erwähnte sie für jeden hörbar ein gemeinsames internationales Treffen, und alle ringsherum schienen sich mit Freude und Überzeugung daran zu erinnern, also kann es gar nicht anders sein: Er hat sein Gegenüber schon mal getroffen, irgendwann wird die Erinnerung eben durchlässig, und so gewinnt die erzwungene Logik am Ende, und das Gedächtnis glaubt die siegreiche Behauptung ebenfalls. Umso besser, denn die Dame scheint steinreich – doch:

– Nein,

antwortet Kern und sagt damit die Wahrheit, und weil seine Wahrheit im Gegensatz zu den Vortäuschungen der anderen steht, empfindet er sein ganzes Dasein in diesem Moment als das einer bloßen Randfigur, die allen Geschehnissen stets etwas hinterherhinkt. Aber in Wirklichkeit haben alle den Überblick längst verloren, über die Vergangenheit (da sie im Rücken liegt), über das Jetzt (da es auf der Nasenspitze sitzt) und über die Zukunft sowieso (da sie stets außer Sichtweite ist).

– Dr. Lehner, wie lange ist es her?,

lügt die zu lange, Angesprochene und:

– Lange, zu lange,

behauptet der Doktor zurück, worauf sie sich als Fortsetzung der Maskerade die Hand schütteln. Lehner grinst sein Höflichkeitsgrinsen und nickt anerkennend.

– Nicht schlecht, was du dir da im Ausland erwirtschaftet hast,

sagt er, doch die Frau winkt ab und die Sache nimmt ihren Lauf.

– Ich weiß nicht, woher du das alles weißt, die Bilanzen lügen,

sagt sie im Scherz und weiß sehr genau, dass ihr bereitwilliges Gespräch mit dem Kommandanten Fischer längst im Detail weitergetragen wurde, dass die scheinbar bescheidenen Anmerkungen zu ihren Investitionen und dem Verkauf ihrer Anteile zweier Tech-Firmen auf große Hellhörigkeit gestoßen waren und dass ihr angeblicher Reichtum in diesem Raum kein Geheimnis mehr ist.

– Wir haben unsere Quellen,

sagt Dr. Lehner lachend und tätschelt seine Brust zur Bestätigung.

– Sieht ganz so aus,

sagt die Frau und sucht Kerns Blick, diesmal hält sie ihn fest, die Magnete ihrer Pupillen ziehen an Kerns

Pupillen, Pol gegen Pol zerren sie mit ihrem Schauen aneinander, wanken in einem stillen Kräftemessen, das eine klare Siegerin kennt.

Sie sieht mich, denkt Kern und schafft es seinerseits nicht im Geringsten, in sein Gegenüber hineinzublicken, sondern prallt gegen zwei Spiegelmechanismen, die ihn in die verästelten Gänge seines eigenen Gehirns zurückwerfen, das gar nicht so verwinkelt ist, wie er erkennt, denn sehr schnell öffnet sich sein Innerstes zu einer Leerstelle – mehr noch, denkt er erschrocken, und steigert sich zusehends in die Sache hinein, ich bin nicht nur in die Leerstelle hineingeraten, ich bin selbst diese Leerstelle geworden –, ich bin ein unbenutzter Theatersaal, da sind weit und breit keine Zuschauer, keine Platzanweiser, keine Mitspieler, da ist keine Vorgeschichte, nein, noch schlimmer, da ist überhaupt keine Geschichte, kein Abenteuer oder Heldenepos – nur leere Stühle und die leere Bühne und mitten im Saal, so ungefähr in Reihe 9, Platz 132, da sitze ich, denkt Kern weiter, verloren im roten Polster und ohne Programm, und wenn ich mich räuspere oder seufze, so höre ich, wie mein Räuspern oder Seufzen tausendfach durch den Vorführungsraum hallt – so verhält es sich doch mit meiner Existenz, denkt er, dort mitten im Gehirn sitzt er brav und wartet, was passiert, was ihm in den nächsten Wochen und Jahren möglicherweise noch passieren könnte, und hofft dabei inständig, die Show möge ihm um Himmels willen nicht zu viel Unerwartetes bieten. Aber daran ändern könnte und würde er sowieso nichts, denn Zuschauen war nun mal seine einzige große Stärke.

Und als genügten seinem Gegenüber diese zusammenfassenden Gedanken, als reichte diese Grübelei völlig aus als stummes Zeugnis für seine Handlungsunfähigkeit, so lockert die Frau im Hosenanzug ihr Starren und beendet Kerns Warten.

Er senkt den Blick, seine Augen brennen, und er weiß nicht, was er von der ganzen Situation halten soll.

– Ich muss leider auch schon wieder los,

sagt die Frau jetzt freundlich, klopft den beiden Anzugträgern auf die Anzugsschultern und streckt Dr. Lehner ein schlichtes Visitenkärtchen hin.

– Ich melde mich noch wegen den Spenden, sobald ich weiß, wohin eure Zahlungen in nächster Zeit hauptsächlich gehen.

– Kriegst du noch heute,

sagt Dr. Lehner umgehend und hält zum Beweis die Karte hoch.

Dann geht alles sehr schnell. Oder Kern ist vergleichsweise langsam. Jemand jubelt vom Spendentisch. Gelächter folgt. Köpfe drehen sich. Eine Glocke wird geläutet. Jemand will ein Fenster öffnen, und jemand will das lieber nicht. Die Vereinsmitglieder suchen ihre Plätze. Jemand hustet – und die Frau im dunkelblauen Hosenanzug verschwindet zwischen den Menschen im Saal, und im nächsten Moment wird die hölzerne Flügeltür hinter ihr geschlossen.

Erst jetzt reagiert Kern. Mit ein paar Schritten eilt er zum Ausgang, und während Dr. Lehner der geschlossenen Gesellschaft bereits die Traktandenliste verteilt und via Leinwand die Sondersitzung zum Einsatz der Spendengelder und die Grußworte der großen Volkspartei angekündigt werden, rennt Kern die Treppe herunter, stolpert durch den Gang, stolpert an der Küche vorbei, die nach Frittieröl und Chlor riecht, und gelangt endlich zum Ausgang des *Adlers*.

– Kern, alles in Ordnung?,

fragt ein lachender Elster Junior, der gerade von der Toilette kommt. Doch Kern hat keine Zeit, Kern reißt die Tür auf. Die Kälte weht ihm entgegen. Die Dämmerung trägt ihren Teil zur Dramatik bei. Die Luft ist eisig. Aber keinen Schritt macht er hinaus. Sein Zögern im Türrahmen wird zu einem Beobachten, und von der Schwelle aus sieht er, wie die Alte über den Kiesparkplatz geht, wo ein Wagen auf sie wartet.

– Fuck, die weiß alles,

denkt Kern jetzt und hat keine Ahnung, wie recht er damit hat.

25

Boll lebt am Waldrand.

Als der alte VW Polo den Weg hochfährt, steht Boll vor dem Chalet und winkt wie ein zahmer Zirkusbär. So zumindest sieht er aus, denkt Schibig, und mag den Bärtigen, noch bevor er den Wagen überhaupt verlassen hat.

– Willkommen auf der Terrasse!,

brummt Boll und schließt beide nacheinander in seine kräftigen Arme, eilt darauf aber sofort wieder in die Küche, weil da so einiges am Kochen sei, wie er als Entschuldigung erklärt.

Das Holzhaus ist von Weinreben umrankt. Der Kletterstrauch schützt die Fassade und lässt die freien Fensteröffnungen wie eingesunkene Augen wirken. Es ist ein klarer Abend. Schibig atmet tief ein und blickt auf die Welt vor ihm. Von der Anhöhe sieht er bis zum Ödwilersee und dem dahinter liegenden Ödwilerfeld, sieht hinein bis in die Talmulden, erkennt die End- und Seitenmoränen von einstigen Gletschern, manchmal zeigen sich die geologischen Auffaltungen am offenen Gestein, und in der Ferne thronen die Alpen als schwarz gezackte Kulisse von Ost nach West.

Über den Bergspitzen glimmen die ersten Sterne. Schwach kämpfen sie gegen das geschäftige Glühen der Zivilisation, das in stummer Distanz vor sich hin wuchert. Die Aussicht ist beeindruckend.

– Wir sind nicht in einer Raumkapsel, aber hier gibt es immerhin einen Überblick,

sagt die Alte zu Schibig und wühlt summend in ihrer Tasche.

Sie hat recht, denkt Schibig, da ist die Welt, da sind die Gesellschaften, denkt er und erinnert sich an die Worte der Alten zurück, den Wald vor lauter Bäumen, die teuflischen Details lassen uns erblinden, aber von hier oben scheint plötzlich alles so simpel. Diese neue Perspektive versetzt ihn in eine Demut, und er setzt sich auf die Holzbank neben die Alte, die dort nun in Ruhe raucht und auf die nächtliche Natur schaut.

– Unser Leben ist kurz und zart,

sagt die Alte plötzlich.

– Schauen Sie es sich an, Schibig, diese Abermillionen an Jahren und all die Lebewesen, die diese Unendlichkeit nur kurz besuchen und sich dabei so wichtig nehmen; zu oft laufen sie den falschen Versprechungen hinterher, als könnten sie damit die Unendlichkeit besiegen.

Beide sitzen da und staunen über den Planeten. Im Moment schimmert die Welt in Harmlosigkeit. Die Schneegrenze hat sich bereits um etliche Höhenmeter zurückgezogen und gibt die Natur wieder frei. Der Erdschatten schmeichelt dem Hochgebirge, hellblau und weiß leuchtet es hinter dem Gebirgskamm. Die Sterne kümmert nichts. Sie strahlen. Die Alte legt den Kopf in den Nacken und schwimmt einen Augenblick im Orbit. Dann flüstert sie plötzlich:

– Wir dürfen das nie vergessen, dieser Zauber gehört auch uns, nicht nur denen, die ihn für ihre Brutalität und Arroganz und ihren Egoismus instrumentalisieren. Die Wälder, das Gestein, die Insekten, die wilden Flüsse, die Gletscher, die Gipfel und das dichte, dichte Grün unter dem endlosen Sternenhimmel. Das alles gehört allen!

Daraufhin schweigen beide. Und die Erde schweigt mit.

Nach einigen Minuten macht sich Boll hinter ihnen bemerkbar. Die Alte dreht den Kopf und flüstert Schibig einige Worte zu, die wie eine Warnung klingen:

– Unser Gastgeber Boll ist ein guter Kerl, ein Kopf-, Herz- und Magenmensch, ganz offensichtlich. Wir kennen uns schon eine Ewigkeit und helfen uns bei unseren Projekten immer gegenseitig. Zugegeben, er geht nicht viel unter Leute, aber wenn er es tut, kann er sich selten zurückhalten und verarscht aus lauter Langweile jeden, der ihm nicht in den Kram passt.

Schibig lächelt Boll entgegen. Doch dieser hebt abwehrend die Hand.

– Sie sollten ihr nicht alles glauben, was sie über mich sagt,

raunt er hinter ihnen und ergänzt:

– Es ist vielmehr unsere liebe Rosa, die nur selten die ist, die sie vorgibt. Sie hat ein Dutzend Namen, ein Dutzend Wohnorte und mindestens so viele Leben, New York, der Campingplatz am Ödwilersee, Buenos Aires, Bangkok, eine autonome Waldsiedlung am Frakmont, Rom, Casablanca, was weiß ich, sie ist ewig auf der Suche. Und diese Version hier ist nur eine von vielen, glauben Sie mir,

doziert Boll weiter und lässt die Alte nicht zu Wort kommen.

– Waren Sie mal in ihrem Wohnwagen und haben da ihren Whisky getrunken?

Schibig nickt, worauf Boll den Kopf schüttelt:

– Wissen Sie, wie viel der kostet? Sie ist verrückt!

Boll schreit nun beinahe, was die Alte zum Seufzen bringt.

– Das ist nichts Neues, lieber Boll,

sagt die Alte nun beruhigend, doch Boll setzt nach:

– Aber du musst doch zugeben, das ist Doppelmoral.

– Jetzt fangen wir nicht wieder mit dem Whisky an,

sagt die Alte, doch Boll wird zärtlicher:

– Sie ist intelligent, verrückt und besessen, sie scheint ewig jung, sie glaubt an eine holistische Gerechtigkeit, Karma – wenn Sie so wollen –, oh, und in der Mythologie hätte sie eine prima Furie abgegeben, sie ist eine Idealistin, eine Kämpferin und durchaus strategischer, als sie mit ihrem hippiehaften Auftreten wirkt, aber mein lieber Freund,

und hier klopft Boll Schibig verbrüdernd auf die Schulter:

– Sie trinkt teurer, als sie lebt!

– Es geht jetzt nicht um mich,

sagt die Alte und öffnet die Tür.

– Es geht nie um dich,

murrt Boll und folgt ihr ins Innere.

Als sie in die Wärme treten, wird Boll kurz stutzig und blickt Schibig von der Seite an:

– Er weiß fast gar nichts von dir, nicht wahr?

Die Alte schweigt und geht weiter ins geheizte Chalet. Nach dem Flur mit den Garderobenhaken und Hausschuhen folgt direkt das Wohnzimmer mit dem Kachelofen, wo, wie Boll mehrfach und mit Freude wiederholt, alles schon bereitsteht:

– Rosa weiß, was sie erwartet. Wissen Sie, ich kenne sie schon, seit sie ein Mädchen war. Sie kam damals regelmäßig bei uns im Laden vorbei. Wenn sie zu Hause Ärger hatte oder wenn ihr die Siedlung mal wieder zu eng geworden war. Aber viel geredet hat sie schon damals nicht.

Boll schließt die Tür hinter sich, während Rosa weitererzählt:

– Seine Eltern hatten vor Jahrzehnten einen kleinen Einkaufsladen, nichts Großes, mehr ein Shop für Wanderer und für uns Siedler oben am Berg; der Laden hatte einfach das Nötigste: Salz, Kaffee, Zucker, Mehl und leckere Kekse für die Kinder – und ein Radio, ergänzt Rosa mit einem summenden Ton.

– Und ein Radio,

wiederholt Boll und lächelt in sich hinein, woraufhin er direkt zum Plattenspieler geht, um ein bestimmtes Album zu suchen. Rosa folgt ihm mit den Augen und summt einmal mehr. Sie summt viel, seit wir hier sind, denkt Schibig und wundert sich, wie verjüngt die Alte wirkt, plötzlich scheint sie in Plauderlaune:

– Ich wollte eigentlich nie hierher zurückkommen, wie gesagt, ich wuchs in dieser kleinen autonomen Siedlung auf, dann ging ich ins Dorf, aber wie Sie schon wissen, musste ich einfach weg, ich hielt es nicht mehr aus.

Hier pausiert die Alte kurz und blickt dann Schibig direkt in die Augen:

– In den letzten Jahren lebte ich an unterschiedlichsten Orten, meistens Nord- und Südamerika, dann wieder in Berlin oder Asien, ich nutzte meine Kontakte, die ich über die Jahre geknüpft hatte, lebte zur Untermiete in Absteigen, in Baracken, aber auch in Villen am Meer, ich schlüpfte von Gesellschaft zu Gesellschaft, half beim Aufbau von jungen Firmen, beriet alte Firmen, lancierte Mikrokredite, kümmerte mich oft um Investitionen aller Art, spürte sinnvolle Wege auf, über die das Geld zu fließen hatte, damit es einer größeren Gemeinschaft und – so abstrakt das klingen mag – dem Frieden zugutekam, was wiederum den jeweiligen Firmen half und so weiter. Ich hatte ein untrügliches Gefühl für Win-win-Situationen, das alles ist etwas schwierig zu erklären, aber einigen wir uns darauf: Ich habe keinen Beruf, weil es meinen Beruf nicht gibt, ich wurde stets persönlich und nur mit meinem Einverständnis weiterempfohlen, mal war ich Beraterin, mal Mitstreiterin, mal Vermittlerin und ja, meistens tat ich das unter einem anderen Namen.

Die Alte zuckt mit den Schultern und merkt, wie skurril die Zusammenfassung eines Lebens wirken kann, als sähe sie ein ihr sehr nahes Konstrukt zum ersten Mal aus der Distanz. Sie redet schon weiter, als in ihrem Rücken etwas passiert. Der Tonarm klickt und die Nadel knistert auf dem Vinyl.

– Oft traf ich dabei natürlich auch auf Dreck, und mit Dreck meine ich meistens dreckiges Geld. Also begann ich mich irgendwann auf die Suche dieses Drecks zu konzentrieren – und in diesem Zusammenhang war es nur eine Frage der Zeit, dass ich zurückkommen musste.

Der Lautsprecher knackt. Ein Piano schlägt auf eine hohe Saite, eine, zwei, drei weitere folgen, und David Bowies Stimme setzt ein:

It's a god-awful small affair to the girl with the mousy hair ...

Die Alte lacht laut auf und geht mit leichten Füßen durchs Wohnzimmer, wo Boll bereits mit einladender Hand vor dem Plattenspieler steht.

– Du hast es nie vergessen, das Schönste!

– Schön, dass du wieder im Land bist,

sagt Boll und verneigt sich im Rhythmus.

– *She could spit in the eyes of fools, as they ask her to focus on sailors fighting in the dance hall …,*

singt die Alte mit und reicht Boll die Hand. Sie drehen sich einmal im Kreis, sie lachen, die Alte löst sich von Boll und streckt schließlich Schibig ihre Hand entgegen. Er zögert keine Sekunde, sondern geht über das orientalische Teppichmuster zu ihr hin, nimmt ihre schmale Hand, und sie tanzen. Schibig spürt ihre Wärme. Sie wiegen hin und her, die Schritte bleiben verhalten, sie drehen sich und Schibig schließt die Augen. Er riecht süßen Tabak und Seife, er fühlt Geborgenheit, ganz egal, was die Alte in Wirklichkeit ist oder sein mag, denkt er, ganz egal, ob sie eine Rückkehrerin ist, die auf Rache sinnt, denkt Schibig, er hat sie ins Herz geschlossen.

Die Takte vergehen, als Boll plötzlich mit seiner Pranke auf ihn zeigt.

– Und ein Archivar ist jetzt dein Komplize?,

fragt Boll, worauf die Alte ihren Tanz unterbricht, die Musik leiser dreht und langsam zum Esstisch geht.

– Ja, wieso nicht?,

sagt sie mit einem Augenzwinkern.

– Er ist momentan meine Hauptfigur,

erklärt sie, und auf ihrem Gesicht erscheint wieder dieses schelmisches Schmunzeln, das die Zahnlücke freigibt.

– Anfangs war es vielleicht meine Langeweile, die einen Kameraden gesucht hat, du kennst ja meine Ungeduld, aber ich habe ein gutes Gefühl für Menschen, wie du weißt, und jetzt sind wir Freunde geworden, nicht wahr, Schibig? Was meinst du?,

fragt die Alte, doch Schibig ist abgelenkt, nicht wegen dem plötzlichen Du der Alten und auch nicht, weil sie ihn Freund genannt hat, obwohl er beim Wort *Freunde* in Gedanken noch spontan das Wort *Drachenfreunde* angehängt hat, vielmehr findet Schibig nicht aus seinem Staunen heraus, da er schlicht nicht glauben kann, wie viel da auf dem Esstisch steht: Die gedeckte Tafel ist vollgestellt mit Töpfen und Schüsseln, darin Sauerkraut, Rotkraut, Wildschweinwürste, geschnittener, glänzender Speck, grüne Bohnen, Kartoffeln in Butter geschwenkt mit Rosmarin, Wintersalate mit geschnittenen Rüben, Orangenstücken, Ziegenkäse und Walnüssen, ein Rote-Bete-Carpaccio mit Balsamico und Petersilie, eine gedeckte Kasserolle, aus der es geheimnisvoll dampft, Apfelmus, ein gemischter Käseteller, zwei Saucieren, eine mit Champagner-Bratensauce, eine mit Sauce hollandaise und irgendwo liegt eine Tube Honigsenf und am Kopf des Tisches steht königlich eine Dekantierkaraffe, darin glänzt ein dunkler Rotwein, und auf dem Beistelltisch an der Wand stehen weitere Rotweinflaschen bereit, daneben wartet ein Barwagen mit Marillenschnaps, Zwetschgenschnaps, Birnenschnaps und Grappa, und als wäre das nicht genug, steht am Boden eine Zwölferkiste mit Bügelflaschen-Bier.

Boll steht da und streckt demonstrativ seinen Bauch heraus.

– Oh, richtig, es wird eine kulinarische Orgie,

sagt er wie ein Kind und fährt mit der Handfläche durch den Bart. Die Alte zieht an einer Stuhllehne und bittet Schibig auf seinen Platz.

– Wir haben die ganze Nacht Zeit,

sagt sie und geht um den Tisch herum.

– Außerdem bin ich dir ein paar Geschichten schuldig,

sagt die Alte nun pflichtbewusst, weil sie weiß, dass es höchste Zeit ist, ihn einzuweihen.

Unterdessen blickt Schibig auf die gedeckten Plätze: eins, zwei, drei, vier, die Alte sieht seinen Blick und erklärt:

– Der vierte Gast kommt später.

Worauf Boll seine dicke Hornbrille zurechtrückt und verkündet:

– Das Rinderfilet ist sowieso noch im Ofen. Lass uns beginnen.

Boll schenkt Wein ein, während die Alte nach dem Schöpflöffel greift.

– Es ist also an der Zeit, dass wir deinem Komplizen das Fundament unserer Nachforschungen näherbringen, sehe ich das richtig?,

fragt Boll.

– Ich bitte darum,

sagt Schibig schnell und nimmt vom Salat und ergänzt:

– Ich nehme an, der Tote im Eis hat wenig damit zu tun?

Worauf ein Zögern folgt.

– Das ist kein Krimi,

sagt Boll, und die Alte doppelt nach:

– Das habe ich ihm auch schon gesagt, aber mittlerweile bin ich mir da selbst nicht mehr sicher, schließlich ist alles miteinander verbunden.

Boll setzt sich, nachdem er die Weinkaraffe an ihren Platz gestellt hat. Den Zipfel der Stoffserviette stopft er sich zwischen zwei Hemdknöpfe und macht das Ganze zum Latz.

– Es war einmal in einem zwergenhaften Land,

beginnt Boll und wird sofort unterbrochen:

– Nein, keine Märchen bitte,

sagt die Alte streng und schwenkt um:

– Lassen wir die formalen Tricks, Hauptsache, du hörst zu, auch wenn das, was wir jetzt erzählen, für dich bestimmt nicht neu ist, weil es in Büchern und Archiven nachlesbar ist – aber diese verstreuten Episoden lassen sich eben zu einem narrativen Netz verbinden. Wenn man sie verbindet.

Boll nickt und wird sachlich:

– Also gut, nennen wir sie *Geschichten aus der Geschichte,* die ich hier gerne nochmals erzähle, weil sie offenbar noch nicht deutlich genug erzählt wurden:

Geschichte aus der Geschichte – Nummer eins:

Ein gewisser Karl Höbenstreit, Hausmeister der Deutschen Gesandtschaft in der Hauptstadt, hatte im Frühling 1945 viel zu tun. Es war hektisch in der schmucken Villa am Willadingweg 83, über deren Frontportal damals zentriert ein Hakenkreuz und der Reichsadler thronten. Diplomaten, Gesandte, Minister und Mitarbeiter gingen ein und aus, aber vielmehr war es ein Hin und Her von Lieferungen. Denn wie der Hausmeister Hobenstreit nachträglich zu Protokoll gab, kamen ab April 1945 von Konstanz her wöchentlich mindestens zwei Automobile an, mit denen Kisten transportiert wurden. Die teuren Dienstwagen brachten insgesamt 15 Kisten in die Hauptstadt, auf denen der Absender *Auswärtiges Amt Berlin* angebracht war. Am 19. April 1945 schließlich erreichte eine beträchtliche Masse an Kuriergepäck den Bahnhof der Hauptstadt, was umgehend in den Tresorraum am benachbarten Willadingweg 78 geschafft wurde. Bei der Fracht handelte es sich um zahlreiche Säcke. Diese waren angeblich plombiert und enthielten Stroh, aber inmitten des Strohs wiederum lagen Holzkisten. Holzkisten voller Goldbarren. Nicht nur die Nationalbank wurde damals mit Gold beliefert, sondern auch der Tresor der Gesandtschaft. Zusammen mit den bereits gelieferten Kisten handelte es sich angeblich um rund 10, aber vermutlich weit über 50 Millionen Schweizer Franken.

In den ersten Nächten im Mai registrierte die Bundesanwaltschaft schließlich erneut eine auffallende Betriebsamkeit im Botschaftsviertel. Sie unterwies die Polizei jedoch, dass bei einem Wegtransport des Goldes durch den deutschen Minister nicht eingegriffen werden dürfe, stattdessen solle dem Auto nachgefahren und festgestellt werden, wo das Gold hingeschafft werde. Als das Politische Departement am 8. Mai nach der Kapitulation Deutschlands den Auftrag erteilte, die deutschen Vertretungen in der Schweiz zu schließen und die amtlichen Räume und Archive zu verwahren, war es längst zu spät. Im Heizungskeller der Gesandtschaft herrschte ein Bild der systematischen Zerstörung. Zahllose Akten wurden dort vom Hausmeister verbrannt. Im Tresorraum treffen die Polizeibeamten auf eine ernüchternde Leere, das Einzige, was sie finden, sind eine Blechbüchse Öl, eine Kiste mit Lebensmitteln und Konserven, Umzugsgut, Erbsen.

Das erwartete Bargeld, die Dechiffriergeräte, Schmuck und das ganze Gold wurden weggebracht. Und bis heute fehlt davon jede Spur.

Boll schweigt kurz, schenkt Wein nach und steht dann auf, um das Rindsfilet aus dem Ofen zu holen, wie er murmelnd ergänzt. Während er den Raum verlässt, ermutigt er seine Gäste mit einem Handzeichen, sich endlich zu bedienen.

– Aber darum geht es nicht im Konkreten,

sagt die Alte etwas später, als Boll wieder an seinem Platz sitzt.

– Nein, darum geht es nicht,

wiederholt Boll:

– Aber es ist eine wichtige Ergänzung zum Gesamtbild,

das zentrale Puzzleteil braucht einen Anfang, ein paar Nachbarsteilchen, an denen es sich festmachen kann,

erklärt Boll und ergänzt:

– Aber ich bin ja auch noch nicht fertig:

Geschichte aus der Geschichte – Nummer zwei:

Zu Kriegszeiten lebten etliche Deutsche oder ehemalige deutsche Staatsbürger in der Region. Manche waren geflohene deutsche Juden und Kriegsflüchtlinge, die bei den Behörden um vorübergehendes Aufenthaltsrecht baten, was ihnen nur gegen sehr hohe Geldbeträge erlassen wurde – diese sogenannte Toleranzkaution kostete damals umgerechnet mehrere Tausend Schweizer Franken pro Person, bei einer vierköpfigen Familie konnte so eine Niederlassungsbewilligung den finanziellen Ruin bedeuten.

Andere hatten mehr Glück und lebten schon länger hier, wie beispielsweise ein deutscher Fischzüchter namens Heuser, der seit 1939 auch Mitglied der NSDAP war und über die ganze Kriegsdauer enge Kontakte mit administrativen Stellen in Deutschland pflegte. Dieser Karl Heuser wiederum lernte bei den Nationalen Musikfestwochen den ansässigen Viehbauern Robert Kübler kennen. Die beiden freundeten sich an, gingen des Öfteren zusammen in die Kneipe, verstanden sich außerordentlich gut, da beide gemäß Umfeld ausgesprochene Geldmenschen waren.

Eines Abends bietet der Fischzüchter Heuser dem

Bauern Kübler einen Zusatzverdienst an, es handle sich bloß um ein paar Kleinigkeiten, die er selbst nicht erledigen könne, da der Nachrichtendienst ihn seit geraumer Zeit abhöre, wie er zu Recht vermutete. Die Sache sei einfach, ein kleiner Ausflug in die nahe gelegenen Berge, er solle während seiner Ferienreise einfach ein paar Lichtbilder der Kraftwerke auf dem Grimsel und im Klöntal machen und ihm die Abzüge zukommen lassen.

Der Bauer Kübler willigte ein, blieb aber vorsichtig. In Gesellschaft ergriff er nie Partei, bei Telefonaten gab er sich wortkarg, und keine Abhörprotokolle konnten ihm je etwas nachweisen. Aber Jahr um Jahr wurde der Viehbauer wohlhabender, reicher, steinreich, und er hielt seine Kontakte aufrecht. Immer wieder erledigte er diverse Gefallen für Reichsdeutschland, tätigte Transaktionen, beschaffte Dokumente und Nachrichten – hauptsächlich Papierkram, der unauffällig blieb. Der Bauer Kübler wurde ein geachtetes Mitglied der Nationalen Front und war zudem mit seiner gesamten Familie oft gesehener Gast in der Ortsgruppe der Deutschen Kolonie Schweiz. Nachdem er zu Geld gekommen war, unterstützte er finanziell auf Umwegen die Reichsdeutsche Jugend in der Schweiz, die Jungmädel Schweiz, besuchte eine große Auktion für entartete Kunst im Sommer 1939, besuchte im Oktober 1942 das Reichserntedankfest im Hallenstadion, die Sportspiele im Stadion Letzigrund, Führers Geburtstag im Restaurant *Gotthard*, Führers Geburtstag im Kurhotel auf dem Sonnenberg, Führers Geburtstag im

Kunstmuseum und so weiter. Die *Harus! Harus!*-Rufe der Frontisten waren in der Bevölkerung nicht gerne gehört, viele boykottierten die Anlässe, reichten sogar Beschwerden ein und wehrten sich, als ein Hakenkreuz auf dem Dorffriedhof erschien oder als irgendwo die Hakenkreuzflagge gehisst wurde.

Der Nachrichtendienst hatte sein beobachtendes Auge auf diese Bewegungen geworfen, aber es gab zu dieser Zeit schlicht zu viele Splittergruppen, kleine Nester, die ab 1933 im Versteckten oder Halbversteckten agierten, kurz: Sie waren bereit. Sie warteten, weil sie daran glaubten, dass *Operation Tannenbaum*, dass der Einmarsch und die Eroberung irgendwann doch noch stattfinden würden – eine Kleinigkeit, denn das Stachelschwein, dieser missratene Zweig des Deutschen Volkes, war schließlich bloß der Pickel auf dem Antlitz Europas, wie der Führer einmal sagte – aber ihr Warten blieb ein Warten. Und nach dem Krieg wurde aus dem Warten ein Stillhalten, ein Mundhalten, ein Aushalten. Die Spuren des braunen Morasts verblassten, während das erwirtschaftete und erbeutete Geld hier liegen blieb.

Boll endet und nimmt endlich eine Gabel.

– Aber darum geht es immer noch nicht,

sagt die Alte mit wachsender Ungeduld.

– Komm bitte zum Punkt.

Und Boll sieht sich zu einer Entschuldigung verpflichtet.

– Sie sehen, Schibig, wir befinden uns – seit jeher vermutlich – in einem historischen Labyrinth, aus dem wir keinen Ausweg finden, vielleicht nie finden werden, wie das arme Mischwesen Minotaurus. Opfergabe um Opfergabe wird ihm in sein labyrinthisches Gefängnis gebracht, er wird bekämpft mit Pillen aus Pech und Haaren, während von außen alle entnervt schreien, dass sie das nicht mehr hören und sehen wollen, dass wir das verfluchte Labyrinth doch endlich ruhen lassen sollen, aber ein roter Faden wird uns irgendwann hinausführen – und direkt hinein ins nächste Labyrinth, dem vorherigen nicht unähnlich, denn schon haben alle die Auswege längst wieder vergessen.

Die Alte lacht ihr ehrlichstes Lachen. Genüsslich lehnt sie zurück und schaut Boll mit einem Blick an, der nah an Verliebtheit grenzt.

– Du und deine Mythologie, jeder Dichter hätte seine Freude daran.

Jetzt lacht auch Boll und auch Schibig kann sich dem Gelächter nicht entziehen. So sitzen sie da, essen, trinken, lachen und bleiben trotz des Gewichts der Geschichten überraschend leichter Dinge. Weil den Aufrichtigen in der Regel nichts anderes übrig bleibt – bereits erschlagen geht keiner in den Kampf.

– Was ich sagen will,

meint nun Boll und kaut auf einem Bissen Speck und Sauerkraut herum:

– Wir sind nah dran. Eine Geschichte habe ich noch.

26

Die Luft über den Zylindern ist unerträglich dick geworden. Mit Magenschmerzen sitzt Kern im Versammlungssaal des *Adlers*. Er will an die frische Luft, er will raus und hoch in den Weltraum.

Außerdem redet Dr. Lehner endlos. Die Sache gleicht vielmehr einem selbstbewussten Lallen. Die Zunge ist bläulich vom Wein. Kern kann von seinem Platz aus sehen, wie der Muskel schwer unter Lehners Gaumen liegt. Aber die meiste Zeit versucht Kern gar nicht hinzuschauen, versucht abzuschweifen, weil sein Unterleib krampft. Diese Vereinsanlässe machen ihn nervös. Der Hemdstoff unter seinen Achseln ist nass. Alles klebt. Der Rotwein hilft gar nicht, denkt Kern und sucht nach einer Wasserflasche auf dem Tisch, er kann ja schlecht vor den anderen einen Fencheltee bestellen. Der Eintopf war ein salziges Gemisch aus Schaffleisch, Kartoffeln und Kohl gewesen, das stunden-, sogar tagelang auf niedriger Flamme eingekocht wurde. Eigentlich ein Gericht, das erst im Herbst zubereitet wird, vor der Jagdsaison und zu den Jahrmärkten, aber irgendwie scheint der Verein heute sowieso aus der Zeit gefallen.

Lehner spricht von der neuen Privatschule, die ab dem nächsten Jahr mit dem Unterricht beginnen soll.

– Wir subventionieren die Räumlichkeiten, das Mobiliar für die Klassenräume, Schulmaterial,

liest er von einem Zettel ab. Der Vorstand begrüße diese Alternative zu den staatlichen Schulen. Es sei sowieso nur noch eine Frage der Zeit, bis das Vorbild der Privatschule auch in öffentlichen Kreisen Anklang fände. Hier macht Lehner eine Pause und jemand hustet im Saal.

Neben Kern rutscht Elster Junior auf seinem Stuhl herum. Kern starrt auf die Gabel vor ihm, er sieht die vier glänzenden Zinken aus Silber, gewölbt, als suchten sie den Weg nach oben, als richteten sie sich auf, stichbereit – in Handrücken, in Augäpfel, wie die metallenen Krallen eines Greifvogels, denkt Kern, schieß hoch, kleiner Kauz, und pack deine Mäusebeute, du Mäusefresser, darum geht es doch, pack sie am Nacken und pack sie von hinten, stoß zu, stoß zu, fester, härter, Kern greift zur Gabel – der Saal applaudiert.

Kern hat verpasst, wie Elster Junior angekündigt wurde, um eine Gruppierung zu präsentieren, denen sie eine umfassende finanzielle Unterstützung zusagen wollen. Elster Junior steht auf, zieht die ausgebeulte Hose hoch, die sofort wieder in die alte Position rutscht, und beginnt die jungen Männer zu rühmen.

– Wir sagen ja oft, die sitzen nur noch am Computer und am Telefon und spielen diese Schießspiele, beginnt Elster Junior und bewegt die Arme, als würde er dirigieren.

– Aber die Junge Aktion ist da ganz anders, wirklich, die gehen raus in die Natur, die bewegen sich, machen Sport, wandern. Letzten Sommer war ich mit denen auf drei Gipfeltouren und danach im Wellness, im Spa, das sind alles tatkräftige junge Männer, die sogar im Dampfbad noch über mögliche Aktionen reden, Aufmärsche vor dem Stadttheater, Kundgebungen mit Transparenten, die getrauen sich, aktiv zu werden, wirklich, die getrauen sich noch, ihre Meinung zu sagen. Und ihre Begeisterung ist richtig ansteckend, abends waren wir dann in der Sauna, finnische Sauna, Biosauna, Erdsauna und all das Zeug, dazwischen Kneippen mit Eiswasser, ein paar regelmäßige Hiebe mit frischen Tannzweigen auf den Rücken.

Kern merkt, wie er die Gabel fester in seine Faust schließt. Die Knöchel werden schon weiß.

– Die rohe Natur stählt den Körper, zäh wie Leder, hart wie Stahl,

schwärmt Elster und tätschelt mit eingespielter Selbstironie seinen runden Bauch. Der Saal lacht.

– Nein, im Ernst, das sind Naturburschen, und sie erreichen mittlerweile viele junge Menschen über ihre Kanäle, die Gruppe hat wirklich Power und –

dabei legt er die Hand aufs Herz.

– Für die Jungs würde ich meine Hand ins Feuer legen,

endet Elster und seine Äuglein glänzen. Jemand beginnt zu klatschen und alle klatschen mit. Elster setzt sich wieder und flüstert in Kerns Richtung:

– Musst auch mal mitkommen, Kern, die Jungs sind wirklich super.

Kern nickt so gleichgültig wie möglich und lässt die Gabel los, worauf Elster Junior ihn sorgenvoll anblickt. Ohne zu fragen, schenkt er Kern ein Glas Wasser ein und schiebt es vor ihn hin.

Darauf folgt unter dem Traktandum *Sonstiges* eine Reihe an Beschwerden über aktuelle Geschehnisse, gegen die etwas unternommen werden soll. An oberster Stelle steht die ganze, wie Dr. Lehner atemlos verkündet, sehr teure Idee des Mahnmals zum Zweiten Weltkrieg – ausgerechnet hier auf dem historischen Schlachtplatz, wo anno 1386 die Habsburger in einen Hinterhalt gelockt wurden, sogleich steht Kommandant Fischer auf und zitiert die blumige Interpretation einer Chronik, die jene Heldentat schildert. Er benutzt Wendungen wie *Ein mutiger Mann vom Lande* und *Ich will euch eine Gasse machen* und *Sorget für mein Weib und meine Kinder.* Der Saal knistert, Kern blickt zu seinem Tischnachbarn, der auf seinem Stuhl unruhig umherrutscht, und sieht, wie dieser seine Serviette in den Schoß legt, als versuche er, eine unerwartete Regung zu verbergen.

Als der Kommandant unter Applaus endet, fährt Dr. Lehner fort, dass das eine historisch doch gar nichts mit dem anderen zu tun habe, aber darum gehe es den Zuständigen anscheinend nicht, es gehe eher darum, von diesem Scherz mit den Kapuzen am Karneval abzulenken, auf den das Ausland mit Empörung reagiert habe.

Elster Junior schüttelt jetzt den Kopf, und Kommandant Fischer verschränkt bloß die Arme, als gebe es dazu längst nichts mehr zu sagen. Er lehnt sich zurück und saugt sich hörbar die Essensreste zwischen den Zähnen heraus, saugt durch die Zahnzwischenräume und klingt dabei wie das feuchte Quietschen einer Maus.

– Man könnte meinen, Auschwitz liegt hier bei uns am Frakmont,

sagt jemand im Saal und sagt diesen Satz geradeheraus, balancierend auf einer Gratwanderung zwischen Witz und Ernsthaftigkeit, die am Ende immer ernst gemeint ist. Trockenes Gelächter schwebt durch die Luft, Kern blinzelt zur Decke und sieht dort Spinnweben in den Rauchschwaden hängen, da sind sie wieder, denkt Kern, glitzernd saugen sie sich voll und nähren sich von den Ausdünstungen der Anwesenden.

Von Minute zu Minute, von Schluck zu Schluck wird jeder lauter, jeder hat eine Meinung und entlädt diese in Geschwafel und Gepolter, was nur wenig mit Handlung zu tun hat. Alles missachtete Helden, denkt Kern mit einer Traurigkeit und steht auf, um ohne großes Aufsehen nach Hause zu schleichen. Doch Dr. Lehner versperrt ihm kurz vor der Saaltür den Weg.

27

Draußen ist Nacht.

Die Welt am Hang liegt im Dunkeln.

Die Kälte lässt die Sternbilder klarer erscheinen, der Blick ins Weltall wirkt geschärft, da ist eine kristallene Deutlichkeit, als sei in der Luft ein Knacken zu hören.

Im Innern des Chalets hingegen ist Wärme. Schibig kann nicht aufhören, sich von den Tellern und Schüsseln zu bedienen. Boll isst nur wenig, weil er viel redet. Nach einer kurzen Atempause sticht er mit der Gabel in eine Kartoffel und hält mit der anderen Hand drei Finger hoch:

Geschichte aus der Geschichte – Nummer drei:

Im Frühling 1945 flohen etliche Kommandanten und Offiziere, Gruppenführer, Scharführer – all diese hohen Parteimitglieder und Nazisympathisanten flohen aus Europa. Für diese Fluchthilfe existierten geheime Dispositionsfonds, die auch hierzulande gehortet und ausgezahlt wurden und dank denen beispielsweise auch der Fischzüchter und Spion Heuser im Unbekannten verschwinden konnte – ohne jedoch den Kontakt zum Viehbauern Kübler hier abzubrechen. Nun, die katholische Kirche und der Vatikan halfen tatkräftig dabei mit, die Kriegsverbrecher außer Land und aus dem Kontinent zu bringen. Sie besorgten ihnen Visa und gefälschte Papiere, tarnten die fliehenden Nazis in Mönchskutten, versteckten und verpflegten sie – überhaupt herrschten ab 1945 sehr viele unübersichtliche Bewegungen. Das Zentrum der Macht war zerschlagen, also wuselten sie davon wie panische Insekten aus ihrem zerstörten Nest, na ja, eigentlich eher wie Ratten, die das sinkende Schiff verließen, die Kriegsverbrecher flohen in alle Richtungen über die sogenannten Rattenlinien, wie die Amerikaner die Fluchtwege später nannten – via Südtirol, Italien, Genua und mit dem Schiff nach Südamerika, Chile, Brasilien, aber hauptsächlich nach Buenos Aires, Argentinien. Sie suchten Unterschlupf, manchmal in der Ferne und im Geheimen, aber manchmal tauchten sie auch von Unschuld getarnt in neuen öffentlichen Ämtern wieder auf – mit anderen Namen, in anderen Staaten und mit sanfteren Gesichtern. Und viele blieben einfach hier, erkannt und unerkannt zugleich. Aber das Böse wächst zuverlässig wieder an die Oberfläche. Die erbeuteten Gelder versickerten scheinbar im Erdboden, aber die Wurzeln des Gewächses werden damit getränkt und am Leben erhalten.

Boll greift nach dem Weinglas.

– Sehr bildhaft, mein Lieber,

sagt die Alte, was Boll nicht davon abhält, sich genüsslich über den Bart zu streichen. Schibig spürt, dass die

Geschichte ihrem Erzählziel näher kommt, und rückt mit dem Stuhl dichter an die Tischkante.

– Aber es stimmt,

sagt die Alte und:

– Mach bitte weiter.

Boll holt Luft:

– Im Jahr 1984 arbeitet ein argentinischer Forscher in den Archiven einer Bank in Buenos Aires, der *Banco Alemán Transatlántico*. In einem alten Lagerraum kommt ihm dabei ein seltsames Papier in die Finger, eine Liste mit den Namen einer nationalsozialistischen Tarnorganisation in Argentinien während der 1930er und 1940er Jahre, es sind Tausende von Namen, alles Nazis und Nazisympathisanten, oft mit neuer Identität, dahinter aufgelistet ihre Geburtsdaten, der Eintritt in die Organisation und eine fünfstellige Nummer. Fast zwanzig Jahre lang geht der Forscher diesen Hinweisen allein nach.

Vor rund einem Jahr aber kommt schließlich Rosa in den Besitz der besagten Liste und ein hartnäckiges Gefühl hakt sich an ihr fest, da ist eine tiefe Ahnung und sie beginnt in diese Richtung zu graben und findet schließlich über ihre Quellen heraus, dass viele der Mitglieder auf dieser Liste regelmäßige Zahlungen nach Europa tätigten, Kriegsbeute, geraubte Vermögen von Holocaust-Opfern, und diese Transaktionen gingen stets auf ein oder mehrere Konten der Schweizerischen Kreditanstalt. Das Simon-Wiesenthal-Center ist ebenfalls im Besitz dieser Liste und hat bei der Kreditanstalt mehrfach um

Zugang zum Archiv gebeten – was ihnen nur beschränkt gestattet wurde. Wir vermuten, dass jemand diese Gelder noch verwaltet, jemand hat noch Zugang. Also hakte Rosa nach, doch die Bank ließ verlauten, sie hätten bereits in den Neunzigerjahren nach Konten in Verbindung mit dem Nationalsozialismus gesucht, und alle damaligen Konten seien schon vor 1945 wieder aufgelöst worden, und nur eines sei bis in die Siebzigerjahre offen gewesen, aber jetzt ebenfalls geschlossen. Das entspricht möglicherweise der Wahrheit, wir glauben aber, alles wurde zuvor transferiert, und nur deshalb haben sie im Zusammenhang mit der argentinischen Namenliste bis jetzt kein Konto gefunden, das ein entsprechendes Codewort aufweist.

– Codewort?,

fragt Schibig nach.

– Ja, ein Codewort, alle Überweisungen hatten damals einen bestimmten Vermerk,

sagt Boll langsam und ergänzt:

– Codewort: *Deutsche Winterhilfe*. Vermutetes Vermögen: 33 Milliarden Euro.

28

Mit roten Wangen steht Dr. Lehner vor ihm. Er strahlt, schnappt sich einmal mehr Kerns Hand und will sie gar nicht mehr loslassen. Kern spürt die Feuchtigkeit auf seiner Handfläche und will sich befreien.

– Du willst doch nicht schon gehen, Kern, auch wenn die anderen noch nicht Bescheid wissen, aber das muss gefeiert werden.

Kern will seufzen. Er versteht die Begeisterung immer noch nicht ganz.

– Mit dir als Vorsitzendem werden wir die internationale Bewegung anführen und koordinieren,

ergänzt Dr. Lehner und schaut ihn mit Eindringlichkeit an. Der Abstand zwischen ihnen wird kürzer und kürzer, fast wie bei einem Filmkuss, denkt Kern und weiß, dass er diese Dummheit nicht denken darf, weil er sonst zu schwitzen beginnt, also steht er einfach reaktionslos da und denkt an Mutter und ihre trostlosen Gebirgszüge auf dem Krankenbett, während Dr. Lehner einen euphorischen Wortschwall entlässt und ihm versichert, dass durch diese finanzielle Heldentat die Gemeinschaft endlich visionär werden könne und über sich hinauswachse, mit diesem Geld würden sie endlich jene Zukunft erschaffen, die benötigt werde und zu ihrer Berufung passe, die höchste Anbindung zum Schöpfer, zuerst gelte es, ein paralleles System zu errichten, eigene Banken, eigene Krankenkassen, eigene Schulen, eine eigene Währung, ein eigenes Königreich, das Unpassende werde entfernt, am Anfang beginne man stets mit einer Region, darauf folge aber bald die Nation und schließlich ganz Europa bis hinaus zu seinen scharf geschliffenen Rändern, die ebenfalls genug hätten vom ganzen Affentheater. Kern hört nur Affentheater und nickt.

– Jetzt sag doch auch mal was, Kern,

sagt Dr. Lehner und lässt Kerns Hand endlich los.

– Sag schon, wie wollen wir das abwickeln? Sicher, heute ist nicht der richtige Zeitpunkt, aber lass uns am Montag oder sehr bald zusammensitzen, dann regeln wir das mit dem Fonds, deine liebe Frau Mutter meinte am Telefon, du müsstest die Transaktionen mit deiner Vollmacht nur noch bestätigen, dann sei die Überweisung reine Formsache.

Mutters Zahlen, denkt Kern und etwas dreht sich. Sein Blick schlittert die Saalwand entlang, als suche er dort nach Halt, den er nie mehr finden würde, stattdessen sind da ein Hirschgeweih, die Jagdszene in Öl, Pokale und Wimpel in einer Vitrine, der Tisch des Vorstandes, der Kommandant neben seinem Gemälde, er lacht, daneben lacht der Junior, der ihm auf dem Bildschirm irgendwelche Bilder zeigt.

Bis zu seinem Lebensende, denkt Kern, ist er ein Behälter von Wissen, und im Stillen murmelt er die Zahlenreihe wieder und wieder, flügge flügge, kleiner Kauz, denkt er zu den Zahlen hinzu, und so flattern die Ziffern in seinem Gehirn unsicher umher, hast du sie noch alle, Kern, bist du dir ganz sicher?

Dr. Lehners Gesicht glüht jetzt nur Zentimeter vor ihm, der Mann ist voll Blut, denkt Kern, so viel Blut und Wörter und Wunden, sein Kinn reckt sich siegesgewiss, und er kann keinen klaren Gedanken mehr fassen, weil sich der Raum zusehends dreht. So hat der Planet noch nie geschwankt, denkt Kern und will hier nicht mehr sein, er will schlafen, Jahrzehnte schlafen, er schlafwandelt sowieso seit Tagen, seit es den Toten im Ödwilersee an die Oberfläche gedrängt hat oder seit er weiß, was er weiß, möglicherweise schon weiß, seit er der Mutter aus dem Schoß gepresst wurde, seit er diesen Namen hat und dieses Geschlecht und diese verfluchten Ziffern. Die Zahlenreihe macht ihn zum letzten Verwalter, er hat eine Macht, die er gar nicht haben und doch unbedingt haben will. So sieht er also aus, der Mut der kleinen Männer, denkt Kern und sieht die Zylinderherren, wie sie mit ihren heiseren Stimmen die Krähen aus den Bäumen schreien. Es ist doch zum Kopfschütteln, was sie hier auf diesem läppischen Flecken Erde so treiben oder eben nicht treiben, sondern sich bloß treiben lassen, bis ihnen die faule Seekrankheit im Gesicht anzusehen ist, längst wagen sie hier keine Manöver mehr, sondern lagern ihren

Tatendrang aus, oder sie flüstern ihn aus Feigheit der Jugend ein, machen ihnen weis, sie müssten besser und schneller und schöner und reicher und und und und und und – Kern verliert den Faden zwischen einem halben Dutzend Unds, gleichzeitig steht er wie ein Somnambuler im Saal, weiß nicht weiter und tut, was jeder tun würde, der dem Wahnsinn nahe ist – er lacht.

Und zwar laut.

Dr. Lehner scheint es einerlei. Und lacht mit.

– Ja, nicht wahr?,

fragt Dr. Lehner, als hätte er sich mit Kerns Irrsinn angesteckt.

– Richtig gigantisch, und auch der Titel des Fonds stimmt ja irgendwie, also was die Visionen betrifft, leben wir hier ja wirklich gerade in einem Winter.

Und Dr. Lehner relativiert mit plötzlich hoher Stimme:

– Noch, noch!

Kern wird schlecht. Er nickt. Und die Nummern in seinem Kopf nicken mit. Geraten in Unordnung, falls sie nicht schon in ein Durcheinander geraten sind. Nein, sie sind unumstößlich, merkt Kern, er hat das Wissen, er hat die Vollmacht. Jetzt muss er etwas tun.

29

– Was soll das heißen?,

fragt Schibig im Chalet, während neben ihm das Geschirr klappert. Boll macht sich inzwischen intensiver über die Schüsseln her. Seit er seinen Erzählpart beendet hat, übernimmt die Alte das Antworten.

– Das heißt, das ganze Geld ist immer noch hier. Irgendwo. Deswegen bin ich zurückgekommen, denn ich habe mich erinnert. An diese Telefonate aus Argentinien, die ich in jungen Jahren als Angestellte entgegen genommen und weitergeleitet hatte. An Namen und Beträge. Aber ein Vermögen verändert sich geschickt, es reist, es wechselt die Häuser, die Besitzer, es wird aufgeteilt, gefärbt, wird gewaschen und sauber, hat unterdessen viele reich und deren Nachkommen noch reicher gemacht. Es gelangte in Umlauf, verschwand in Stiftungen, in Kunstwerken, wurde investiert in Immobilien, in Unternehmen – und es wurde ausgegeben, oft für Nutzloses, manchmal sogar für Wohltätiges, aber darum geht es uns nicht primär.

– Sondern?,

fragt Schibig.

Die Alte und Boll schauen sich an.

– Ein beachtlicher Teil dieser Gelder soll wieder für grausame Ideen eingesetzt werden, darum geht es.

Schibig lässt die Alte weiterreden.

– Wie ein angestoßenes Lot, das nach über achtzig Jahren in der Umlaufbahn wieder zurückschwingt – verändert, versteht sich, salonfähig, versteht sich, die Gesinnung aber bleibt. Sie tragen keine braunen Hemden und Uniformen mehr, sie tragen jetzt Anzüge, Sportshirts, Turnschuhe und Polos, sie sitzen in Räten und Teppichetagen, geben sich weltoffen und modern, aber verbreiten dieselbe Hetze.

Die Alte macht eine Pause. Sie greift nach dem Weinglas und betrachtet den roten Schein. Boll legt das Besteck neben den Teller und wartet, was kommt.

– Das Aufdecken der Geschichte ist eines,

sagt die Alte.

– Hinschauen, ein Zweites. Aber wir wissen alle, das Schwierigste ist ein Drittes, und zwar daraus zu lernen und entsprechend zu handeln – der Blick in die Zukunft.

Jetzt wird es still und die Alte nimmt einen Schluck Wein.

– Die Gelder werden wieder dafür eingesetzt,

sagt Schibig leise, und das Schweigen der anderen gibt ihm recht.

– Und jetzt?

Doch auf diese Frage bekommt er keine Antwort, denn es klopft.

Sofort verändert die Alte ihre Haltung. Freude erhellt ihr Gesicht, ihr Rücken richtet sich auf, wobei Schibig merkt, wie ungewohnt sie in ihrem Hosenanzug noch immer für ihn wirkt. Die Ketten und Stofftaschen fehlen ihm. Die Tür geht auf und ihre ganze Erscheinung wird weicher.

– Jetzt stelle ich Ihnen meine Tochter vor,

sagt die Alte, während eine junge Frau in Lederjacke das Wohnzimmer betritt. Sie erfrischt den Raum. Ein Schwall Winterluft begleitet sie. Ihr Wesen wirkt wach, als sei sie weit gereist, denkt Schibig, als hätte sie allein in dieser Nacht Hunderte von Hindernissen überwunden.

– Hallo, Mama,

sagt die junge Frau, streift sich die Kapuze in den Nacken, eine Stupsnase erscheint. Die Kälte hat ihre Wangen gerötet, zwei Haarsträhnen fallen aus dem Haarknoten am Hinterkopf.

– Das ist Rosamarie,

sagt die Alte mit Stolz und umarmt die junge Frau. Diese küsst die Alte auf die Stirn und macht dann zwei Schritte auf den Tisch zu, während sie Schibig die Hand entgegenstreckt:

– Pippa, nenn mich einfach Pippa,

sagt die junge Frau.

– Mama will es einfach nicht lernen.

– Mama hat dich eben anders getauft,

sagt die Alte sofort und rollt mit den Augen.

Schibig steht auf.

– Erfreut, ich bin ...

– Schibig,

kommt ihm Pippa zuvor und ergänzt:

– Schon viel von dir gehört. Danke, dass du meine Mutter in den letzten Wochen etwas abgelenkt hast, sonst hätte sie mich mit ihrer Ungeduld noch mehr genervt.

Pippa blickt zur Alten, die daraufhin nur abwinkt, während Boll mit einem zufriedenen Grinsen dasitzt und bereits einzelne Schüsseln zu Pippas Platz hinüber schiebt.

– Hast du was Neues?,

fragt die Alte, und Pippa nickt. Sie streift die Jacke ab und setzt sich auf den freien Platz. Ohne zu fragen, beginnt die Alte, grüne Bohnen, zwei Kartoffeln und Unmengen an Salat auf Pippas Teller zu schöpfen. Die Tochter tadelt die Mutter mit einem schnellen Blick, beginnt dann aber zu berichten:

– Sie misstraut mir zutiefst, aber unter dem Einfluss von Rauschmitteln spricht sie phasenweise relativ viel, sie plappert von gestickten Taschentüchern und Fahnenempfängen, von Tagesausflügen, Studentenverbindungen und so weiter. Dann redet sie über die vielen Briefe des Vaters, braune, gelbe Umschläge aus dem Ausland, Pakete mit acht, neun und mehr aufgeklebten Briefmarken, die von Eilboten mit ihren Lieferfahrrädern aus Bern, Zürich und Konstanz zugestellt wurden, aber meistens schläft sie nach diesen Delirien ziemlich schnell ein, bevor sie wirklich etwas Brauchbares erzählt.

Pippa macht eine kurze Pause und schaut in die Runde.

– Ich habe es mit Opiaten und LSD versucht und so immerhin den Code des Tresors herausgefunden. Wo wiederum der Tresor versteckt ist, weiß ich von der Frau des Sohnes, aber das ist eine andere Geschichte.

Pippa holt kurz Luft und räuspert sich, worauf die Alte ihren Kopf schief hält, als müsste diese Geste als Vorwurf reichen.

– Im Tresor sind Briefe, Wertpapiere, Schmuck, das Übliche, aber leider nichts, das zu einem Konto führt …

– Entschuldigung, wer?,

unterbricht Schibig jetzt und erntet von Pippa ein entschuldigendes Lächeln.

– Die alte Frau Kern-Kübler, einzige Tochter des Viehbauern und später sehr wohlhabenden Unternehmers Robert Kübler. Die alte Dame ist bettlägerig und benötigt Pflege – und ich bin seit ein paar Monaten ihre neue Pflegerin.

Jetzt versteht Schibig. Jetzt führen die Fäden zusammen und ergeben ein Knüpfwerk.

– Es ist verzwickt, aber da ist garantiert etwas faul, sie wehrt sich zu sehr,

fährt Pippa fort:

– Und sie tut nachts allerlei Unerwartetes. Sie kämpft sich mit letzter Kraft aus dem Bett und geht zum Safe oder in den Keller, ich meine, die ist bloß noch ein Skelett, aber sie telefoniert mit Anwälten und Politikern. Einiges ergibt keinen Sinn, anderes wiederum wirkt sehr strategisch. Sicher ist, egal was sie tut, sie gibt nicht auf. Sie plant etwas. Und vor allem, sie lebt noch.

Boll nickt und stochert auf seinem Teller die Wacholderbeeren aus dem Sauerkraut.

– Die scheint ja wesentlich lebendiger zu sein als der Sohn,

beginnt er und schüttelt den Kopf.

– Dem Hasenfuß bin ich letztens beim Optiker begegnet, er wirkt wie ein Kind im falschen Körper, als –

– Als wollte er mit dieser Geschichte nichts zu tun haben,

beendet die Alte den Satz, und Boll nickt, während die Alte weiterredet:

– Ich habe ihn heute auch gesehen. Wie eine verlorene, leere Hülle. Die Frage ist nur: Wie viel weiß er?

Erst jetzt beginnt Pippa langsam zu essen. Schibig betrachtet die beiden Frauen, wie sie nebeneinandersitzen, wie ihre Blicke auf Kleinigkeiten haften bleiben, und erkennt in ihren Gesichtszügen zusehends Ähnlichkeiten – die Nase, die nachdenkliche Stirn, die unzähmbaren Haare. Die Alte rollt sich eine Zigarette und schiebt nun mit der Fingerkuppe die restlichen feuchten Tabakkrümel zusammen, als seien es verlorene Schäfchen einer Herde. Eine Zeit lang ist es still. Die Alte denkt nach. Sie starrt ins Leere. Noch nie hat Schibig sie so konzentriert gesehen.

– Ich vermute, die Greisin ist weitgehend machtlos,

sagt Pippa nun mit vollem Mund.

– Die Schwiegertochter Hanna hat mir erzählt, der Sohn soll vor einigen Monaten die Vollmacht über alle Konten, Immobilien und das ganze Vermögen übernommen haben.

Die Stirn der Alten wirkt verhärtet, während Pippa mit einem Seufzer schließt:

– Vielleicht sollten wir uns eher um den Sohn kümmern – oder es ist wirklich zu spät.

Die Alte zuckt bei diesem Satz leicht zusammen. Die Erblinie ist die Lawine, und der Geldfluss ist die Lawine, denkt sie und erwacht nun aus ihrer Starre. Sie reicht Pippa eine Stoffserviette und dreht dann die fertig gerollte Zigarette zwischen ihren Fingern hin und her.

– Hm,

sagt sie bloß und macht ihr Nachdenken so hörbar. Langsam beginnt sie ihren Kopf zu schütteln.

– Ich bin mir nicht sicher, ob das Geld schon weitergewandert ist,

sagt sie jetzt über den Tisch hinweg und hebt nacheinander zwei Finger hoch:

– Das Skelett oder der Sohn. An welcher Stelle und wie stoppen wir diese Lawine?

Als sie frühmorgens aus der warmen Stube und vor das Chalet treten, ist das kosmische Klirren verschwunden. Der Zauber schwächelt, je mehr die Nacht gegen den vorrückenden Tag verliert. Ernüchtert stehen Bolls Gäste am Hang, während das Tal unter ihnen zusehends aus den Federn fällt oder gemächlich anläuft wie eine gut geölte, schwere Maschine.

Ein Regionalzug rollt über die Schienen. Von hier oben ist er eine Schlange zwischen bewirtschafteten Feldern und schlüpft lautlos in einen Tunnel. Erste Automobile formieren eine Kolonne aus roten Hecklichtern. Die Dämmerung gibt die Berge frei. Irgendwo in der Ferne steigt eine dünne Rauchsäule auf. Der Qualm zieht himmelwärts wie der Giftatem aus einem versteckten Gesteinsstollen. Das Blinken von Blautönen bricht zwischen den Häusern hervor und nähert sich dem Rauch.

Der Planet hat sich unterdessen weitergedreht, denkt die Alte, als sie da am Hang steht, seine Lebewesen haben unterdessen in eigenen Antrieben weitergelebt, weiter überlebt, haben Unterschlupf gesucht, haben endlich eine Zwischenlösung gefunden, schlafen nach Wochen, Monaten der beschwerlichen Reise hier in einem schmalen Bett und in einer anderen Sprache, füllen als fremde Menschen fremde Papiere aus, werden angewiesen und abgewiesen, warten zwischen Unsicherheit und Hoffnung, leben in einem Container aus Eternitplatten, schlafen zwischen anderen fremden Menschen mit ähnlichem Schicksal – während sich ganz andere Menschen in die Nacht wagen, angetrieben von einer Kränkung oder einer Missinterpretation, erfinden sie eine Jagd, bloß um Jäger zu sein, suchen sich die Schwächeren, bloß um die Stärkeren zu sein, finden ein gekipptes

Fenster, eine schattige Hausecke hinter einem mickrigen Zypressengewächs, werfen ihre Kränkung gezielt und mit Überzeugung und mit dem Schwung eines jugendlichen Armes hinein und weg, damit es raucht, damit es brennt, damit später in der Zeitung die Meldung steht, es hätte ein Feuer gegeben, das die Mitarbeiter des privaten Sicherheitsdienstes im Container mit den Eternitplatten entdeckt hätten. Dichter Rauch sei zwischen den Jalousien und aus den Fenstern gedrungen, also hätte man Alarm geschlagen, die ausgerückte Feuerwehr startet die Löscharbeiten, und mit dem Rettungswagen sei eine verletzte Person ins Krankenhaus gefahren worden, wo eine Rauchgasvergiftung festgestellt wurde – deswegen, schreibt die Zeitung, hätte das Lebewesen letztlich *Glück im Unglück* gehabt –, *Glück im Unglück* steht da tatsächlich schwarz auf weiß, worauf im nächsten Satz immerhin vieldeutig stehen wird, dass die Brandursache derzeit noch unbekannt sei, aber untersucht werde, die polizeiliche Spurensicherung sei abgeschlossen.

Diese Episode liegt da vor den Augen der Anwesenden, da unten im Tal würde auch diese Geschichte warten, doch sie bleibt unerzählt. Sie verweht ungehört als eine von vielen.

Die Bergflanken wechseln derweil ihre Farben. Die Sonne rückt zögerlich mit ihren Strahlen heraus, macht alles grau und weiß und hellblau; die Landschaft spult ihre Farbtöne ab, als wäre das ihre einzige Arbeit, von der sie sich auch durch keine Ungerechtigkeit abhalten lässt.

30

Kern betritt das Herrenhaus.

Das Ticken der Wanduhr klingt wie ein entfernter Herzschlag. Auf der Heimfahrt von der Versammlung müssen Stunden, ja Tage vergangen sein, er fühlt sich der Zeit nicht mehr mächtig. Der Flur riecht nach Mörtel und Zitrone, die Putzhilfe hat den Steinboden heute gewischt, also muss Freitag sein, denkt er und stellt sich die Woche als Armband mit sieben durchsichtigen Perlen vor, ein kurzer Rosenkranz, der sich wiederholt und wiederholt und wiederholt.

Kern atmet ein. Das Fruchtige frischt die alte Villa ein wenig auf. Trotzdem will der speckige Geruch des Versammlungssaals nicht aus seiner Nase verschwinden. Die Ausdünstungen des Abends haben sich tief in seine Haut und Kleider verkrochen. Ihm ist übel. Etwas Säure steigt in die Speiseröhre. Der Rotwein ätzt sich seinen Weg in den Rachenraum. Er will nur noch eine Magentablette nehmen und dann ins Bett, denkt Kern und eilt am Wohnzimmer vorbei, weswegen er die Szene zuerst nur aus den Augenwinkeln bemerkt. Die Leselampe wirft ein kegelförmiges Licht auf den Ledersessel. Dort sitzt Hanna, die Beine in schwarzen Polyamid-Leggins, die Schultern tief, tiefer als sonst, da die Bestürzung ihr Gewicht noch nicht verloren hat, wie Kern vermutet, hat dafür aber gerade keine Zeit, und nur Sekunden später steckt er sich über der Toilettenschüssel den Finger in den Hals. Das Würgen macht ihn bucklig, die Muskeln ziehen sich krampfhaft zusammen. Aber nichts kommt. Also nochmals Katzenbuckel, Gluckern, Verkrampfung, und endlich tropft ein zäher Gallefaden ins tropischblaue Wasser der Keramikschüssel. Ein Schweißausbruch begleitet seine Quälerei, und ausgerechnet jetzt erinnert er sich an die Kamillenteebeutel auf seinen Augenlidern, und wie der Grusel der Todesanzeige in ihren Alltag geschlichen war, dabei war es bloß eine nüchterne Nachricht mit Bild und Lebensdaten gewesen, die eigentlich nichts mit ihnen zu tun hatte und sich sogar ganz einfach überblättern, zusammenfalten und ins Altpapier legen ließ, sich stattdessen aber unangenehm in ihrem Beziehungsalltag eingenistet hatte.

Aber jetzt sind immerhin schon vierunddreißig Tage vergangen, seit sie McGuffin im See gefunden haben, denkt Kern mit wachsender Ungeduld. Seit über einem Monat dreht sich die Erde unbekümmert weiter, und diese abgedrehte Zeit muss doch irgendwann einfach ausreichen, um diesen kurzen Zwischenfall vergessen zu können.

Kern spuckt in die Kloschüssel. Ein paar Krümel kommen nach. Kern spült. Neues, blaues Liquid fließt vom Pflegestein in die Schüssel und wird zu Schaum.

Normalerweise kommen die gar nicht hoch bei diesen Temperaturen, hatte Kern vor vierunddreißig Tagen noch gemurmelt, als sie ihm von der ungewöhnlichen Fundstelle erzählt hatte, und worauf Hanna ihn einige Sekunden lang von der Seite her anschaute. Da war kein Vorwurf, da war keine Frage in ihrem Blick, das war ein reines, ungetrübtes Schauen, und Kern vermutet, dass diese Art von Schauen in Wahrheit ein Lauern war. Also lässt er sie seither lieber in Ruhe, sogar, als er unter ihrem Bett den gepackten Reisekoffer gefunden hatte, hütete er sich, sie darauf anzusprechen, möglicherweise liegt er ja schon ganz lange da, und die dünne Staubschicht auf dem Kofferdeckel beweist Hannas Unentschlossenheit.

Kern rafft sich auf, spült den Mund am Waschbecken aus, schluckt eine Magentablette und spült dann erneut. Mit einem bitteren Geschmack im Mund betritt er das Wohnzimmer. Hanna hat auf ihn gewartet. Ihre Haltung ist unverändert. Der Koffer ist zwar noch da, denkt Kern, doch sie ist schon weit entfernt.

– Was ist das?,

fragt Hanna mit klarer Stimme. Die drei Silben lässt sie nacheinander aus ihrem Mund und auf den Parkettboden fallen, wie drei Murmeln prallen die Worte zuerst hart auf und rollen dann in seine Richtung. Kern versteht die Frage erst, als sein Blick auf den Beistelltisch fällt. Dort liegt ein Beutelchen. Sie hat das Knochenpulver entdeckt, realisiert Kern mit Scham, die Reliquie der heiligen Maria Francesca, glaubt er zunächst, doch dieser Beutel sieht ein wenig anders aus. Kern geht über den knarzenden Boden zu ihr hin, während Hanna mit ihren schmalen Fingern ein Plastikbriefchen herauszieht und das Heraufgefischte wie eine winzige Beute auf dem Holztisch platziert.

Kern beugt sich zum Tischchen. Auf dem Plastikbeutel glänzt ein weißes Klebetikett, wie es Apotheken benutzen, und auf dem Papierschildchen wiederum steht mit Schreibmaschine geschrieben:

Colchicum autumnale, 1 g

Kern ist unsicher, also schaut er mit demselben Unverständnis in Hannas Gesicht und entdeckt dort noch mehr Fragen.

– Was ist das?,

wiederholt Hanna und steht auf. Und als hätten ihre Körper kurzerhand vergessen, wie sie sich zu verhalten haben, so stehen sie sich gegenüber. Kern fühlt die Entrückung. Weniger von Hanna, mehr von sich selbst. Er ist wieder ein Zuschauer, der an seinem Leben bloß aus sicherer Entfernung teilnimmt.

– Das Alkaloid Colchicin,

spricht Hanna weiter, die Stimme unter Kontrolle, doch monoton bis zur Bedrohlichkeit:

– Ich habe es nachgeschlagen, Übelkeit, Schluckbeschwerden, Erbrechen, blutige Durchfälle, Atemlähmung – will sie uns vergiften?

– Blödsinn,

flüstert Kern und weiß nicht, warum er flüstert.

– Sie dreht komplett durch,

sagt Hanna weiter, doch Kern hört nur halbwegs zu – Übelkeit, Erbrechen, Schluckbeschwerden, hallt es in seinem Hirn, kommt damit aber nicht weiter, weil da etwas Gewalttätiges im Gange ist, in seinem Brustkorb scheint sich etwas gegen etwas anderes zu wehren. Er erinnert sich an das kurze Video einer Naturdokumentation der *British Broadcasting Corporation BBC* – die Szene spielt nachts in einer Sandwüste und unter einem Stein. Umgeben von kalter, fast bläulicher Dunkelheit ringt dort eine Wüstenmaus mit einem weißen Skorpion, zuerst ist es ein gegenseitiges Lauern, woraufhin der eigentliche Kampf schnell und plötzlich geschieht, die Tiere erstarren ineinander verhakt, die Maus beißt dem Gegner in den Stachel und macht den eigentlich überlegen scheinenden Skorpion kampfunfähig. Metabolische Übersäuerung, innere Blutungen, Kreislaufversagen. Er versucht sich zu erinnern, weshalb die Tiere überhaupt gegeneinander gekämpft haben, wie es zu dieser Situation kommen konnte, worin lag die Notwendigkeit, er weiß es nicht mehr oder die Dokumentation hatte dieses Detail schlicht unterschlagen. Der Kampf allein war Grund genug.

Hanna steht jetzt vor Kern. Ihr Zeigefinger tippt gegen seinen Hemdkragen.

– Kann es sein, dass sie nachts rumläuft und irgendwelche Dinge tut?, fragt Hanna und sagt das Wort *Dinge* auf eine Weise, die nur Schlimmes bedeuten kann, sie sagt es, als liege da bereits eine spitze Vermutung auf ihrer Zunge, wie ein fatales Stücklein Wahrheit, das unter keinen Umständen in die Welt hinausgesprochen werden durfte, worauf sie schnell die Lippen aufeinanderpresst und es sich anders überlegt, denn schließlich sind nachts auch ihre Gedanken unterwegs, weiß Hanna, sie schleichen ungesehen davon und tun ebenfalls *Dinge*, sie huschen durch eine angelehnte Tür und hinaus durchs Gartentor, sie starten den Wagen oder eilen atemlos zum Abfluggate am Flughafen. Die Freiheit der Gedanken allein bedeutet noch nicht deren Bedrohlichkeit. Es braucht immer noch einen zusätzlichen Schritt.

Dinge, denkt auch seinerseits Kern und denkt das Wort als die Vielzahl an Möglichkeiten, wofür es steht, und als suchte er nach einer Eingrenzung, lauscht er nach oben, doch im Dachstock ist es ruhig. Kern schüttelt den Kopf. Es kann nicht sein, richtig ruhig ist es nie, totale Ruhe ist eine totale Einbildung, denn immer ist da ein Krächzen, das durch die Ritzen des Parkettbodens dringt. Immer ist da ihr raubvogelartiges Schimpfen, es kommt durch das Fundament und über den Boden geschlichen, niemand kann in diesem verdammten Herrenhaus ungehört umherschleichen, weiß Kern, jede Heimlichkeit stößt auf Resonanz, jede Bewegung wird registriert, jedes Individuum ist mit seinem Umfeld schmerzhaft verwuchert.

– Du stinkst,

sagt Hanna jetzt, und Kern dreht sein Gesicht sofort weg.

– Dein Magen und die Gallensteine, du solltest endlich zum Arzt gehen und lass die Finger vom Rotwein.

Hanna wirft das Plastikbeutelchen auf den Sessel und verschwindet aus dem Zimmer.

Minuten später sitzt Kern am Computer und blinzelt dem Bildschirm entgegen. Das weiße Suchfenster klappt von oben ins Bild. Kern tippt erste Buchstaben in die Leerzeile:

CO–,

das Eingetippte wächst sofort zu Wörtern,

COLCHICIN,

der Rechner erkennt das Gemeinte, weil es ein Wiedererkennen ist,

COLCHICIN BESTELLEN – ARZNEIMITTEL,

schlägt der Suchverlauf vor.

Kern zögert, obwohl er sich nicht wundert. Er klickt weiter. Die Homepage wurde bereits besucht.

Aus Blüten und Kapselfrucht extrahiert, herauskristallisiert, 1 mg,

steht da und

Porto- und Lieferbestimmungen,

steht da ebenfalls. Die Begriffe und Verbindungen wirken wie ein bekannter Weg, aber er kann sich beim besten Willen nicht erinnern, diesen Weg gegangen zu sein. Was hast du zugelassen, Kern, denkt er wie ein Ankläger von außen und verteidigt sich dann umgehend – nein, nur Helden sind verflucht zu handeln, euer Ehren, Zuschauen ist meine Stärke, bekräftigt er, ich war es nicht, ich habe nichts Verbotenes ins Haus gebracht, es war gewiss wieder der Pfarrer Wader, der schon das Knochenpulver der heiligen Maria Francesca von Reliquienhändlern gekauft und hierher in den Alpenraum geschmuggelt hatte, und zwar nachts unter einem milchig zerfransten Himmel, von wo der Mond auf seiner Umlaufbahn weiß leuchtet. So stellt sich Kern das Abenteuer vor, so käme das Schmuggelgut mit einer Kutsche nordwärts, aber diese Idee ist mit Sicherheit romantisiert und aus der Zeit gefallen, dann doch eher im Handschuhfach eines Opel-Kombi die A1 hoch über Rom und Florenz und Bologna und Parma und Mailand und so weiter bis über die Grenze, dabei sei das Beutelchen ja ohne Schwierigkeiten zu verstecken, außerdem sucht kein Polizeihund danach, deren Spürsinn ist kaum auf menschliches Knochenpulver ausgerichtet, aber darum geht es ja gar nicht, realisiert Kern, der die Sachen zusehends vermischt. Es geht um eine andere Substanz, um diese verfluchte Arznei – es geht um eine mögliche Mordwaffe, präzisiert der Kläger in Kerns Kopf, ein viel gefährlicheres Pulver –, online bestellt und in diesem Haushalt entdeckt, und bei einer chemischen Analyse würde die Wahrheit zweifellos ans Licht kommen, wäre es nicht längst zu spät, wäre die Leiche nicht schon eingeäschert und beigesetzt, denkt Kern und denkt das alles vergebens, denn wer braucht schon ein schlechtes Gewissen, wenn die Zeit auf deiner Seite ist?

– Was hast du getan, Mutter?,

fragt Kern nur wenige Minuten später über die Leintuchlandschaft gebeugt, obwohl er selbst längst im Bett sein sollte. Trotzdem steht er jetzt wie eine Spielzeugfigur am Krankenbett und richtet sich die neue Brille. Er sucht nach Hinweisen und staunt, das Muttergestein mit abertausend Antworten versehen anzutreffen, denn überall hängen die Erklärungen geradezu im Zimmer herum. Die Sache scheint überdeutlich, alles liegt vor ihm, glänzend wie Tautropfen. Er brauchte sie nur mit den Fingerkuppen zu berühren.

– Was immer du auch tust, hör endlich auf,

flüstert er und betrachtet die Greisin durch seine neuen Gläser. Überall lauern gespenstische Nachtschatten. Da sind außerdem kaum wahrnehmbare Schwingungen, Resultate der Erdrotation oder das Dröhnen der Erdkruste vielleicht. Kein Wunder, die Kontinentalplatten atmen schließlich endlos aus und ein und entlasten ihre Muskeln hier in den Gebirgen, so drücken sie Mutters Meinungen an die Oberfläche, pressen ihr alles aus dem Körper heraus wie magisches Quecksilber, Kristalle, Tau, in denen ihr Denken für die Ewigkeit konserviert liegt wie die fadenscheinigen Einlagerungen in Glasmurmeln.

Kern lauscht nach ihrem Atem, doch alles, was er hört, ist ihr Geständnis – ob er denn eigentlich glaube, sie spinne komplett, das Pulver, der Wirkstoff, so zischt es aus dem Nichts, ob er wirklich glaube, nur weil sie steinalt sei, merke sie nicht, wenn die Familie in Gefahr sei, denn nie rede man offenherziger als im Bett, ob er denn wirklich glaube, sie sei von vorgestern und hätte keine Verbindungen zur Welt und kein Wissen, wie so was aufzuräumen sei, die Blüten und Blätter mit Ethanol extrahiert, klar habe sie das Zeitlosengewächs bestellt und dann angeordnet, was zu tun sei. Ein Anruf genüge meistens, ein christlicher Verbündeter, ganz einfach gehe so was, und es sei schließlich höchste Zeit gewesen, bestimmt habe Hanna geplappert, nicht jede könnte auf dem Maul sitzen wie sie, außerdem solle er nicht zeitlebens als Gehörnter durchs Dorf zu laufen haben, das sei doch keine Herrenmoral, wie er damit umgehe, die Rumhurerei gehöre sich nur für eine Seite, sie halte eben etwas auf Familie und Erbpflege und Nachwuchs, aber am meisten halte sie etwas auf Verschwiegenheit, so wahr ihr Gott helfe. Sonst erstarre die Zukunft zu einer Eiswüste, doch bald sei Tauwetter, bald gerieten die neuen Verhältnisse ins Rutschen, so würde sie es ihm gestehen, denkt Kern, und seine Kiefermuskeln verkrampfen.

– Wieso hörst du nicht einfach auf?,

fragt Kern nochmals, fragt es diesmal lauter, und die Mutter beginnt zu blinzeln. Sie linst über das Leintuch, als hätte sie seit Stunden rein gar nichts gesagt, die porösen Lippen sind versiegelt, der Schlaf hält dahinter verborgen, was sie nie gesagt, Kern aber dennoch gehört hat.

– Was ist jetzt schon wieder?,

fragt sie trocken, sie scheint dem Schlaf ungemütlich entrissen und blickt kurz zur Absicherung Richtung Vitrine.

– Es ist sicher Opium,

sagt sie gequält. Die Erschöpfung lässt ihren Kopf zur Seite kippen und nur der Mund macht weiter.

– Sie könnte mich einfach umbringen, aber sie will etwas wissen, und sie ist nicht allein,

schimpft sie. Eine wachsende Wut zwingt Kern zur Distanz. Er will keine Phantomgeschichten mehr hören, er will sich nicht mehr alles selbst zusammenreimen müssen, er will endlich die Wahrheit.

– Was haben wir getan?,

fragt Kern weiter und meint damit so viel, wie er nur meinen kann. Doch die Mutter liegt bereits wieder unter ihrem Schlaf begraben. Kraftlos hängt sie da, als sei sie schon vor Urzeiten in einen Abgrund gerutscht, anders als der Küfner wurde sie dort nicht von freundlichen Drachen empfangen, sondern kam nirgendwo an, klemmte mit dem Schuh in einer fiesen Felsspalte fest, alleine und missachtet, denn keine Rettung wurde losgeschickt, vergessen wollte man sie, also hielt das unfreundliche Gelände ihre Beute in der Wildnis zurück. Eingefroren im Permafrost, jenseits von Gut und Böse und versiegelt bis auf Weiteres, so dachten und denken noch alle, bis jedoch klimatische Wechselerscheinungen ein weitläufiges Tauen einläuteten. Die Versiegelung der Gletscher wird weich, und ruckartig wird freigegeben, was auf Ewigkeit hätte eingekapselt bleiben sollen. Die Steilwände und Bergflanken geraten ins Rutschen, ein Fließen beginnt, Seismografen melden Erschütterungen im Gestein, sanft zuerst, aber immer heftiger. Schiefer und Kies werden lose, und da nun der Kitt des ewigen Eises fehlt, lösen sich auch die einstigen Verhärtungen im Vaterland, und bei Mutter Natur sind Erosionen an der Tagesordnung – Gesteinsverschiebung, Mauergänge, tödliche Bewegungen.

Kern steht in der Dunkelheit und schnaubt vor Erregung. Der Dachstock knarzt, als wolle er ihn anspornen. Vielleicht ist es die Bise oder das hämmernde Jammern des Südwindes gegen die Fensterläden. Nie mochte er diesen drückenden Plagegeist, der alle Schneedecken von allen Gebirgshängen frisst. Gierig wie ein hundertköpfiger Wolf reißt er das Weiße von den Bergen weg, bis nur noch Dreck und unnützes Gehölz übrig bleibt.

Kern sieht die Mutter von oben herab an, sieht sie plötzlich mit anderen Augen, mit Raubvogelaugen. Er könnte es ganz einfach bewerkstelligen, denkt er nun. Nie wäre es leichter gewesen, diese schwere Herkunft loszuwerden. Ein Ziehen am Kabel würde reichen, ein Drücken mit dem Daunenkissen. Aber tatenlos steht er vor dem Krankenbett. Wahre Stärke liegt darin, den aufgebauten Erwartungen eine Finte zu schlagen, denkt er und verhöhnt seinen alten Gedanken mit einem Kopfschütteln.

Es ist still im Krankenzimmer. Die Finsternis verhüllt Ecken und Wände. Einzig die Gerätschaften setzen ihre Lebenszeichen wie grelle Nadelstiche in die Nacht. In diesem pulsierenden Schein wirkt die Mutter wie ein regungsloses Stück Vegetation. Ein in Seide gewickeltes Relikt – in Bernstein versiegelt und im Dachstock vergessen. Aber dieses Leben der Mutter ist kein Leben mehr, es ist ein langes Sterben. Und vor allem ist es Trotz. Kern weiß: Noch geht es weiter. Und er weiß auch: Noch hängt er da mit drin.

31

Die Jahreszeit wechselt sichtbar. Die von Abgas geschwärzten Schneereste werden weggeräumt. In den Vorgärten und Feldern am Frakmont kommt das geschundene Gras zum Vorschein und erinnert an die blasse Hautstelle unter einem Heftpflaster. Der kontrollierbare Teil der Natur wird aufgepäppelt. Vorsichtig blicken die Bewohner unter die Plastikabdeckung ihres Grills, erste Fahrräder fahren über die Landstraßen, während ab und zu ein sportlicher Geländewagen wie ein gehätschelter Prinz durch die Waschanlage gefahren wird, um ihn von den letzten Spuren des Streusalzes zu befreien.

Im Tankstellenshop trällert ein Radio. Popsongs folgen auf Popsongs und werden nur gelegentlich von euphorischen Kommentaren unterbrochen:

Man muss sagen, es hat für heftige Diskussionen gesorgt, aber heute ist es so weit: Auf dem Ödwilerfeld wird am Nachmittag das neue Mahnmal feierlich enthüllt – und zwar im Rahmen des jährlichen Frühlingsfestes –, und die beste Meldung dazu, egal ob ihr auf Autoscooter oder die offizielle Zeremonie steht, packt auf jeden Fall die Sonnencreme ein! Die Frühlingssonne meint es gut mit uns, es wird zum ersten Mal in diesem Jahr richtig warm! Das gibt also eine heiße Sache auf dem Ödwilerfeld – Hauptsache, ihr habt Spaß! Wir wünschen allen ein drachenstarkes Wochenende.

Im Hintergrund startet *Some Might Say* von Oasis, und nach einem rhythmischen Gitarrenintro singt Liam Gallagher: *Some might say that sunshine follows thunder, go and tell it to the man who cannot shine ...*

Schibig steht derweil vor dem Tankstellenshop und fischt kleine Salzbrezeln aus einer Tüte. Die Sonne scheint ihm direkt ins Gesicht. Er blinzelt zum Frakmont, wo ein Gekräusel aus Wolkenresten an den Felsen hängt. Einen Moment lang denkt er an den Küfner, der spätestens jetzt wie jeden Frühling aus dem Gestein geflogen käme, mit letzter Kraft am Drachen hängend, abgemagert und der menschlichen Welt nicht mehr fähig. Und er denkt auch an jene, die nicht mehr zurückkehren werden, nicht einmal in einer Geschichte. Er denkt an Emil und an McGuffin, der im Februar als Eisschatten noch vor ihm lag, das Stück Jeansstoff und der Gurt waren seine einzigen Anker in die Gegenwart gewesen, und er denkt auch an die panischen Spuren der Schlittschuhkufen, die schon vor Monaten zusammen mit dem Eis zurück in den See geschmolzen waren.

Schibig kaut. Die Teigbrezeln zerbröseln in seinem Mund. Er hat Zeit. Die Alte wollte noch Tabak und ein warmes Käsesandwich holen, um ihre Ungeduld wenigstens mit ungesundem Konsum etwas zu lindern, wie sie sagte. Und das war nötig, denn während der letzten Tage wurden die Meldungen ihrer Tochter weniger, die heimlichen Verhöre der Greisin brachten wenig Neues ans Tageslicht, also war die Alte alle Hinweise, alle Kontonummern und Verbindungen nochmals durchgegangen, sie telefonierte in alle Himmelsrichtungen, prüfte die Ausgaben und Transaktionen des Vereins, nutzte dafür ihre Kontakte bei den Banken, kontaktierte zwielichtige Informatiker, sie suchte und suchte, aber die stichhaltigen Beweise für das besagte Konto blieben aus.

Schibig ließ sich von ihrer Ungeduld anstecken. Nach dem Essen bei Boll schlug er sein Vorhaben in den Wind, sich wieder ganz der Vergangenheit zu widmen. Im Gegenteil, er wollte nicht tatenlos sein, also heftete er sich aus einer Intuition heraus an Lars. Er begann eine Liste zu führen, wen Lars wo traf, wann er den Baumarkt besuchte und was er dort einkaufte: Spaten, zwei Spraydosen, Kupferkabel, Knetmasse, Textmarker, Papieretiketten, Kunststoffrohre, Malerklebeband, USB-Kabel, eine Grillzange, Pfirsichfruchtgummis und ein Paar Gartenhandschuhe.

Vor und nach der Arbeit ging Schibig auf seinen Spaziergängen den Bahndamm entlang und blieb bewusst lange in der Nähe der Scheune, wo die Jungs ihr Nest hatten. Er dachte in diesen Tagen sogar darüber nach, sich einen Hund zu beschaffen, einen Langhaardackel vielleicht, um als regelmäßiger Spaziergänger weniger aufzufallen.

Aber mittlerweile ist schon fast April – und vermutlich ist es längst zu spät, um das Geld der *Winterhilfe* an seinem Weiterfließen zu hindern. Falls es überhaupt noch da ist.

Schibig steht an der Tankstelle und schaut zu, wie die Wagen zu den Zapfsäulen fahren, er hört das Klicken und Zuschlagen der Türen, sieht getönte Scheiben und wie der Lack glänzt. Auch der Himmel wirkt wie poliert. Unter den Autobahnpfeilern zischen Schwalben vorbei.

Gelangweilt schaut Schibig zum Seiteneingang der Tankstelle, wo die Toiletten sind. Zwei mit einem Vorhängeschloss gesicherte Türen, daneben steht eine Art Stahlkäfig, in dem Abfallsäcke und ein Gitterwagen mit Kartonkisten stehen. Zwei Ratten huschen vorbei und verschwinden zwischen den schwarzen Müllsäcken. Schibig schmunzelt, da er Gefallen findet an diesen Rückseiten der Welt, läge da nicht eine Irritation in der Luft. Schibig hört den hohen Pfeifton seit einer Weile, die stechende Unsichtbarkeit kommt von einem kleinen Gerät unter dem Flachdach und ist durchaus beabsichtigt. Ratten und Jugendliche sind nicht willkommen, denkt Schibig und lehnt sich an die große weiße Kühltruhe mit den Eiswürfeln. Umständlich zieht er gerade mehrere ineinander verhakte Brezeln aus der Verpackung, als er in einem der Autos neben der Zapfsäule ein vertrautes Gesicht erkennt.

Gesicht stimmt nicht ganz, denkt Schibig und beißt ins salzige Gebäck, eher Maske, eher Kühlschrank, fällt ihm dazu ein, und er weiß nicht, wieso er das Gesehene so sprunghaft verbindet, wieso sich in seiner Erinnerung die roten Fäden plötzlich verknüpfen – und weiß es dann sofort doch.

In diesem Augenblick aber gleiten die Schiebetüren neben ihm zur Seite und die Alte erscheint. Die Locken stehen wie immer in alle Richtungen, auf dem Rücken ihres Pullovers ist ein grüner Panther mit Feuerstrahlen zu sehen. Aus einem Beutel vor ihrem Bauch ragen zwei neue Pueblo-Tabaktaschen und eine Tüte Maischips. Sie summt, während sie versucht, den rosaroten Lippenbalsam in einer zweiten gehäkelten Umhängetasche zu verstauen.

– Ich werde mich nie an diese trockene Luft hier gewöhnen,

beginnt die Alte schon mit ihrer Schimpfrede, kommt aber nur bis zu Schibigs Gesichtsausdruck. Sofort bleibt sie stehen und folgt seinem Blick, an dessen Ende ein grauer Porsche und im Innern des Porsche dieses Ding hängt, das Schibig kombinieren ließ. Die Alte braucht das Ding gar nicht näher zu sehen, denn sie weiß sofort, dass Schibigs Schlussfolgerung stimmt: dasselbe verzerrte, glasige Gesicht, wie es da dümmlich am Rückspiegel baumelt – eine kleine Porzellanpuppe. Der dumme Clown vom Kühlschrank, denkt die Alte und freut sich, dass endlich etwas zusammenpasst. Schibig stößt vor Aufregung bloß sprunghafte Satzfragmente hervor:

– Da – Der – Wie – Bei –

– Ja, McGuffin,

antwortet die Alte wie zur Beruhigung, und als nur fünf Meter von ihnen entfernt der Motor des Porsche gestartet wird, ergänzt sie:

– Was für ein erfreulich passender Zufall.

Denn das Frauengesicht hinter dem Steuer ist Hannas Gesicht. Und der Mann mit rotem Kopf neben ihr ist Kern.

– Das Ehepaar Kern,

zischt die Alte und denkt mit einer Spitzfindigkeit: Wenn wir nicht auf die Lösung kommen, kommt die Lösung vielleicht auf uns zu – was nichts anderes bedeutet als die Tatsache, dass eben doch alles verbunden ist, sie sagt das aber nicht laut, sondern fragt sich, ob die zu stoppende Lawine tatsächlich da im Auto vor ihnen sitzt und ob sich die Sache vielleicht ganz einfach in einem Gespräch aufklären ließe. Sie will Schibig schon etwas zuflüstern, doch dieser ist erstarrt. Denn er erkennt mit der Brutalität einer schmerzhaften Entdeckung, dass er in diesem Auto sehr wohl ein vertrautes Menschengesicht vor sich hat, denn Kern auf dem Beifahrersitz ist der Starrer im Türrahmen des *Adlers*, und diesen Starrer kennt er von früher, weiß Schibig jetzt genau, er kennt ihn ohne Zylinder und ohne Brille, er kennt ihn mit kurz geschorenen Haaren, er kennt ihn als Jugendlichen, der gerne in der Gruppe mitlief, einer, der zuschaute, als wäre Zuschauen seine einzige Stärke. Er erkennt ihn als einen, der ihnen damals aufgelauert war, stets im Hintergrund, aber immer dabei – einen, der am fraglichen Abend, als Emil niedergeschlagen wurde, wohl auch dabei gewesen war: ein bekannter Unbekannter.

– Diese verdammte Drecksau,

flüstert Schibig mit einer Dringlichkeit, auf die die Alte mit Erstaunen reagiert. Schnell dreht sie sich zu ihm, als wolle sie prüfen, ob diese Worte tatsächlich aus seinem Mund kamen.

Der Motor schnurrt. Der Porsche rollt davon und biegt auf die Straße ein. Schibigs Köperhaltung ist deutlich. Er atmet ein und schaut die Alte auffordernd an. Er weiß genau, wohin er will.

32

Der Kunststoffhammer knallt mit voller Wucht auf den Plastikrahmen. Die violetten Mäuseköpfe zucken nur kurz hoch und werden sofort zurück in Höhlen gehämmert. Lars schlägt wie wild darauf los. Der übrige Lärm des Frühlingsfestes gerät dabei fast in Vergessenheit.

– Mach sie fertig,

grölt der Junge neben ihm. Bei jedem Schlag erklingt ein elektronisches Quetschgeräusch, und über den Mäuselöchern zählt eine Digitalanzeige die getroffenen Nager: 8 – Bling – 9 – Bling – 10 – Bling – ...

Neben den Zahlen prangt das comichafte Bild einer Feldmaus, die Augen sind zu zwei Spiralen verdreht und Sterne kreisen um ihren haarigen Kopf.

– Vierzehn?,

schreit Lars.

– Willst du mich verarschen?

Er knallt den Hammer zurück in die Halterung und fühlt sich betrogen. Trotzdem lachen sie. Und trotzdem fluchen sie. Die drei schultern ihre Rucksäcke und verschwinden in der Menge.

Im Hintergrund zieht ein Verkäufer eine rosa Wolke aus dem Zuckerwatten-Kessel. Neben dem Hamburger- und Wurstgrill steht das Bierzelt, ein Mann im Pullover eines Sportvereins kippt gefrorene Pommes in einen Frittierkorb, worauf das Öl heftig reagiert. Laute Bässe dröhnen aus den Lautsprechern beim *DISKO-ZIRKUS*, dessen Wägelchen im Kreis drehen, die Musik pulsiert über den ganzen Platz, ein Sänger singt, dass ihm eines keiner nehmen könne, und das sei die pure Lust am Leben. Der Synthesizer des Looping-Fahrgeschäfts *CRAZY STYLE* erzeugt kosmische Schussgeräusche, während der Schausteller über das Mikrofon verkündet, dass es jetzt erst richtig losgehe. Lichtköpfe leuchten und ein Regenbogeneffekt wandert über die Dachschilder der Fahrgeschäfte. Menschen schreien vor Freude und Aufregung. Von der Geisterbahn kommt höhnisches Gelächter, ein Skelett in weißen Kleidungsfetzen hängt dort an einem Galgen, und über dem Kassenhäuschen steht ein Foltergerät, das sich regelmäßig öffnet und schließt, darin steht eine junge Frau, barbusig, blutend und die roten Lippen zu einem Schrei verzerrt.

Die Gerüche und Klänge steigen in den Frühlingshimmel, doch da ist noch mehr: Gleich außerhalb der Jahrmarktszone und am Rand des Ödwilerfelds fliegt alle fünfundvierzig Minuten ein Heißluftballon mit Passagierkorb in die Höhe. Die Attraktion wurde zur feierlichen Einweihung des Denkmals organisiert und stieß sofort auf große Beliebtheit. Wer die Gegend der Moorlandschaft, die Ausläufer der Alpen, die Flanken des Frakmont und den Ödwilersee endlich einmal aus der Vogelperspektive bewundern möchte, hatte frühzeitig ein Ticket zu reservieren. Die Fahrten geschehen langsam und der Platz im Korb ist sehr begrenzt. Deswegen hatte Hanna am Frühstückstisch ziemlich triumphierend die Bestätigung ihres Zeitfensters neben Kerns Kaffeetasse geschoben.

Vierzehn Uhr Null Fünf. Zwei Passagiere. VIP-Privatflug.

Mit dieser Flugzeit würden sie die Eröffnung des Mahnmals zwar verpassen, aber daran liegt ihnen sowieso nicht viel, da die meisten im Verein diese Feier sowieso boykottieren.

Jetzt ist es knapp dreizehn Uhr. Kern und Hanna sitzen auf einer Bierbank und wissen nicht, was sie reden sollen, obwohl es dafür keinen Grund gibt. Hanna ist eigentlich schon den ganzen Vormittag gut gelaunt. Und auch Kerns Magen verhält sich heute erstaunlich ruhig, er findet sogar Gefallen an den diversen Düften hier – geröstete Mandeln, Popcorn, gebrannte Zuckermasse, das alles stört ihn nicht, wäre da nicht dieses erschwerende Wissen, das seit Tagen wie ein lästiger Bremsklotz auf sein Leben drückt.

Außerdem greift Hanna heute auffallend oft nach Kerns Oberarm, als suche sie seine Nähe. Diese Angewohnheit hatte sie sich schon vor Jahren abgewöhnt, weswegen er jetzt eher schreckhaft darauf reagiert. Kern kann nicht so neben ihr sitzen bleiben, nicht über eine Stunde lang, weiß er und schaut sich Hilfe suchend um.

– Lass uns ins Geisterschloss gehen,

sagt er nun, und zu seiner Überraschung beginnt Hanna zu strahlen.

Sie überqueren das Festgelände und stehen nach einer Weile vor der in die Jahre gekommenen Gruselattraktion. Die Leuchtbuchstaben über den Burgzinnen flackern schwach: *DAEMONIUM*, steht da und darunter in geschwungener Schrift: *SUPER HORROR SHOW*.

Hanna wirkt aufgeregt. Sie krallt sich einmal mehr an Kerns Arm fest, als er am Schalter zwei neonfarbene Plastikkarten kauft, und drückt noch heftiger, als der Wagen auf den alten Schienen herangeklappert kommt. Kaum sitzen sie in der muschelförmigen Chaise, werden ihnen die Tickets von einem Mann im Skelettkostüm abgenommen.

– Madame et Monsieur, bon voyage! – Wir sehen uns im Jenseits wieder,

sagt das Knochengerüst und verschwindet mit einem lauten Lachen hinter dem Vorhang. Der Wagen setzt sich in Bewegung. Durch ein Dickicht an Spinnweben geraten sie ins Innere des Geisterschlosses, wo tiefe Finsternis herrscht. Die Schienen holpern. Es riecht nach Trockeneis und Moder. Kern will schon die Augen schließen, doch scheint ihm das zu absurd, er hat immerhin für diese Fahrt bezahlt.

Was mal getan ist, das macht keiner ungetan, flüstert

etwas, und dieses Etwas ist Hanna, es muss Hannas Geflüster sein, glaubt Kern, und ein Schauer erfasst ihn, denn leise Worte besitzen doppelte Kraft.

– Was?,

fragt Kern zurück.

– Nichts,

sagt Hanna, und:

– Es geht los.

Doch Kern hört nicht mehr hin, seine Frage scheint schließlich schon Minuten her. Von jedem Zeitgefühl verlassen, rollt der Muschelwagen in die Unterwelt.

Er hört irres Gekicher von allen Seiten, da ist ein Windstoß, ein Knacken und Ruckeln, der Sessel dreht sich, ein pneumatisches Zischen – und im roten Lichtschein blickt ein Graf um die Ecke, seine langen Fingernägel ragen aus einem Sarg heraus, er winkt Kern zu, er nickt ihm zu, das magere Kinn wie ein Keil hervorgeschoben, und unter der Krempe des Zylinders sind es plötzlich Dr. Lehners Augen, die Kerns Augen hinter seiner Brille finden, die Mechanik öffnet den Sargdeckel langsam und der ganze Graf kommt zum Vorschein, seine Uniform ist tadellos, die Wappen und Abzeichen in Rot und Weiß und Schwarz, der Deckel ist jetzt offen und zeigt noch mehr, denn dort mit im Sarg und ebenfalls in Uniform, gequetscht und scheinbar auf den Knien, ist der untertänige Kommandant Fischer; der Vampir mit Zylinder hält ihn an den Haaren fest, während der Kopf des buckligen Dieners automatisch hin und her geschüttelt, geschoben, gedreht wird, Kern kapiert es nicht, weil er die Mehrdeutigkeit nicht sehen will – ein Bewegungssensor erfasst den Wagen, und mit einem Knarren schließt der Sarg, Staub wirbelt auf, ein Cembalo spielt schwache Töne, und die Muschel dreht. Mit einem Ruck fahren sie jetzt durch einen Ballsaal, wo tote Mädchen im Kreis tanzen, matte Spiegel zeigen ihre einstig jungen Körper, die mit jedem Lichtimpuls zusehends verfallen, die Rücken der Rokoko-Ballkleider sind bis aufs Fleisch von fetten Würmern zerfressen, an den weißen Rüschen winden sich Maden; in der Mitte steht ein gedeckter Tisch, ein dicker Gast sitzt da breitbeinig, die Hemdknöpfe sind aufgesprungen, das Fett quillt über den Hosenbund, er lehnt auf seinem Stuhl und frisst blutverklebte Kinder, gierig hält er einen nackten Säugling am kurzen Bein in die Höhe und stopft den zappelnden Körper in sein überdimensionales Maul, wieder und wieder, der Kinderfresser kriegt nicht genug, sein schwarzer Zylinder sitzt schief, die Gruselpuppe dreht den Kopf, und Elster Junior zwinkert ihm zu, ein Blutfaden rinnt ihm aus dem Mundwinkel – es zischt, und die Muschel dreht erneut, eine Trommel schlägt, eine Trompete bläst, zwei Soldaten marschieren vorbei, ihre Kleidung grau und von Bomben zerfetzt, sie stolpern, in ihren Körpern stecken Lanzen, es zischt, und ein Sträfling sitzt jetzt auf einem elektrischen Stuhl, Arme und Fußgelenke sind mit Ledergurten gefesselt, eine Giftspritze nähert sich seinem Ohr, es ruckelt, Kern muss seine Brille richten, er hört ein Flehen und Bitten, die Spritze ist jetzt ein Dolch, der sich dramatisch nähert, Schlafende und Tote sind Bilder nur, will Kern sich einreden, doch ein Schrei hallt durch das Geisterschloss, er zuckt zusammen, da war ein Schnappen an seinen Beinen, da ist doch etwas am Fußgelenk, da ist eine Hand auf seiner Schulter, und Hanna lacht auf – Komm mit, Komm mit, ruft ein Steinkauz aus dem Totenreich heraus, oder es ist eine Eule, sie sagt die Totenstunde an, und wieder hört er ein Geflüster und weiß mittlerweile nicht mehr, ob er das alles nur fantasiert, ob das alles bloß in diesem künstlichen Schloss oder eben doch in seinem Kopf stattfindet – der Wagen dreht wieder, blaue Blumen fallen nun auf ein eisiges Grab, die Blütenkelche sind an Nylonfäden befestigt und fliegen zurück in den Himmel, steigen wieder hoch, fallen wieder herunter, steigen wieder hoch, zappeln wie Marionetten in der Luft, steigen trotz der Temperaturen hoch und kommen an eine Oberfläche. Kern legt seinen Kopf in den Nacken, um zu prüfen, ob dort an der Schlossdecke die Wasseroberfläche aus Eis ist, aber da ist nur schwarzes Plastik (und eine Metallverstrebung mit eingravierten Buchstaben, da ist ein **M**, die optische Korrektur ist scharf bis ins Kapitälchen, dann folgt ein **C**, dann ein **G**, dann ein **U**, dann ein **F**, noch ein **F**, ein **I**, ein **N** –) –, der Wagen springt weiter, etwas stimmt mit den Schienen nicht, merkt Kern, das Ruckeln ist außergewöhnlich, ein pneumatisches Pusten, und eine Schreckensgestalt klappt Kern entgegen – und in diesem Moment bleibt der Wagen stehen. Die Elektronik setzt aus, und nur wenige Zentimeter von ihm entfernt stoppt auch die Fratze einer abgekämpften Figur: Ihre Haut ist ledrig, da sind eingefallene Wangen, der Schädel glänzt nass und verklebt, die Augen schauen milchig durch einen Schleier aus Schwäche. Einsam hängt die Kreatur da und scheint zu schweben im unterbrochenen Nichts der Gruselattraktion. Alle Lichter, Geräusche und Bewegungen wurden dem ferngesteuerten Ungeheuer entzogen, und fast wirkt es, als sei es allein Kerns Beharrlichkeit, die der Spiegelung noch etwas Halt verleiht – keine Armlänge trennt die beiden, Aug in Aug verharren sie, und so rettet sich Kern dank der wächsernen Schreckensgestalt über den Unterbruch hinweg. Sie warten gemeinsam, sie stützen ihre Blicke, reglos halten sie aus, was auszuhalten ist. Die Gestalt ist müde von der Welt, müde von den Lebenden und müde von den Toten. Ein grüner Lichtschein zieht vorbei und erfasst das Gesicht der Kreatur, er formt die grauenhaften Konturen zu einem Relief, spitze Schatten wandern über die beiden Wartenden, wechseln von Wange zu Wange, von Stirn zu Stirn.

Hanna wimmert kurz. Doch Kern bleibt stur.

Das ist kein Monster, kein Untoter, das ist kein Tier, denkt er über die Figur vor ihm und spürt gar nicht, wie der Wagen mit einem sanften Ruck wieder in Bewegung gerät. Das ist ein Mensch, denkt er, genau wie ich.

Das Tageslicht blendet. Kern und Hanna brauchen ein paar Sekunden, um sich wieder an die Welt draußen zu gewöhnen. Zögerlich entfernen sich die beiden vom Geisterschloss. Hanna geht zur Toilette, während Kern wie eingerostet zum Festzelt taumelt. Sein Mund ist trocken. Er sucht die Schilder mit den Getränken ab, doch die Buchstaben fließen davon. Aus Reflex greift er in sein Gesicht, um die Brille zu richten, doch da ist bloß Leere – seine Brille, er muss seine neue Brille im Geisterschloss verloren haben, denkt er und will schon zurückgehen, als ihn ein Ziehen am Ärmel aufhält.

– Kern, du siehst aus, als hättest du tausend Jahre nicht geschlafen.

Dr. Lehner steht beim Eingang zum Bierzelt und hält Kern fest. Kern blickt zur Stelle, wo der Vorsitzende sich festgekrallt hat, doch die Knochenhand lässt sofort los.

– Kern? Alles in Ordnung?,

fragt Dr. Lehner nach. Doch Kern starrt ihn bloß an und sieht, wie der Doktor sich bückt, um ein paar Papierservietten hochzuheben, die einer vorbeilaufenden Frau vom Teller geweht wurden.

– Ich habe meine Brille verloren,

sagt Kern und fixiert das Gesicht des Doktors. Nie zuvor ist ihm aufgefallen, wie fleischig Lehners Wangen unter dem Jochbein hängen, die grau-schwarzen Bartstoppeln kaschieren normalerweise, was die Schwerkraft dort angerichtet hat. In diesem Moment entscheidet sich Kern, dass er diesen Zustand nicht ertragen muss. Er muss überhaupt keine Last mehr tragen, findet er und beginnt einen Versuch:

– Sag mal, Lehner, du bist doch mit der Staatsanwaltschaft in Kontakt?

– Ja?,

fragt Dr. Lehner mit Vorsicht zurück und kann sein Unbehagen über diesen Themenwechsel nur schlecht verbergen.

– Dieser Tote im Eis. Im Februar war das.

– Was ist mit dem?,

fragt Dr. Lehner und zieht seine Schultern in Alarmbereitschaft zur Seite.

Erst jetzt sieht Kern den großen Golden Retriever neben Dr. Lehners Füßen sitzen. Kern zögert. Er will schon etwas über den Wirkstoff *Colchicum* und den verstörenden Zustand seiner Mutter sagen, druckst aber rum und bringt nur das Wort *Herbstzeitlose* heraus, woran Dr. Lehner noch weniger Gefallen findet. Kern zögert weiter, weil er verzweifelt nach den richtigen Worten sucht, diese aber gar nicht mehr finden kann, weil sein Gegenüber das Heft jetzt in die Hand nimmt, um Kerns Vorhaben noch im Entstehen zu unterbinden.

– Nein, komm mir jetzt nicht damit,

sagt er.

– Ich will gar nichts davon hören.

Er fasst Kern an die Schulter. Wie eine Puppe steht dieser da und lässt die Berührung geschehen.

– Der Fall ist doch längst abgeschlossen,

erklärt Dr. Lehner mit einer Sanftheit, aber drückt mit seiner Hand noch stärker zu, er klammert sich regelrecht an Kerns Schlüsselbein fest und schüttelt, er schüttelt Kerns Schuldgefühle, schüttelt sie so lange, bis alle wieder zurück in ihre alte, vernünftige Ordnung fallen und dort liegenbleiben.

– Jetzt komm mir bitte nicht mit irgendwelchen Geschichten aus der Vergangenheit, immer diese Gewissenssachen. Ein Mahnmal reicht mir,

sagt der Doktor und lacht schallend los. In diesem Moment sieht Kern, wie der Hund neben Dr. Lehner zusammenzuckt und aufsteht. Das Tier wirkt tatsächlich wie ein Löwe und es ist in Bereitschaft geraten. Der Vorsitzende will Kern noch immer nicht loslassen.

– Aber wir sollten uns bald in Ruhe treffen,

sagt er.

– Um die Transaktion abzuschließen, ich denke, am besten wir gründen parallel zum Verein eine Stiftung mit Stiftungsrat und du verwaltest die Gelder, ist ja nur eine Unterschrift.

Dr. Lehner wartet auf eine Reaktion, die nicht kommt. Er hat Kern fest in seinem freundschaftlichen Griff, der Hemdstoff zerknautscht zusehends, der Druck beginnt zu brennen. Wann wird er mich in Ruhe lassen, fragt sich Kern, wann werden mich endlich alle in Ruhe lassen, ich bin kein Monster, kein Untoter, kein Tier – ein Mensch bin ich, denkt er und legt langsam, ganz langsam seine Wange auf Dr. Lehners Handrücken, der nach wie vor auf seiner Schulter liegt. Und wie von einem glühenden Eisen erfasst, lässt der Vorsitzende sofort los und kann nur noch zuschauen, wie Kern durch die Menge und in Richtung Geisterschloss davoneilt.

Am Kassenhäuschen angekommen, klopft Kern mit seinen Knöcheln gegen das Plexiglas und fragt nach der Brille. Die Frau schüttelt Kaugummi kauend den Kopf.

– Sicher?,

fragt Kern nach.

– Ja, sicher,

wiederholt die Frau und dreht sich auf ihrem Stuhl nach hinten.

– Carlo, Schatz?,

ruft sie. Der Mann im Knochenkostüm erscheint hinter dem Vorhang und putzt sich die Hände an einem Lappen ab.

– Haben wir eine Brille gefunden, vor etwa fünf Minuten?,

fragt die Frau gelangweilt, und als Carlo im Knochenkostüm die fragende Gestalt vor dem Häuschen stehen sieht, erstarrt er einen Moment, als müsste er zweimal hinschauen, wer da nachgefragt hat. Nur zögernd reißt er sich vom Anblick los und streift den Vorhang zur Seite:

– Ich schaue nach,

sagt er missmutig, beobachtetet Kern ein letztes Mal aus den Augenwinkeln, worauf dieser ergänzt:

– Wir waren gerade drin, als es einen Unterbruch gab.

– Es gab keinen Unterbruch heute,

schimpft er schnell und verschwindet im Schloss.

Nach rund fünf Minuten ist Carlo zurück, in der Hand die Brille und auf dem Gesicht ein Ausdruck, der schwer einzuordnen ist.

– Sehr witzig,

sagt er, doch Kern versteht seinen Zynismus nicht. Mit einem Kopfnicken nimmt er seine Brille entgegen und fühlt sich zusehends unwohl, die Blicke des Mannes sind mittlerweile von Skepsis zu Spott übergegangen, also fragt er aus reinem Anstand nach:

– Und wo war sie?

– Hab doch gesagt, sehr witzig, der Herr.

Kern versteht den angeblichen Witz immer noch nicht, also wartet er auf eine Erklärung, die ihm der Mann im Knochenkostüm nach einigem Hadern nur ungern gibt:

– Das nächste Mal behalten wir sie.

Kern wartet noch immer.

– Der Zombie beim Ausgang trug sie,

sagt Carlo und sagt diesen letzten Satz wie einen abschließenden Schubser, bevor er wieder hinter dem Vorhang verschwindet.

– Das ist kein Zombie, das ist ein Mensch!,

ruft Kern ihm nach, worauf die Frau im Kassenhäuschen in Gelächter ausbricht und ihren wasserstoffblonden Schopf durch die Seitentür hinaushält:

– Ja genau, Schätzchen, alles Menschen, alles echt hier!

Einige Passanten bleiben stehen. Sie warten auf mehr Worte und versuchen sich aus dem Ausruf der Kassenfrau einen Reim zu machen. Ein kleines Mädchen an der Hand ihrer Mutter schaut sogar skeptisch zu den Gruselfiguren hoch, die dort an der Fassade hängen und in ewiger Wiederholung leiden.

Plötzlich steht Hanna neben Kern.

– Wo warst du denn? Unsere Ballonfahrt,

sagt sie und fasst ihn sanft am Oberarm.

– Es ist höchste Zeit – komm mit, komm mit,

pfeift sie ihm entgegen und schickt der Ankündigung ein Lächeln hinterher, als wüsste sie – teilweise zumindest –, was heute noch alles passieren wird.

33

Die Alte steht vor der Auslage mit Lakritzschlangen und kann sich nicht entscheiden. Sie summt, als müsste sie sich von unliebsamen Gedanken ablenken. Am Arm hängt ein glitzernder Luftballon, der Schibig ein wenig peinlich ist. Die Leute drehen sich nach der Alten um. Vor allem die Kinder bleiben überrascht stehen, da sie diese alte Frau im Batikshirt und den unzähligen Halsketten nicht mit dem heliumgefüllten Schweinchen zusammenbringen können. Als ein Kind schüchtern nachfragt, warum sie sich ausgerechnet für das Schwein und nicht für Batman entschieden habe und die Eltern das Kind schon entschuldigend weiterziehen möchten, schenkt sie dem Kind den Ballon kurzerhand.

– Weil du dich getraust, die richtigen Fragen zu stellen,

erklärt sie und das Kind strahlt. Die Alte will sich schon wieder den Süßigkeiten widmen, als ihr Telefon vibriert.

– Pippa schreibt,

murmelt sie und fasst Schibig die Nachricht zusammen:

– Sie sagt, dass die Mutter Kern im Opiumrausch endlich verraten habe, dass es keine Papiere oder Belege für das Konto der *Winterhilfe* mehr gibt. Sie hat wohl alles im Keller verbrannt, die Nummern und Passwörter sind aber geistig – geistig steht in Anführungszeichen – gespeichert, und wichtig sei, sie habe anscheinend mehrere große Zahlungen an diverse Konten vorbereitet, um Ableger zu machen, es liegt jetzt also tatsächlich am Sohn –,

und die Augen der Alten wirken wach, als sie ergänzt:

– Er ist jetzt unser Ziel.

Schibig nickt, während die Alte ihre Geldbörse aus einer ihrer Taschen zieht.

– Ich komme gleich,

sagt sie, und Schibig geht etwas umher. Noch vor einem halben Jahr wäre ihm diese Masse an Menschen zu viel gewesen, aber wenn er ständig in Bewegung bleibt, geht es – so kann er seine Atmung kontrollieren, so fühlt er sich nicht machtlos. Außerdem hält er nach dem Ehepaar Kern Ausschau. Er verlässt den Rummel und geht einige Meter am Rand des Feldes entlang. Wieder steht da eine Tourismustafel, die aber diesmal ein Bild vom Drachentöter Schruthan mit erhobenem Schwert zeigt. Der erlegte Drachen liegt gekrümmt vor seinen Füßen, die Zunge hängt schlaff aus dem zahnigen Maul, doch Schruthans Blick gilt nicht der Bestie. Seine traurigen Augen richten sich nach oben zur Schwertklinge, zur Hand vielmehr, wo das giftige Blut seine Haut berührt.

Unentschlossen starrt Schibig auf die Abbildung, weil er sich nicht entscheiden kann, ob der Drachentöter für ihn ein tragischer Held oder schlicht ein Idiot ist. In beiden Fällen tut er ihm leid.

Als die Alte ihn einholt, hat sie eine Papiertüte mit den Einkäufen dabei. Sie will schon mit Schibig teilen, doch bleibt von einer Sekunde auf die andere wie eingefroren stehen, da eine Wespe um die Süßigkeiten zu kreisen beginnt. Sie wartet, atmet ein, atmet aus, und kaum ist das Insekt verschwunden, hält sie Schibig zum Scherz eine Packung Kaugummizigaretten mit dem Namen *Bubble Kingsize Original* vors Gesicht, worauf Schibig dankend ablehnt und die vorbeigehenden Jahrmarktbesucher weiter absucht.

– Und was tun wir, wenn wir sie finden?,

fragt die Alte und beißt in die rote Lakritze. Sie fragt, weil sie selbst darauf noch keine konkrete Antwort hat. Sie könnten ihn zur Rede stellen, aber es ist gut möglich, dass unerwarteter Druck von außen eine Panikreaktion auslöst, und dann sind die Gelder schnell weg. Andererseits scheint er es nicht eilig zu haben, denkt die Alte und erinnert sich an sein zögerndes Auftreten im *Adler*, vielleicht ist er sogar froh, wenn ihm jemand die Entscheidung abnimmt.

Schibig durchsucht die Menge, da sind Familien und Jugendliche in Kleingruppen mit Tüten und Stoffbären in den Händen. Da sind Paare, die sich eine Cola teilen, zwei diskutierende Männer in Trekkingjacken, deren

Frauen sich langweilen, Kinder rennen vorbei und bleiben an den Verkaufsständen mit rosa Spielzeugpuppen stehen. Da hängen außerdem Fläschchen und Windeln, Spiegel, Kämme, Perlenketten und Prinzessinnenkronen, ferner auf der Gegenseite hängen blaue Polizistenmarken, Pfeilbögen, Schwerter, Maschinengewehre.

Dann tauchen sie auf: die schlanke Frau aus dem Porsche und Kern.

– Da,

sagt Schibig, und die Alte sieht sie sofort.

Die beiden verfolgen ihre Bewegungen, schauen zu, wie sie hinter einem achteckigen Häuschen vorbeigehen, in dessen Mitte ein Teich mit Plastikenten steht. Zielstrebig steuern sie in Richtung des ehemaligen Schlachtfeldes. Die Frau hält sich am Oberarm von Kern fest und scheint zu lächeln. Er hingegen wirkt konzentriert, fasst sich wiederholt an die Brille, als versuche er krampfhaft, sich vor den Eindrücken zu schützen. Regelmäßig schieben sich Passanten ins Sichtfeld, doch Schibig und die Alte lassen sie nicht aus den Augen.

Das Paar verlässt das Gelände an der Ostseite, wo in diesem Moment der monströse Heißluftballon, von einem Sicherheitsseil geführt, langsam auf dem Feld landet. Daran vorbei zieht eine Kolonne aus Menschen, es sind die letzten Gäste, die zur leicht erhöhten Tribüne dahinter wandern, wo in wenigen Minuten die Eröffnung stattfinden soll. Rund dreihundert Sitzplätze und ein Podest wurden innerhalb von zwei Tagen halbkreisförmig auf die Wiese gebaut. Im Zentrum liegt das neue Mahnmal unter einem großen weißen Tuch verborgen. Schräg davor steht ein Rednerpult auf einem Podest, links davon wartet eine Blaskapelle auf ihren Einsatz.

Es ist jetzt 13.58 Uhr.

– Schibig, was sollen wir tun?,

fragt die Alte nochmals und reißt ihn aus seinen Beobachtungen.

– Sie gehen zum Heißluftballon,

sagt er leise, aber in einer Aufregung, als bräuchte er noch Bedenkzeit.

– Dann fliegen sie uns schon nicht davon,

beruhigt sie ihn und beißt wieder in die Lakritze, kaut ein paarmal und unterbricht dann ihre Bewegungen ganz. Ihr Gesicht erstarrt, merkt Schibig, also folgt er ihrem Blick aus Neugier.

Da sind Lars und zwei andere Jungen mit schwarzen Rucksäcken. Die jungen Männer verschwinden kurz hinter dem Bierzelt zwischen Getränkekisten und Kühlwagen, um nach nur wenigen Sekunden wieder zu erscheinen. Lars geht voraus, der hinterste Junge trägt ein gefaltetes Stück Stoff, das wie eine Tischdecke aussieht, und der dritte läuft einfach mit. Mit zielstrebigen Schritten marschieren sie über den Platz, pflügen sich ihren Weg durch die Besucher und schlüpfen dann zwischen zwei Marktständen ins Unsichtbare.

Schibig und die Alte schauen sich beratend an. Zum ersten Mal erkennt er eine gewisse Unsicherheit in den

Zügen der Alten. Nach der langen Wartezeit verknüpfen sich die Fäden gerade viel zu schnell, vermutet er, die Geschehnisse entgleiten uns.

– Was bedeutet das?,

fragt er mit einer Ungeduld.

– Sollen wir ihnen hinterher?

Doch die Alte legt ihm sanft die Hand auf den Unterarm.

– Ich glaube, wir bleiben besser hier,

sagt sie in einer vorsichtigen Ahnung, und Schibig will ihr nicht widersprechen. Er spürt, dass sie etwas spürt, und glaubt, das gehöre zu ihrem Plan. Also schauen sie aus Distanz zum Ödwilerfeld.

Der Heißluftballon faucht seine Flamme.

Eine Unruhe liegt in der Luft.

Ein Windstoß erfasst die Birken am Feldrand. Die Musikkapelle spielt für die geladenen Gäste Ennio Morricones *Once Upon a Time in the West* und danach eine Version von The Beatles *Let It Be.*

34

Frei wie ein Vogel und *Übersicht total* steht auf dem Prospekt am Infostand. Ein Biertisch dient als Empfang, wo ein Mann im Flanellhemd die Reservationen auf einer Tabelle überprüft. Daneben wurde ein Plakatständer in die Wiese gerammt, darauf ist die Fotografie des farbigen Heißluftballons zu sehen und darüber der Titel:

Spectacular Panoramic View

Erleben Sie die Welt aus der Vogelperspektive.

Hinter dem Plakat steht ein weißer Lieferwagen mit geöffneter Hecktür. Im vollgepackten Laderaum liegen Ersatzmaterial, Kartonkisten, auf einer Holzpalette stehen sechs mit Bändern festgeschnallte Propangasflaschen, daneben einige Wolldecken, Karabiner, Seile und Gurte.

Der Pilot hat einen gekringelten Schnauzer und auf seinem Kopf sitzt eine filzige Melone. Er begrüßt Kern und Hanna freundlich, hält sich am Korbring fest und erzählt von der Geschichte der Heißluftfahrt. Er beginnt mit dem Gesetz des Archimedes, das die Auftriebskraft je nach verdrängter Luftmasse und Dichte bestimmt und springt von da vorwärts durch die Geschichte. Doch

Kern hört nicht zu, stattdessen hört er, wie der Passagierkorb knistert. Die in den Boden gepfählten Haken halten die Gondel an Sicherheitsseilen fest, das Geflecht der Korbwand verzieht sich, es windet sich, als wolle es sich endlich davonmachen. Das Knirschen erinnert Kern an einen Wald in Bewegung, an die Traurigkeit von Weiden und seltsamerweise an den Sommer.

– Bitte eintreten,

sagt der Pilot jetzt und lässt die beiden über drei Stufen ins Innere des Korbes klettern. Der Raum ist klein, in den Ecken sind zwei Propangasflaschen befestigt, daneben ein Feuerlöscher und eine Löschdecke. Hanna und Kern schauen nach oben, wo über ihren Köpfen die Gasschläuche den Korbseilen entlang und zu den zwei topfgroßen Brennern führen.

– Na dann los, auf in die Lüfte,

sagt der Pilot, und Hanna umklammert vor Aufregung einmal mehr Kerns Oberarm, während die Sicherheitsseile routiniert gelöst werden. Der Doppelbrenner faucht wie ein Drachenschlund, die Stichflamme erhitzt die Luft, der Pilot löst den letzten Karabiner. Die Korbseile dehnen sich und der Korb knistert wie nie zuvor.

Der Pilot schraubt jetzt am Regulierungsventil. Das Fauchen wird lauter.

Und sie steigen. Sie steigen höher.

Noch ein Fauchen. Sie steigen weiter.

Nach fünfzig Metern wird der Lärm der Welt leiser.

Kern lehnt über den Korbrand und sieht den belebten

Platz, sieht die Fahrsteller, die Lichtflächen aus diamantförmigen Glühbirnen, die Menschen zwischen den Attraktionen und Zelten, er sieht Köpfe und Beine, sieht sie alle zu Punkten schrumpfen, sieht sie als kleinste Nager, als Beutetiere, auf die er pfeilschnell stürzen würde, sieht auch links die Wiese mit der gefüllten Tribüne, von wo die Trompeter der Musikkapelle nur noch verdünnt zu hören sind.

Hinter den buschigen Hecken und Baumreihen am Feldrand sieht er den Bahndamm – schnurgerade liegt er in der Landschaft, unweit davon die Autobahn, auf der glänzende Fahrzeuge gleichgültig vorüberziehen. Sie steigen noch höher, die Bergflanken schälen sich majestätisch aus der Umgebung, die Welt wird weiter, da ist der Ödwilersee, da ist Ödwil, die Autobahn wird länger – dann ein Pfiff: Über ihnen kreist ein Mäusebussard im Segelflug. Er nutzt die Thermik, gleitet lautlos unter der Nachmittagssonne umher, er ist ein lang gestreckter Schatten im Hellblau – noch ein Pfiff, sein Schrei fliegt wie ein hohes Schleudern durch die Leere. Der Greifvogel sucht die Autobahn nach zerfahrenen Kadavern von Kleintieren ab, erhaben zieht er seine Kreise weit über der Ballonhülle. Komm mit, denkt Kern und blickt in die Menschenmenge auf dem Rummelplatz. Alles nur noch lautlose, knopfgroße Wesen, herumwuselnd wie suchende Insekten, denkt er fast verächtlich, die schleppen ihre Geschichten und Sorgen mit sich herum wie Tüten voll Popcorn oder aufgeblasene Luftballone, die bei jedem Schritt mitzucken, um schwebend mitzukommen, um Schritt zu halten. Geradezu lächerlich im Vergleich zur riesigen und robusten Ballonhülle über ihnen, prahlt Kern im Stillen, die da unten sind nichts im Vergleich zum regenbogenfarbenen Koloss, mit dem sie hier ins Hellblau steigen. Wie übermächtig sie von da unten aussehen müssen, fragt sich Kern, und ist gleichgültig gegenüber der Welt, für einmal triumphierend, denn er kann es sich leisten, über den Dingen zu schweben, völlig unberührt von den Schrecken der anderen.

Der Doppelbrenner faucht sein Feuer, etwas klickt. Vom Erdboden aus sieht niemand, wie sich Hanna unablässig an Kerns Oberarm schmiegt, und auch niemand außer Hanna weiß, was jetzt passieren wird, und niemand da unten kann sehen, wie sie langsam seine Hand nimmt und zu ihrem Bauch führt, wie sie ihm in die Augen schaut und vorerst einfach nur schweigt und seine Ratlosigkeit genießt. Von unten kann keine Menschenseele auf dem Rummelplatz hören, was sie sich jetzt sagen werden, sie sehen nur den gigantischen Ballon, sehen einen kleinen Korb, sehen die wiederkehrende Stichflamme über dem Brenner. Sie hören nichts von der Überraschung und dem Herzklopfen und dem Geflüster, dass es doch noch geklappt habe, ganz plötzlich, unerwartet und ohne Hokuspokus. Und niemand, nicht einmal der Pilot, der sich um eine lästige Sache bei der Gasregulierung kümmert, kann sehen, dass Kern große Augen macht, dass Kern sprachlos ist, und dabei nicht weiß, wie lange er schon große Augen macht, nicht einmal weiß, wie lange er es schon ahnt, dass da drin ein Lebewesen heranwächst, ein Kind. Aber eines weiß er mit Sicherheit, und zwar dass sie beide wissen, dass er das nicht gewesen sein kann.

Niemand sieht, wie seine Miene sich verändert, wie seine Wangen erröten – vor Glück oder aus Angst oder Schuld oder Ungewissheit, und wie er noch denkt, dass ein wahrer Held offenbar wirklich gar nichts tun muss, um ein Held zu sein, und noch weniger, um Vater zu werden, wie er plötzlich den Arm in die Höhe strecken möchte oder hinaus aus diesem eingefrorenen Block, wie er merkt, dass er sich zu freuen beginnt, wie er Luft holt und wie seine wulstigen Lippen zittern, als wollten sie endlich reden, als wollten sie endlich sagen, was es kurz vor Schluss noch zu sagen gab, aber weiter gar nicht kommen, weil abermals ein kleines Klicken zu hören ist.

Eine Unpässlichkeit bei den Steuerinstrumenten dort am Gasschlauch, am Ventil, was möglicherweise kein Problem gewesen wäre, folgte darauf nicht ein Zischen von außen, zwei Zischen, drei Zischen, viele, nacheinander, miteinander – denn die Gleichzeitigkeit macht ein bewusstes Wahrnehmen unmöglich.

Alles ist synchron. Alles ist zu viel.

Das Wummern ist wuchtig. Der Blitz zu hell.

Bilder dafür gäbe es viele: ein Speien, ein Sturzbach, eine elektrische Wolke. Die Welle aus Feuer kommt unerwartet.

Unter ihnen ein Inferno. Über ihnen ein Inferno. An ihnen ein Inferno. Hanna schreit. Die glühende Wolke greift um sich. Erfasst Korb und Kleider der Insassen. Das ganze Gefährt gerät in Schieflage. Die Gasflasche spuckt Feuer, ununterbrochen, und die Ballonhülle brennt.

Alles ist synchron. Alles ist zu viel.

Der Feuerball sinkt, nein, alles fällt, jemand schreit. Viele schreien. Oben im fallenden Korb und unten auf der Tribüne, überall.

Alles ist synchron. Alles ist zu viel.

Denn die Gleichzeitigkeit dominiert nun dauerhaft und ist erdrückend. Rußpartikel flattern umher, Asche regnet auf die Häupter der Fliehenden. Die Luft wird dicker, sie riecht süßlich, nach Schwarzpulver und verbrannter Menschenhaut. Und der Tod legt sich wie eine schwere Decke auf die Gegend.

Im Nachhinein werden Augenzeugen erzählen, dass die Menschen unten auf dem Erdboden nach allen Seiten rannten. Ein Durcheinander höchster Klasse, und das mit dem Heißluftballon hätte man gar nicht mitgekriegt. Der Knall unter dem Tribünengerüst sei zu laut gewesen, daraufhin das Feuerwerk, das gar kein Feuerwerk war, ein Meteorit, eine Rakete, Feuerschweife, Schüsse, Schüsse und noch mehr Schüsse, sagen einige, zwei, drei, sicher Dutzende Sprengkörper, Schreckschüsse, nein Salven, sagen wieder andere, dann diese Feuerwand, sagen sie, Feuerfontänen wie aus dem Rachen eines Reptils, der

Gestank wie giftige Gase, Feuer speiend, eine Plage, dann ein Schatten von oben am Himmel, wie ein Flugzeug, das aber kein Flugzeug war, weil es der Heißluftballon war. Zudem die vielen Schreie, vor allem die Schreie blieben im Gehör von vielen hängen, weinende Kinder, Schmerzenslaute, Namen, die gerufen wurden – dann einzelne Szenen in der Nahaufnahme, Kleinigkeiten im Moment verewigt: ein einzelner Turnschuh im Gras, eine aufgerissene Handtasche, das berstende Metallgerüst der Tribüne wie fliegende Lanzen, Personen, über die hinweggestiegen wird, von Trümmerteilen, scharf wie Schwerter, von brennenden Gegenständen getroffen, blutend, an Schläfen, Handrücken, das Rot durch weiße Hemden und Hosenbeine drückend, einige helfen einander hoch oder rufen um Hilfe, suchen Schutz oder versuchen zu organisieren, sprechen in ihr Telefon, andere wiederum ziehen andere mit, halten sich aneinander fest, tragen sich, ein Knäuel an Lebewesen, eine Gemeinschaft, ein Gemenge aus Angst. Denn es ist die Angst, die sie verbindet.

Es bleibt unklar, was genau geschah. Und diese Unklarheit gilt es auszuhalten.

Sicher ist: Hinter einem Haselstrauch am Feldrand starren drei Jugendliche hervor, glotzen in diese laute Gleichzeitigkeit und sind erschrocken über die Konsequenzen, die sich vor ihnen abrollen. Ihr Plan geht auf. Zu schnell geht er auf. Wie ein Teig bläht er sich und wird dick. Das

Manöver wird zum Monstrum. Sie halten ihr Kauern dort im Verborgenen bald nicht mehr aus, sondern rennen los, vergessen dabei sogar, die Flagge zu hissen, rennen davon, entfliehen dem, was ein bloßes Aufrütteln hätte sein sollen, verlassen ihre ursprüngliche Absicht, bloß eine Lektion zu erteilen vor diesem neuen Mahnmal. Ein Schreckschuss sollte es sein, mehr nicht, aber das ist zu viel, also rennen sie los, rennen nach Hause, durch das ganze Ausmaß ihrer Katastrophe.

– O mein Gott,

sagt Schibig nach den Explosionen.

– O mein Gott,

sagt er nochmals in die stechende Leere eines Pfeiftons, denn diese Wiederholung scheint das Einzige, woran er sich gerade festhalten kann. Das Drücken in seinem Hals ist plötzlich zurück. Weder in seinen Worten noch in den Geschehnissen kann er irgendeinen Sinn erkennen. Schibigs Inneres rauscht wie Watte, das Pfeifen will nicht verschwinden.

Nochmals branden Schreie auf.

Ein Schatten fliegt über das Gelände. Der Heißluftballon stürzt als Feuerball zur Erde wie ein Feuer speiender Drache, denkt Schibig noch, und gibt dem Schock die Schuld an diesem Gedanken.

– O mein Gott,

sagt Schibig ein drittes Mal. Doch niemand reagiert. Die Alte ist kreideweiß.

– Wir konnten es nicht wissen, wir haben das nicht gewollt,

sagt die Alte in leiser Panik und schaut Schibig dabei in die Augen, als wolle sie ihm so eine Zustimmung abringen. Doch Schibig glaubt ihr nicht ganz.

– Nicht das, nicht diese Heftigkeit,

ergänzt die Alte umgehend, als könnte sie seinen gedanklichen Widerspruch hören, schnappt nach Luft und sagt dann nichts mehr.

Verängstigte Menschen kommen ihnen entgegen.

Das Pfeifen in Schibigs Kopf verschwindet und macht einer kristallenen Klarheit Platz. Er staunt, wie wach er wieder ist. Die Alte hingegen atmet schwer. Sie wirkt in sich gekehrt, die Stirn gerunzelt, aber sie haben keine Wahl. Mit der Masse strömen sie davon, werden mitgedrückt von allen Seiten, beinahe driften sie auseinander, aber Schibig greift nach der Hand der Alten und lässt nicht mehr los. Dicht und schwer rollt die Menschenmasse davon. Irgendwann sind Sirenen zu hören. Die Menge beruhigt sich langsam und bewegt sich bald organisierter vom Rummelplatz weg. Niemand will die Tragödie sehen. Alle wollen nach Hause. Und von dort über den Bildschirm zurückschauen.

Die Alte braucht fast eine Stunde, bis sie ihre Sprache wiederfindet.

Etwas ist (ihr) zu weit gegangen, vermutet Schibig, etwas, das (nur indirekt) mit dieser Grausamkeit zu tun hat, etwas, das sie nun mit leeren Händen dastehen lässt. Er weiß, dass sie die Geschichte gerne anders, wesentlich eleganter beendet hätte – mit einem gekonnten Trick vielleicht, aber so wirkt das Ganze, als zerschlüge man ihr sorgsam aufgebautes Kartenhaus mit einer Abrissbirne. Die Geschichte wurde eingestampft, zumindest dieser Teil.

Als sich der Menschenstrom zusehends auflöst, pausieren die zwei auf einem Steinmäuerchen neben der Bushaltestelle. Erste Sanitäts- und Rettungsfahrzeuge treffen ein. Die Helfer versuchen, das Chaos zu kontrollieren. Sie verteilen Wasserflaschen und untersuchen Verletzungen. Die Polizei sichert das Gelände. Schibig blickt die Alte von der Seite an. Sie zittert ein wenig und schafft es erst im dritten Anlauf, sich eine rauchbare Zigarette zu drehen.

– Das war's dann wohl,

sagt sie wie aus dem Nichts und hofft damit, das Unveränderbare etwas besser annehmen zu können. Aber Schibig will die Fügung nicht einsehen, wie konnte ihnen diese Geschichte nur dermaßen entgleiten?

– Am Ende hat alles gar nichts gebracht,

zaudert er und wird lauter.

– Alles war umsonst!

Und er kickt gegen ein Steinchen, das vor seinen Turnschuhen liegt.

– Damit konnten wir nicht rechnen,

sagt die Alte nochmals, ergänzt dann aber mit Nachdruck:

– Aber!,

sagt sie, schaut dem davonrollenden Steinchen nach, und sie wechselt in ein vielsagendes Schweigen. Sie kneift ihre Augen zusammen und wägt ab.

– Wer weiß, vielleicht war es doch eine Kleinigkeit von unserer Seite, ein Anstoß, und wir haben das Ganze so –

Doch Schibig schüttelt vehement den Kopf.

– Nein! Ich will damit nichts zu tun haben,

sagt er, worauf die Alte ein Feuerzeug hervorzieht.

– Das ist Ansichtssache,

sagt sie jetzt aufrichtig und präzisiert:

– Genau wie Gerechtigkeit – alles ist eine Frage der Perspektive,

meint die Alte abschließend und zündet die Zigarette endlich an.

35

Zwei Tage nach der Tragödie auf dem Schlachtfeld ordnen die Zeitungen ein:

Das Attentat auf die Eröffnung des Mahnmals sei als terroristischer Akt einzuschätzen. Die Täter psychisch auffällig und instabil. Die selbst gebauten Feuerwerkskörper und Bomben, die unter der Tribüne detonierten und in alle Himmelsrichtungen geflogen waren, seien von den Sicherheitskräften übersehen worden, die Sache sei mit einundzwanzig leicht bis mittelschwer Verletzten verhältnismäßig glimpflich ausgegangen; anders verhalte es sich bei der Tragödie mit dem Heißluftballon, der gar nicht das eigentliche Ziel der Täter gewesen sei. Einzig der Pilot habe dank eines späten Sprungs aus dem brennenden Korb schwerverletzt überlebt. Zwei Todesopfer werden vermeldet. Ein Mann und eine Frau. Drei Jugendliche wurden gefasst und sind in Untersuchungshaft.

Drei Tage nach der Tragödie mit dem Heißluftballon erinnert sich die Putzhilfe mit einem unguten Gefühl, dass die greise Mutter Kern vermutlich noch über die Geschehnisse zu informieren sei.

Noch bis vor der Tür streiten sich die zwei zuständigen Beamten in gedämpftem Tonfall, wer die bittere Nachricht zu überbringen habe. Die Putzkraft lässt die drei Männer mit ihrem Schlüssel in die Villa. Ein Arzt ist anwesend, da die Greisin offenbar seit Tagen allein im Dachgeschoss liegt. Denn als die Putzhilfe am Dienstagmorgen nachfragte, ob die Mutter noch zu Hause versorgt und ihre Arbeit noch benötigt würde, hatte kurioserweise keiner der lokalen Pflegedienste eine Frau Kern auf der Liste. Ganz entgegen den Behauptungen der Nachbarn, die von täglichen Besuchen und einem Motorrad in der Einfahrt sprachen, scheint es keine aktuelle Krankenpflegerin gegeben zu haben. Und falls doch, ist sie spurlos verschwunden.

Die drei Herren betreten also an jenem Dienstagnachmittag mit wiederholend lauten Ankündigungen das Herrenhaus und erwarten das Schlimmste.

– Frau Kern?!,

rufen sie gefasst in die Leere der Villa, und ihr Auftritt hat die Aura von etwas Zeitlosem, erkennt die Putzhilfe, als sich der stille Flur vor ihnen öffnet. Wie der ewige Kampf zwischen Licht und Dunkelheit, Luzifers Aufstieg, Sturz und Rache, denkt die Putzkraft weiter und bleibt abrupt bei der schweren Holztür am Eingang stehen. Sie weigert sich, auch nur einen Schritt weiter mit hineinzugehen, stattdessen verharrt sie auf der Schwelle und bekreuzigt sich.

– Frau Kern, sind Sie da?,

rufen die übrig gebliebenen Herren, obwohl sie ganz genau wissen, dass die Greisin da sein muss. Die Höflichkeitsfrage hallt durch das Treppenhaus. Die Villa riecht nach kaltem Stein und trockenem Teppich. Aus den Kellerräumen dringt der Geschmack von faulen Pflaumen, ranziges Öl und ein Anflug von Aceton liegen in der Luft. Ehrfürchtig steigen die Herren die Treppen hoch und sind auf alles gefasst. Obwohl das nicht stimmt, nicht stimmen kann, wie sich kurz darauf herausstellt.

Der Arzt geht im Dachgeschoss an der hölzernen Vitrine vorbei und wird als Erster mit dem schrecklichen Zustand konfrontiert. Der Urin- und Fäkaliengestank ist erschlagend, und das Bild, das sich ihnen bietet, lässt sich zunächst kaum einordnen. Die beiden Polizisten bleiben stehen, angewidert, überfordert. Der Arzt überspielt seine Erschütterung mit Ernsthaftigkeit, die sich in einem ununterbrochenen Stirnrunzeln zeigt, während dem Polizisten hinter ihm ein schwaches Flüstern entfährt:

– Gütiger Gott, steh uns bei.

Mit letzter Kraft muss sich die Greisin aus dem Bett und zur Vitrine geschleppt haben, wo nun ein Türchen offen steht. Der Boden ist übersät mit Exkrementen und Medikamentenschachteln, zudem schimmert eine fast zähe, gelbe Flüssigkeit neben dem Bettpfosten, ein dünner Schlauch baumelt von der Matratze; es stinkt bestialisch. Auf dem Bett liegt die Greisin, ihr Kopf ist kahl, nur vereinzelte Haare stehen wie borstige Fühler von der scheckigen Kopfhaut ab. Mit offenem Mund liegt sie da, wie tot – aber sie blinzelt und bricht, als sie die Männer erblickt, in ein trockenes Gelächter aus.

– Endlich!,

hechelt sie, und erst da sehen alle drei Männer das ganze dämonische Bild: Wie eine Ausgeburt liegt die abgemagerte Greisin da, ungelenk wie ein frisch geschlüpftes Vogelwesen – in Verdrehung liegen gelassen und geradezu zerschmettert vor Erschöpfung. Der rechte Arm steckt im Nachthemd, ansonsten ist sie völlig entblößt. Die Rippen wie erdige Hungerhügel, die Brüste nur schlaffe Falten, verkrusteter Kot klebt an ihren knochigen Beinen und ist kaum unterscheidbar von der bräunlich fleckigen Haut, die wie nasses Papier am ganzen Skelett hängt. Neben ihr, und auf den ersten Blick fast wie eine zweite Haut, liegt eine menschenförmige Hülle, an die sie sich schmiegt: Da sind sauber hergerichtet eine Hose und eine Jacke in Hellbraun. Die eintretenden Männer sind zu keiner Reaktion fähig, obwohl sie sofort erkennen, was für Kleidung das ist: die Uniform eines NSDAP-Ortsgruppenleiters – und am linken Oberarm leuchtet die rote Armbinde mit dem Hakenkreuz.

Einer der Polizisten eilt, wie er später gesteht, vom Gestank überwältigt hinaus. Der andere blickt Hilfe suchend zum Arzt. Dieser wiederum öffnet das Fenster, als sei die Situation so zu lösen.

Die fast Hundertjährige bringt man sofort ins Krankhaus. Aufgrund erheblicher Altersschwäche, Kreislaufbeschwerden und der starken Schädigung von Nerven und Gefäßen wegen einer schlecht behandelten Diabeteserkrankung.

Die Uniform ihrerseits kommt ins Archiv der Museumsgesellschaft, wo sie untersucht, ihre Echtheit bestätigt und *bis auf Weiteres* weggeschlossen wird, denn *bis auf Weiteres* wollen die Behörden noch zuwarten, bis Gras über die Sache gewachsen sei.

Was oder wo oder wann dieses *Weitere* ist, weiß im Moment niemand.

Was die diensthabenden Ärzte im Krankenhaus jedoch zu wissen glauben: Die uralte Frau Kern hat unter diesen prekären Umständen nur noch wenige Tage zu leben – was sich aber nach wenigen Tagen nicht bestätigt.

Sie verweigert das Sterben. Sie harrt aus. Als habe sie noch ein Ereignis abzuwarten oder einen wichtigen Besuch. Selbst das Ableben ist ihr zuwider. Sie denkt gar nicht daran und verhält sich vielmehr so, als sei der Tod eine persönliche Beleidigung.

36

Ihre Turnschuhe quietschen auf dem Krankenhausflur. Es riecht nach Desinfektionsmittel und Suppe. An den graugrünen Wänden hängen Fotografien von Mischwäldern oder einem Bergsee.

Mit ihrem violetten Leinenhemd und den unkontrollierten Haaren wirkt die Alte hier wie ein Störfaktor. Sie geht an leeren Pflegebetten vorbei, wirft einen Blick auf die Pinnwand und hält schließlich vor Zimmer 213, wie es ihr am Empfang bestätigt wurde. Neben dem Nummernschild ist ein Schmetterling angebracht, am Türrahmen wiederum klebt das Wechselschild mit dem Namen: *Sybille Kübler-Kern*.

Die breite Tür ist nur angelehnt. Die Alte wartet und blickt hinein. Das Zimmer ist hell und überraschend geräumig. Das Fenster auf der gegenüberliegenden Seite geht zum Park hinaus. Die Frühlingssonne gibt sich Mühe, doch eine alte Linde wirft ihre fleckigen Schatten an die Wand und auch auf das verstümmelte Lebewesen, das gerade von einem Pfleger hochgehoben wird. Unbemerkt betrachtet die Alte das Vorgehen aus der Distanz. Der Greisin wurden zwischenzeitlich beide Beine amputiert. Obwohl eine derartige Operation in diesem Alter einem Irrsinn gleichkommt, hatte die alte Kern darauf bestanden, sie hatte ihre Rechte als Patientin geltend gemacht und verkündet, das sei ihre Entscheidung und Geld hätte sie schließlich auch genug. Und zur Verwunderung der ganzen Belegschaft hatte sie den Eingriff sogar überlebt.

Jetzt ist sie nur noch Rumpf und Knochen, eine uralte Zwergin. Der Pfleger hebt den kleinen Leib noch einmal hoch, um die Kissen und das Laken zu wechseln, und legt die Greisin dann zurück ins Bett, wobei sie eine anzügliche Bemerkung zu seinen engen weißen Hosen macht. Nach getaner Arbeit verlässt der junge Mann wortlos das Zimmer, nickt der Alten am Eingang zu und lässt ihr die Tür offen.

Jetzt liegt die Greisin da, ist angeschlossen an die Geräte am Bettende und wirkt wie eine verkürzte Version ihrer selbst. Die Schläuche und Kabel führen zu ihrem Körper hin, aber die klinische Umgebung passt nicht zu ihrer verlebten Erscheinung. Der Wicht starrt zum Fenster. Die Äuglein nässen und funkeln, als lägen in ihren Tiefen noch scharfe Kristalle verborgen.

Die Alte macht einen Schritt ins Zimmer hinein und beobachtet, wie die Greisin unter der Beatmungsmaske ihre Lippen bewegt. Sie hält den fast zahnlosen Mund bereit, als erwarte er eine Neuigkeit, die es zu kommentieren, oder als erhoffe sie eine Handlung, die es zu befehlen gilt.

Die Alte macht einen weiteren Schritt hinein, worauf die Greisin ihre Besucherin bemerkt und den Schädel in ihre Richtung dreht.

– Du?,

fragt die Greisin zur Tür und schiebt die Maske etwas zur Seite.

– Du kannst mich nicht mehr kennen,

antwortet die Alte kühl und verschränkt die Arme vor ihren umgehängten Taschen.

– Jemand hat rumgeschnüffelt, jemand hat meine Pläne ...,

keucht die Greisin und versucht die Alte richtig zu sehen, doch der Beatmungsschlauch versperrt ihr die Sicht.

– Die Pflegerin, der Archivar und eine Frau,

sagt die Greisin verächtlich und fixiert die Alte, die vom Zustand der Patientin nicht im Geringsten beeindruckt ist.

– Komm näher, ich will dich sehen.

Die Alte schweigt. Sie ist erstaunt, dass von diesem elenden Häufchen noch so viel Bedrohlichkeit ausgeht, und sie kann nur ahnen, wie überzeugend die Frau vor zwanzig, dreißig Jahren gewirkt haben muss.

– Du warst das also,

sagt die Greisin jetzt, als sähe sie der Alten alles an,

– der Philodendron,

und sie versucht ein Lachen, aber das Ganze misslingt zur Fratze.

– Weshalb bist du hier?

– Was denkst du?,

antwortet die Alte und merkt, dass ihr Gegenüber noch immer bereit ist, Spielchen zu spielen. Ihr Trotz ist bemerkenswert, kein Wunder, dass sie Pippas Befragungen so lange widerstehen konnte.

– Wohl kaum wegen meinem Sohn selig. Der kleine Kauz hat nie richtig fliegen gelernt. Blieb immer eine Nebenfigur, ein Mäusefresser nur.

Die Greisin pausiert, um die Sauerstoffmaske für einige Atemzüge über den Mund zu ziehen. Die Geräte hinter dem Bett blinken regelmäßig. Ein Monitor zeigt Zahlen an.

– Hast du Kinder?,

fragt die Greisin jetzt unter der Maske hervor und funkelt zu der Alten hinüber. Ohne eine Antwort abzuwarten, verschiebt sie die Maske, und ein Ansatz von Anerkennung wird sichtbar:

– Ja, hast du, aber dein Kind kann fliegen, nicht wahr? Hast es besser aufgezogen. Ein flinkes Fledermäuschen.

Ein Windstoß greift in die Linde vor dem Fenster, ein Rauschen strömt ins Zimmer, und mit ihm summt eine frühe Wespe hinein, dreht ihren Flug wieder um, sucht im Jalousienkasten nach einem Unterschlupf. Im Flur stößt derweil eine Pflegerin einen Wagen vorbei. Dann herrscht wieder Stille. Nur der Respirator neben dem Bettgestell entlässt sein Klicken und Schnauben.

– Du bist wegen mir hier, das ehrt mich,

keucht die Greisin. Die Alte schweigt und geht langsam zum Fuß des Bettes.

– Aber es überrascht mich,

fährt das Wesen schwächelnd fort:

– Wenn man bedenkt, wie viel du schweigst und wie viel Redezeit du mir schenkst. Du willst was hören, aber ich sage nicht, was du hören willst.

Die Alte sagt nichts.

– Der Epilog gehört also mir?

Die Alte wartet, doch nun zuckt der Ansatz eines Lächelns um ihre Mundwinkel. Nachdenklich legt sie ihre Finger auf den Metallrahmen des Krankenbettes und beginnt sich zu wundern, wie sehr die Menschen doch die Mechanismen des Überlieferns unterschätzen, oder nicht wahrhaben wollen, wie einflussreich ein Menschenleben auf ein anderes Menschenleben sein kann.

– Es geht um Schadensbegrenzung,

sagt die Alte schließlich und ergänzt:

– Das Aufhalten der Lawine.

Die Greisin nickt ein wenig, als hätte sie so was erwartet.

– Du täuschst dich, du glaubst mich schon tot, lässt mich reden und lässt deine Zweifel zu, du tolerierst ihn. Aber Toleranz war schon immer euer größter Fehler.

Doch der Greisin fehlt zwischenzeitlich der Atem, um weiterzumachen. Wieder schiebt sie mit letzter Kraft die Beatmungsmaske vor und schließt die Augen.

Die Alte denkt nach. Ohne Eile geht sie zum Kopf des Bettes hoch, wo die Infusionsautomaten und der Monitor stehen. Die Kurven der Vitalfunktionen gleiten zögerlich vorwärts, das sind keine kräftigen Gebirgsfaltungen mehr, denkt sie, das sind erodierte Hügel, der Abflachung schon sehr nahe. Die Alte steht nun neben dem Seitengitter und studiert das eingefallene Gesicht der Greisin.

– Du bist ins Nichtige geschrumpft,

kommentiert sie, was vom einstigen Giftkörper noch übrig geblieben ist:

– Vergänglich wie alles,

ergänzt sie leise, und zum ersten Mal schwingt ein dünner Zorn in ihrer Stimme mit, da erklingt eine über die Jahrzehnte mitgetragene Erschöpfung von einem Kampf, der nie aufhören will. Ein Kampf, der immer wieder zu kämpfen ist und von dem sie sich mit einem kleinen Trost zu befreien versucht:

– Aber bald bist du verschwunden.

– Das-glaubst-du,

schnappt die Greisin unter der Maske hervor. Sie will lachen, aber lässt sich Zeit und sammelt stattdessen nochmals ihre Energie für einen weiteren Wortschwall:

– Die Zeit und das Vergessen sind immer auf meiner Seite. Ich wurde geschändet, eingesperrt und gefoltert, ich wurde beinahe besiegt, und am schlimmsten über alle Zeiten hinweg war es, missachtet zu werden. Aber es stellte sich als sehr hilfreich heraus.

– Sagt wer?,

zischt die Alte.

– Ich sage das. Es ist eine Strategie, um ungesehen zu neuer Kraft heranzuwachsen. Bald ist die Zeit wieder reif.

Die Alte weiß nicht, was sie darauf antworten soll, weil sie nicht weiß, ob sie ihre aufkeimende Wut unter Kontrolle bringen könnte, aber die Greisin legt nach:

– Habe noch ein Ass im Ärmel, Zahlen,

ergänzt die Greisin nun und tippt mit dem Zeigefinger ansatzweise an ihre Stirn.

Die Alte nähert sich der Greisin.

– Du hattest keinen Besuch, keine Telefonate, und in weniger als fünf Tagen bist du tot; und die Belegschaft wird glücklich darüber sein,

entgegnet die Alte schließlich und merkt, dass in ihren Worten tatsächlich eine sanfte Unsicherheit mitschwingt.

– Glaubst-du, ab-er ...,

sagt die Greisin fast tonlos, tippt sich mit dem Finger erneut an die Schläfe und versucht ungeschickt, die Maske wieder über den Mund zu ziehen, aber die Finger greifen ins Leere. Immer wieder kriegt sie den Gummizug nicht zu fassen, die knochige Hand zittert. Da sind keine Muskeln mehr, da ist nur noch ein hartnäckiges Wollen in einer schon schwachen Hülle. Am Monitor beginnt eine Zahl zu pulsieren. Die Alte blickt den Schlauch entlang und zum arbeitenden Beatmungsgerät an der Wand.

– Mach nur, traust dich nicht, bist zu korrekt,

keucht es vom Bett her, und die Augen der Zwergin glühen, als verstecke sie hinter ihrer Aufforderung einen diabolischen Plan.

– Siehst du: Ich kann nicht sterben, auch dank dir,

sagt sie weiter und schiebt die Maske doch noch über den Mund:

– Tust es sowieso nicht, und bald kommt Besuch,

sagt die Greisin, und ihre Augen gehen suchend Richtung Tür.

Die Alte schüttelt ihren lockigen Kopf über diesen Bluff und will schon abdrehen, aber etwas hält sie zurück, ein Knistern vielleicht, ein Abwägen, sie hat genug gehört, und sie hat lange genug gewartet, denkt sie. Sie zögert. Das Kissen der Greisin liegt in Griffweite.

– Ich komme immer wieder, ich bin die Metastase,

keucht das Wesen und kann die Knopfaugen kaum mehr offen halten.

– Mach nur, wirst schon sehen, mach nur …,

befiehlt die Verstümmelte ohne Ende, und ihre Worte werden zu einem Wimmern, das erst nach einer Weile schwächer wird. Es benötigt ganze Anstrengung, bis die Aufregung sich langsam legt. Es dauert Minuten. Doch das Daunenkissen kennt keine Zeit. Und keine Gnade.

Augenblicke später erscheint die Alte wieder zurück im Flur des Krankenhauses und geht an den Bildern von Wäldern und Wasserfällen vorbei. Diesmal eilt sie jedoch, denn hinter der Glaswand der Stationszentrale leuchtet bereits das rote Lämpchen, begleitet von einem piepsenden Alarm, unaufgeregt, aber deutlich, und den im Moment noch niemand wahrzunehmen scheint.

Bei den Fahrstühlen betritt ein zweites Beinpaar den Flur. Es sind die Füße eines Mannes, der eine Mappe trägt. Seine langen Schritte beweisen die Dringlichkeit seines Erscheinens. Die Alte erkennt ihn sofort. Beim Vorübergehen treffen sich einen Moment lang ihre Blicke, doch der Besucher kann die Frau mit den wilden Locken auf den ersten Moment nicht einordnen, obwohl er weiß, dass er sie schon einmal gesehen hat, obwohl er dann ahnt, dass er sie sogar umschwärmt hat damals beim Spendenabend im *Adler*, obwohl er den Namen der reichen Frau im Hosenanzug, obwohl er den Namen Rosa danach vergeblich auf der Spendenliste gesucht hatte.

Dr. Lehner bremst seine Gedanken für den Bruchteil einer Sekunde ab, sein Gang verlangsamt sich und er braucht einen Moment, um dieses Nachdenken als eine Phantomerscheinung abzutun, und steuert schließlich weiter auf Zimmer 213 zu. Doch der Zweifel nagt zu sehr, also bleibt er kurz vor der Tür ganz stehen und dreht sich um. Die Alte spürt die Aufmerksamkeit in ihrem Rücken, hebt als Spielerei die linke Hand und winkt ihm, ohne sich dabei umzublicken, mit einer verspielten Geste zu und verschwindet im Lift.

Der auf unerwartete Weise gegrüßte Dr. Lehner erstarrt und wird gleichzeitig von einer völligen Ratlosigkeit befallen, die er erst nach mehreren Sekunden abschütteln kann. Nach dieser kurzen Irritation erinnert er sich wieder an die wahren Absichten seines Besuchs, reißt sich zusammen, umklammert die Ledermappe mit den vom Treuhänder ergatterten Vollmachtsunterlagen und will gerade das Zimmer 213 der Greisin betreten – ist damit aber nicht nur zu spät, sondern steht sogar im Weg. Denn nur wenige Sekunden später wird er von zwei anbrausenden Pflegern zur Seite geschoben, die den Alarm aus der Station nicht mehr länger überhören konnten und nun das Unausweichliche feststellen.

Vor der Glasschiebetür ist schon fast Sommer.

Der Juni strahlt vielversprechend. Der Himmel thront hellblau über dem Frakmont und die Bergflanken zeigen bereits ein kräftiges Grün.

Die Alte wärmt ihr Gesicht in der Sonne und steuert dann über den Parkplatz, wo der alte VW Polo auf sie wartet. Mit einem geübten Griff an ihrer Halskette zieht sie die Tasche mit dem Drehtabak hervor und blinzelt dabei durch die Windschutzscheibe, hinter der Schibig sitzt und in einem zerfledderten Taschenbuch liest. Einige Augenblicke lang betrachtet sie sein Gesicht und weiß genau, wie es sich verändern wird, wenn sie jetzt einsteigt und ihm alles erzählt. Noch bringt sie es nicht übers Herz, also macht sie zur Zeitverzögerung einen Schritt zur Seite.

Einige Sonnenstrahlen treffen auf die Scheiben des

VW Polo und gelbe Blitze reflektieren in ihre Richtung. Geblendet senkt die Alte ihren Blick. Es ist, als wolle der Feuerstern ihr zur vollbrachten Tat gratulieren oder sie tadeln, denkt sie. Sie seufzt, lässt die Kippe sein und öffnet die Wagentür. Als sie in den Sitz sinkt und hörbar Luft holt, weiß Schibig bereits, was nun kommt.

– Es ist vorbei, nicht wahr?,

fragt er und senkt seine Lektüre:

– Es ist jetzt einfach zu Ende und wir haben nichts getan.

– Wir haben nicht nichts getan,

widerspricht die Alte und dreht ihre Handflächen nach oben:

– Die Dinge liegen nun ... etwas offener da.

Schibig schaut die Alte mit traurigen Augen an. Er will den Wagen starten, doch die Alte hält ihn auf.

– Ich komme nicht mit,

sagt sie leise, und Schibig schnappt nach Luft. In diesem Moment erscheint Dr. Lehner durch die Glastür am Krankenhaus, sein Gesicht wirkt schwerer als zuvor. Langsam geht er die Straße entlang zum zweiten Parkplatz unterhalb des Krankenhauses.

– Aber ich wünsche mir noch eine letzte Sache von dir, etwas kannst du noch tun,

sagt die Alte, und Schibig hört zu. Sie öffnet das Handschuhfach, und eine Mappe erscheint, die sie ihm entgegenstreckt.

– Ich finde, dieser Dr. Lehner sollte erfahren, dass wir

etliche Belege haben, wie großzügig sein Herrenverein die Attentäter und andere zwielichtige Gruppen unterstützt hat.

Schibig nickt und eine Aufregung füllt seinen Brustkorb. Die Alte will schon aussteigen, doch:

– Nur noch das,

sagt Schibig schnell, und die Alte blickt ihn ruhig an. Da sind wieder die klaren Augen mit den Lachfalten, die sanften Züge.

– Wieso ich? Für das alles.

Die Alte zuckt mit den Schultern. Ein breites Lachen lässt ihr Gesicht leuchten, die Zahnlücke wird sichtbar, liebevoll greift die Alte nach seinem Arm.

– Ich habe einen Komplizen gebraucht, mehr, als ich zugeben konnte – und du auch. Das brauchen wir alle.

Schibig weiß, dass ihm diese Antwort genügen muss, und er merkt, dass sie es tatsächlich tut.

– Und jetzt?,

fragt er.

– Und jetzt machst du ohne mich weiter, erfinde dich neu, lebe und liebe im Jetzt,

befiehlt die Alte und zwinkert ihm zu.

– Das Leben ist ein langes Heute. Und seine vielen Möglichkeiten sind das Schönste daran. Reise, Schibig, und verlieb dich, ja, verlieb dich! Das ist sowieso zu empfehlen, sooft und solange man nur kann.

Schibig schweigt, als gebe es dazu etwas Unausgesprochenes zurückzuhalten, also ergänzt die Alte:

– Denn das ist eine unserer größten Stärken.

Sie lächelt. Eine Weile sitzen sie schweigend da, weil dieser Moment ein besonderer ist. Der Zeitpunkt für eine Umarmung scheint schon verflogen, doch gerade als die Alte endgültig aussteigen will, senkt Schibig ganz langsam sein Gesicht an ihre Schulter und atmet tief aus. Die Alte legt ihren Arm um ihn und küsst seine Stirn.

– Und deine Drachen, die gibt es auf der ganzen Welt,

beginnt die Alte leise, worauf Schibig ebenso leise zurückflüstert:

– Ich weiß.

Die Alte küsst seine Stirn ein zweites Mal und weiß, dass sie ihn vermissen wird.

Nur Augenblicke später steht die Alte auf dem Parkplatz und schaut zu, wie Schibigs VW Polo am Gehsteig neben Dr. Lehner anhält. Die Scheibe wird heruntergelassen und der blasse Doktor bleibt überrascht stehen. Er geht näher heran und senkt den Kopf, weil er zuhören muss. Doch bevor Dr. Lehner auf irgendeine Weise auf das Gehörte reagieren kann, drückt Schibig schon aufs Gas und braust davon. Die Alte lässt den Zurückgelassenen nicht aus den Augen. Erst jetzt scheint die Fülle an Informationen bei Dr. Lehner anzukommen, seine Schultern sinken und sein Gesicht entgleitet zu einer blassen Fratze.

– So,

sagt die Alte wie zum Abschluss, schnappt ihr Zippo auf und zündet die Zigarette an. Das Räuchlein steigt hoch und die Sonne macht die dünnen Schwaden weißer als sonst.

Mit einem Kontrollblick schaut die Alte dem hellen Frakmont entlang. Da ist das Gestein, da sind die Flanken, Brüche und Höhlen. Schibig ist verschwunden, und die Welt löst sich ein wenig auf, denkt sie versöhnlich, und wenn wir Glück haben, wird sie dabei auch ein wenig leichter. Die Fassade des Krankenhauses spiegelt die Sonne. Die Gegend, die kaum als offene Gegend bezeichnet werden kann, wird grell, greller. Und die Felsen, diese sonst schattigen Ausläufer der Bergkette, offenbaren eine neue, noch nie gesehene Transparenz.

Die Alte grübelt. Pippa hat ihnen schon für heute Abend zwei Tickets gebucht. Es gibt viel zu tun. Sie werden weiterziehen, und im Leben wie in der Geschichte bedeutet weiterziehen immer auch, etwas zurückzulassen.

Was passiert war, war passiert. Aber die Endlichkeit ist eine Lüge. Wir haben uns vor Wiederholungen zu hüten, beschließt sie und beschließt auch: Sie wird diese Sätze nirgends notieren. Sie versucht sie zu erinnern; irgendwo werden sie dann schon hinpassen; im schlimmsten Fall an den nächsten Anfang.

Anmerkungen

– Die Songzeile auf Seite 9 ist aus dem Lied *We didn't start the fire* von Billy Joel.
– Die Zitate *Löscht aus, was an mir Frau ist* und *Schlafende und Tote sind Bilder nur* sind Verweise auf *Macbeth* von William Shakespeare.
– Die beiden Songzeilen auf Seite 226f stammen aus dem Lied *Life on Mars?* von David Bowie.
– Die Songteile auf Seite 273 stammen aus dem Lied *Some Might Say* von Oasis.
– *Man könnte meinen, Auschwitz liegt hier bei uns am Frakmont* auf Seite 241 ist eine Anlehnung an die Aussage des ehemaligen Schweizer Bundespräsidenten Jean-Pascal Delamuraz in einem Interview aus dem Jahr 1996: «Wenn ich gewisse Leute höre, frage ich mich manchmal, ob Auschwitz in der Schweiz liegt.»
– Weitere historische Begebenheiten, die hier in der Fiktion verwendet wurden: die Namensliste aus der *Banco Alemán Transatlántico*, die Fakten zur Deutschen Gesandtschaft in Bern (gemäß eines Artikels von Gabriel Heim), die kantonalen Aufenthaltsgebühren für Flüchtende im Zweiten Weltkrieg, die Deutschen Kolonien in

der Schweiz, die etlichen NS-Feiern, Sportanlässe, Kunstauktionen, Straflager, NS-Vereine und Gruppierungen während des Zweiten Weltkriegs in der Schweiz, Spionagetätigkeiten, Ausweisungen, der Fund einer NSDAP-Uniform in einem Herrenhaus in Schwyz, der Auftritt als Ku-Klux-Klan an der Fasnacht in Schwyz und die anschließende Strafverfolgung gegen zwölf Männer im März 2019, das Mausoleum für deutsche Soldaten auf dem Friedhof Chur sowie diverse Brandstiftungen auf und Brände in Asylzentren.

Danksagung

Martina Kälin und das Team des Staatsarchivs Schwyz, Erwin Horat, Bruno Grimm *(Gau Schweiz?)*, Hans Stutz *(Frontisten und Nationalsozialisten in Luzern, 1933–1945)*, Ulrich Magin *(Der Tatzelwurm, Porträt eines Alpenphantoms)*, Janine Heini *(Pilatus – Eine sagenumwobene Natur- und Kulturgeschichte)*. Philine Erni, Jil Erdmann und Leonie Achtnich fürs genaue Lesen und Ermutigen, Josias Clavadetscher fürs Sammeln, Kevin Brühlmann, Anna Jikhareva, Daria Wild, Jan Jirat, Lukas Häuptli, Basil Schöni, Gabriel Heim, Johannes Hürter, Kurt Pelda, Marcus Bensmann, Justus von Daniels, Anette Dowideit, Jean Peters, Gabriela Keller und alle Journalist:innen und Historiker:innen weltweit, die unermüdlich recherchieren, aufdecken und trotz allen Widerständen berichten, damit die Geschichte nicht verdrängt, sondern daraus gelernt wird.

Das dem Buch vorangestellte Zitat stammt aus:
Friedrich Dürrenmatt, Labyrinth. Stoffe I-II:
Der Winterkrieg in Tibet / Mondfinsternis / Der Rebell

Wilhelmstraße 9, 80801 München, info@beck.de

www.chbeck.de
Umschlaggestaltung: buxdesign | München, Daniela Hofner
Umschlagabbildung: Alexandre-François Desportes,
Der Angriff einer Katze auf totes Wild © Bridgeman Images
Satz: Fotosatz Amann, Memmingen
Druck und Bindung: CPI - Ebner & Spiegel, Ulm
Printed in Germany
ISBN 978 3 406 83698 5

myclimate shape our future

MIX
Papier | Fördert gute Waldnutzung
FSC® C083411
FSC www.fsc.org

verantwortungsbewusst produziert
www.chbeck.de/nachhaltig
produktsicherheit.beck.de